明朝小官人

中

目次

壹之章

震動鄉里俏沙彌

湖廣省道教昌盛，山中多設道觀，佛寺也很常見，雖然寺廟的規模不算宏大，但巧在殿舍別致，風景幽麗。

武昌府的幾座佛寺都建在長江之畔的山谷之中。唐朝時某位駐守武昌府的官員為了討好國公爺，在彌陀寺的舊址上培植園林，重塑金身，將彌陀寺建造得金碧輝煌、光彩奪目。因殿舍、法堂大多依山勢修建，是以彌陀寺的規格並不宏大開闊，不過白牆烏瓦，花樹掩映，柏木森森，古樸玲瓏，風景極為秀麗，加之寺中解籤靈驗，因而一年四季都能吸引大批香客。

彌陀寺香火旺盛，寺中供有幾百座羅漢真人。去武昌府遊玩的人，多半會去彌陀寺，不為別的，就為了數一數寺中的羅漢。

孟春芳上次去武昌府，已經數過羅漢了，這一回是去還願的。她覺得廟中的解籤確實非常靈驗，這才想邀請李綺節一道去寺中求籤。

去武昌府可以坐船，十分便宜，但彌陀寺建在山谷之中，進出需要走山路。臘月裡風雪交加，山路不通，走不得牲畜馬匹，唯有扛摔打的山裡人才敢冒雪走山路。

一般人不會選在這個時節去武昌府，孟春芳原本是打算年後春暖花開時節再去的，可孟娘子覺得路越難走，才越顯得她虔誠，佛祖也就越會憐憫孟春芳，求的籤就越靈，因此執意要上山去。

李綺節婉拒了孟春芳的邀請，寒冬臘月天，不管裹多少衣裳都冷得瑟瑟發抖，她恨不得從早到晚坐在火盆邊取暖，別說是出遠門了，就是坐船回李家村，她都嫌麻煩。

江面上風大，坐在船上，寒風撲面，比外頭陡然冷了好幾倍。到渡口下船時，李綺節的雙手雙腳幾乎沒有知覺了。

下了船，她沒坐牛車，和李乙、李子恆一起走路回李宅。渡口和李家村離得不遠，走一走，她還能暖和些。

一路上碰見不少和李家幾口一樣在年底回鄉的熟人，免不了得要寒暄幾句。沿途走走停停，到李宅門口時，先回家的進寶竟然還未進門，牛車停在門口，老牛哞哞兩聲，尾巴輕輕甩動，急著進院吃草料。

李乙皺眉道：「怎麼回事？」

李家門口挨挨擠擠，圍了不下數十人，男女老少，婦孺兒郎，把大門口擠得水洩不通，進寶無法，只得跳下牛車，請看熱鬧的村人們讓出一條路。

招財和官家出門迎客，領著李乙幾人進門，解釋道：「二爺不知，家裡來客了，這些人都是來瞧熱鬧的。」

寶珠嘖嘖幾聲，「哪裡的客人？這麼大的排場？」

幾人進了院子，進寶還在外頭和村人們道擾，讓他們為他讓出地方來，村人們都嘻嘻哈哈，各自退去，牛車終於慢吞吞進了院子。

等進寶和牛車進了大門，村人們又呼啦一聲，重新堵住李家門口。

劉婆子讓丫頭們端來熱茶火盆，幾人不及問其他，先脫下鞋襪，換上暖和的棉鞋，圍坐在火盆旁取暖。

周氏在裡頭陪客，李大伯提著一個帶手柄的小手爐走了出來，問道：「可算是回來了，路上沒凍著吧？」

一巴掌拍在李子恆肩膀上，「大郎曬黑了。」

又細細端詳李綺節，笑道：「三娘長高了好些，像個大姑娘了。」

李乙道：「誰在裡頭？」

李大伯朝外邊指了指，「張家的大少奶奶和他家那個小閨女。」

李綺節恍然大悟：難怪村裡的人都擠在李家門口，原來是等著看張桂花。

張桂花是張老太爺的掌上明珠，十幾年從未踏出過張家一步。對於張桂花的相貌，村裡的人眾說紛紜，有人說她貌若天仙，也有人說她是無鹽女。不管外人如何揣測窺探，張老太爺始終風雨不動，不許小女兒出門。

如今張桂花竟然來李家做客，村裡人自然蜂擁而至，等著一睹張家小娘子的風采。

曹氏聽說李乙幾人歸家，從正房出來，找到寶珠，「二爺回來可有帶滴穌鮑螺？」

寶珠搖搖頭，花慶福為李綺節張羅球場那邊的鋪子，忙得腳不沾地，花娘子也得跟著打下手，沒來得及揀鮑螺。

曹氏哼道：「張大少奶奶鼻子不是鼻子，眼睛不是眼睛，嫌咱們家的茶點太粗糙呢！」

李綺節在一旁聽見，放下茶碗，「這有什麼，做幾個雞蛋糕便是了。」

曹氏疑惑，「雞蛋糕？」

李綺節道：「寶珠會做。」

材料不齊全，沒有法子做那些花樣百出的巧克力蛋糕，但打發奶油，蒸幾個簡易蛋糕還是很容易的。李綺節笨手笨腳的，就會蒸幾個簡易蛋糕糊弄人，就是太過浪費，寶珠跟著她學蒸糕點的時候，一直念叨著罪過可惜。

寶珠一拍手，「我跟著三娘學的新鮮玩意兒，縣裡人都沒見過，張大少奶奶肯定也沒有吃過，就做這個！」

曹氏連忙拉著寶珠去灶房忙活。

不一會兒，劉婆子拉著李昭節和李九冬來跟李乙見禮。

不知是不是幾個月不見的原因，李綺節覺得姊妹倆好像長高了一大截。

李昭節和李九冬怯怯地向李綺節問好，姊妹倆怕周氏，連帶著也怕李綺節，加上一段時間不見，生疏了許多。

李綺節把姊妹倆抱到火盆邊的羅漢床上，陪著她們玩了會兒翻花繩，看兩人興致缺缺，又讓進寶取來行李裡的棋盤，和兩人一起玩雙陸棋。

雙陸棋本來是最熱鬧的，李昭節和李九冬很快玩得握拳擼袖，在羅漢床上蹦來跳去，但李綺節硬是玩得哈欠連連，正是昏昏欲睡的時候，忽然聽得外頭一陣紛雜的腳步聲，丫頭們簇擁著張大少奶奶和一個身量高瘦的小娘子走出正房。

張大少奶奶仍是嬌小玲瓏，粉光脂豔，頭梳狄髻，滿頭珠翠，一身綾羅，走起路來搖搖擺擺，柔弱無骨，而她身旁的小娘子年歲不大，但已經比張大少奶奶高出一個頭，削肩細腰，眉眼秀麗，身著丁香色纏枝四季花卉寧綢襖、梅紅春羅裙，行走間裙幅皺褶流動似波動的水紋，色澤豔麗，宛若盛開的紅梅。

張桂花名叫桂花，人卻不似桂花，更像落雪時節綻放在枯枝上的一簇老梅，冷而豔。

周氏拉著張桂花的手，親親熱熱地說著什麼，顯然十分愛重張桂花。

李大伯、李乙和李子恆在隔壁間說話，李綺節便帶著李昭節和李九冬迎上前，一起送張大少奶奶出門。

張大少奶奶見了李綺節，笑得合不攏嘴，「三娘回來了？哪日閒了，來我們家坐坐。」笑了笑，忽然道：「剛才吃的點心，在別處沒見過，是南邊傳過來的？」

周氏連忙對李綺節使眼色。

李綺節意會，含笑道：「難得大嫂子喜歡，是寶珠自己搗鼓出來的。」

當著一屋子丫頭，張大少奶奶不好追問，只得作罷。

周氏和張大少奶奶給李綺節和張桂花序過年齒，發現張桂花年長李綺節幾個月，當下便讓兩人改口。

李綺節笑盈盈道：「張姊姊。」

張桂花眼簾微抬，冷冷地瞥了李綺節一眼，淡然道：「李妹妹。」

如果不是周氏在一旁看著，李綺節真想打個哆嗦，屋外北風呼嘯，冷得人牙齒打顫，張桂花的眼神，比外頭的北風還冷。

等張大少奶奶領著小姑子告辭離去，李綺節問周氏道：「張姊姊比我大幾個月，怎麼取名叫桂花呢？」

李家幾個小娘子的名字是按著四季節氣取的，李昭節生在春天，便取名昭節，李九冬是冬天落草的，所以叫九冬。李家另外一支的小娘子，剛好是夏天的生辰，叫朱律。至於李綺節的名字，顧名思義，綺節是七夕的別稱，她的生辰是七月初七。

張桂花比李綺節大上好幾個月，生辰在寒冬，按理不該叫桂花的。

周氏笑道：「咱們這的金桂一年才開一次，桂花出生那年，張家的桂花樹卻接連開了兩次花，所以張老太爺才給她取了這麼個名字。村裡人都說她的名字取得好呢，俗是俗，可取俗名才好養活。」

周氏話裡有些未盡之意，當年李綺節出生時，因為剛好是七夕佳節，周氏便給她取了個小名，叫七巧。李大伯死活不同意，硬是給改成了綺節。周氏總覺得李綺節的名字改得不好，所以小時候才三災八難，一直體弱多病，心裡始終惦記著想給李綺節換個俗氣的名字，奈何拗不過李大伯。

李綺節不知道自己差點就成了李七巧，還在想著張家的桂花小姐，她明明是頭一回見張家的小娘子，怎麼老覺得這位冷美人有些眼熟？

周氏很喜歡張桂花，接下來的幾天桂花桂花不離口，惹得李大伯道：「快去調碗桂花藕粉來給妳們太太吃，別餓著妳們太太。」

丫頭們都捂著嘴低笑。

李大伯道：「三娘回來過年，妳不曉得惦記自己侄女，老是提那個張小娘子做什麼？她雖然生得靈醒，和三娘比起來還是差了點。」

周氏笑道：「官人又說胡話了。」

張桂花生得冷豔，和杏臉桃腮、嬌俏標致的李綺節相比，又是一種風韻，李大伯說張桂花不如李綺節，完全是出於偏心。

曹氏也勸周氏：「三小姐瞧著漫不經心的，其實心思細著呢！這幾天家裡的大小丫頭、婆子僕役，都得了寶珠送的禮物，連外頭幾個出遠門的都沒落下，顯見著三小姐特意吩咐的。太太當著三小姐的面誇張家小姐，三小姐難免會不高興。」

她想了想，加了一句：「說句難聽的，三小姐只是太太您的侄女，到底不是太太親生的，始終是隔了一層。」

周氏有些愧疚，怕李綺節真的會和自己生分，這天便隨便找了個藉口，來探望李綺節。

李綺節才剛洗了頭，正坐在火盆邊烤火，見周氏進來，連忙起身。

周氏摸摸李綺節的手心，蹙眉道：「雖然在屋裡，也得多穿幾件衣裳。」

李綺節應了一聲，寶珠乖覺，已經取了件厚襖子過來為她披上。

說了些預備過年的閒話，周氏搭訕著道：「前幾天寶珠做的那個雞蛋糕難不難做？」

李綺節把半濕的黑髮挽了個鬆散的髮辮，笑道：「不難做，就是有些費糖。」

寶珠連忙道：「不止費糖，還費油，費雞蛋，費麥粉，什麼都費，要是蒸花糕，能做一大籠呢！」說著，把烘蛋糕的步驟一點一點說給周氏聽。

周氏聽得咋舌，「法子簡單是簡單，就是太浪費了。可憐見的，誰家捨得這麼吃？」

李綺節忍笑，周氏儉樸慣了，剩下的肉湯從不浪費，還能再煮一次湯麵吃，高糖高油的糕點，她是捨不得常吃的。

再捨不得，周氏還是吩咐寶鵲記住寶珠說的步驟，「好不容易有個新鮮茶點是張大少奶奶沒吃過的，下回她再上門，就用這個雞蛋糕打發她，免得回回都是滴稣鮑螺。」

上個月，李家又買了十幾個奴僕，周氏漸漸不再管灶間的事，不過糖、油之類的精貴東西，還是她親自管理。

說笑一陣，見李綺節言談如常，周氏放下心來。

不想李綺節沒有因為周氏厚待張桂花吃味，李昭節那頭卻鬧起來了。

李昭節和李九冬不是周氏生的，原本就有些敏感，加上家裡的僕婦喜歡逗弄小娘子，常常對姊妹倆說些「太太更喜歡三小姐，不喜歡妳們兩個」、「張小姐生得真好看，太太拉著她的手不肯放，還說要認張小姐做乾女兒呢」、「太太有了張小姐，不要妳們了」等的玩笑話。一來二去的，李昭節當了真，竟然趁劉婆子不注意，鑽進後院，鬧著要跳井。

李家養著兩個小娘子，怕小孩子貪玩，後院的老井早就封了井蓋，還上了一把大鎖，只有周氏和後廚的婆子才有開鎖的鑰匙。

不過，曹氏還是嚇出一身冷汗，一把撈起扒在井沿不肯走的李昭節，打也不是，罵也不是，自己先淌了一臉的淚。

周氏也嚇得不輕，把幾個平日裡喜歡碎嘴的僕婦們訓斥了一通。

曹氏安撫好李昭節，等她睡下，走到周氏房裡磕頭賠罪，自責道：「都怪我一時大意，沒看住小姐。」

周氏一揮手，「怪不了妳，以後誰在昭節和九冬跟前提起大姑娘，回來告訴我，管她是服侍多少年的老人，我們家是斷斷留不起的！」

下人們噤若寒蟬，自此再沒人敢提起李昭節和李九冬的身世。

過了臘月，二十三當天，周氏領著李綺節、李昭節和李九冬，聚在一處看僕婦切麻糖。

鄉下人家，每到年時，本族婆子媳婦都要帶上自家炒好的米糖、芝麻，結伴去村裡的宗祠攪麻糖。李家只有一個大嫂子周氏，沒有妯娌婆媳，只得把幾個小娘子叫到一起，按著鄉下的規矩，女眷同聚，親自拌米糖。

灶間熬了一大鍋糖稀，爐灶裡燒得通紅，紅糖、白糖、麥芽糖熬出黏性，咕嘟咕嘟直冒泡。這一鍋糖漿要不停攪拌，牽扯出老嫩適宜的拉絲，把備好的米糖、花生、熟芝麻、桂花倒入其中，翻炒、攪拌均勻，整塊鏟起，倒入木盆之中，徒手攤得均勻，再蓋上一層木板，拿一根大木棒，跟擀面皮似的，隔著木板來回不停碾壓。等糖塊壓實壓緊，再倒出來，鋪在乾淨簟席上，切成一塊塊麻糖。

切麻糖要趁著溫熱鬆軟時下刀，經驗老道的劉婆子拿著蒲刀，沿著麻糖，手起刀落，眨眼間已經分出整齊的七八塊。

周氏坐在院子裡看婆子們整治，說是親自拌米糖，也不過是走一個過場，無須她親自動手，只需趁著翻炒的時候，幫著把熟芝麻撒在大鍋裡就行。周氏平日裡會親自為李大伯做飯熬湯水，熬糖稀卻是做不來的。熬糖稀得要時時刻刻注意火候，火旺了糖稀發苦，火小了不成形，只有力氣大的婆子能熬出好糖稀。

滿院子都沉浸在一股濃郁的甜香之中，丫頭們都在偷偷嚥口水。

別人猶可，最愛甜食的李子恆聞著濃厚的香氣，顧不上矜持，找了個由頭跑到灶房，搓著兩隻大巴掌，圍觀了一陣。

婆子揀鬆軟的麻糖切了一小塊，一頓揉捏，搓成拳頭大小的糖團子，給李昭節和李九冬兩人倆甜嘴。姊妹倆並不餓，不過是覺著好玩，捧著糖團子，一邊啃一邊笑，比賽誰先吃完誰吃得多，身後掉了一地的米糖渣子。

李子恆在一旁眼巴巴瞅了半天，最後還是曹氏切了一大塊麻糖給他解饞。

李綺節不愛吃甜，規規矩矩坐在周氏身後，面前只放了一盅摻了金橘絲的桂花茶。

周氏見第一鍋切麻糖做好了，讓李綺節先嘗一塊——這是求個好兆頭的意思。

李綺節一看到麻糖上烏褐色的鬆軟糖絲，心裡一陣膩歪，接過一塊麻糖，慢慢吃完。剛切好的麻糖還是溫熱的，絲絲甜意快要甜到肺腑裡去了。糖漿黏牙，扯開來依然柔韌有絲。她吃完一塊，接連喝了兩盅桂花茶，猶覺膩得慌。

至於李子恆，吃完一塊麻糖竟然還嫌不夠，又藏了幾塊在袖子裡，才心滿意足地離去。

李綺節有些發愁：李子恆太愛吃甜，以後得讓進寶提醒他天天刷三遍牙齒，免得他將來犯牙疼，瑤江縣可沒有專門為人看牙齒的大夫。

已近除夕，李家各樣大菜都準備妥當，年禮都往各處送過，門前都換了門神、桃符，領了鄉里送來的「福」字，丫頭、婆子們從庫中取出積年的金銀器皿擺在案前，各院各屋都打掃乾淨，裝飾一新。

因為家中人口簡單，今年還和嫡支那一系鬧了些不愉快，年禮都是隨便敷衍的，所以身在內院的周氏和李綺節的年過得很清靜，不用開門待客，也不用出門交際，正月裡也無須擺年酒：不必費鈔，逍遙自在，今年這個年倒是過得輕省。

李大伯、李乙和李子恆身為外男，免不了四處應酬，一直到正月過完才空閒下來。

到正月底時，估摸著開春各家都要忙著桑田之事，不會上門拜訪，周氏帶著李昭節和李九冬回娘家周家村省親。

這一回李綺節沒跟著一起去，留在家中看家，免得有女眷上門時沒人招待。周氏知道李乙正在為李綺節張羅訂親的事，想讓李綺節歷練歷練。

李綺節隱約猜出周氏的意思，老老實實待在家中料理內務，花慶福幾次來信催她回城，她卻是一拖再拖。

花慶福知道李綺節是未出閣的小娘子，怕來往的口信太多了給她惹麻煩，沒再催請，遇到拿不定主意的事時，便讓花娘子坐船到李家村問她的意思。

年後落了幾場雪，放晴之後，春日融雪，比年前還冷了幾分。瞧著金燦燦的日頭曬在白牆黑瓦上，泛起陣陣熱乎乎的流光，一伸手，仍舊是寒風透骨。

李綺節乾脆把一應物事都搬到廂房裡，一天到晚都窩在房裡不出門。婆子們便不再往正院跑，每天早晚都到廂房裡回話。

開春前，里甲老人在村前的大場院裡訓話，各家男丁都要前去聽訓，家中沒有男丁的，才允許女人們代為出席。這是鄉里的老規矩了，年年如此，為的是鼓勵鄉民們辛勤耕作，不能誤了時節。

這天，李大伯和李乙起了個大早，匆匆吃了一頓白菜豬肉餡的餃子，前去和里甲老人們匯合。今天是大日子，里甲老人除了訓話之外，還會召集鄉里有名望的人家一起商議農桑，李大伯和李乙屆時都要出席。

李子恆年過十二，也被其他人家的兒郎拉去一起聽訓。

李綺節坐在廂房裡，依稀能聽到場院那頭的響動，心裡有些可憐那些替里甲老人，沒有擴音器，他們訓話全靠嗓子吼，七老八十的老人家，吼上一兩個時辰，就是喉嚨不壞，身體也受不住。

午間，李大伯和李乙都不回家吃飯，要留在幾處里甲老人家開宴。宴席的費用是家家出份子湊齊的，一家一錢銀子，拿不出銀錢的，就出些糧米柴炭，連柴炭都拿不出的，便要去灶上幫忙。

李綺節讓劉婆子預備好午飯，兄妹倆吃飯，沒有燒大灶，只用爐子煮了一鍋熱飯，菜蔬一大半還是年裡沒吃完的肉丸、魚糕，放在飯上蒸熱就行，只新炒了一道蒜蓉野薺菜。春天的野菜最是鮮嫩，正好解膩。

等碗筷都擺放好了，李子恆仍未歸家。

寶珠催李綺節先吃飯，李綺節低頭算著帳務，頭也不抬，「先等大郎回來。」

寶珠怕餓著李綺節，想出門去尋人。剛走到院門口，聽見外頭一陣窸窸窣窣的說話聲，進寶倚在牆根底下，在一幫小丫頭們面前吹牛皮。

進寶正繪聲繪色地和幾個丫頭描述渡口上的繁華景象，壓根兒沒聽見寶珠的腳步聲，說到得意處，竟口沒遮攔，說起去年底選花魁娘子的事來。

寶珠氣得面色紫漲，幾步跑到院牆底下，捂住進寶的嘴巴，拖到房裡，按著揍了一頓。

小丫頭們面面相覷，一哄而散。

等李子恆回家的時候，別說是午飯，就連晚飯都涼了。

劉婆子起身披衣，就著昏黃的燭火，特意為李子恆煮了一鍋薑汁魚片銀絲麵。年底李家幾處池塘抓魚，除了賣掉的幾千斤，還剩下許多，送人的送人，醃漬的醃漬，打魚糕的打魚糕，現在後院一溜大水缸裡還養著幾十條，婆子怕吃不完，一天三餐變著法的做各種煎魚、燉魚、蒸魚，煮麵也是魚片麵。

李子恆餓狠了，抄起筷子，很快把一鍋銀絲麵吃了個底朝天。

劉婆子又打了兩顆雞蛋，切了點酸漿醃菜，抓一把醃好的嫩魚片，將白日的剩飯炒了，盛了滿滿一大碗，端到李子恆面前。

李子恆一連吃了三碗炒飯，打了個飽嗝，後知後覺道：「餓死我了！」

劉婆子心疼道：「什麼大不了的事，連吃飯的功夫都沒有？小心餓出毛病來！」又念叨了一陣，見李子恆實在吃不下了，這才收拾好碗筷，回房睏覺。

李綺節還在燈下忙活，等李子恆吃完飯才道：「怎麼這時候才回來？阿爺和大伯方睡下，明天早上起來肯定要盤問你的。」

火盆上架了鐵架子，上面擱了一個大銅壺，壺裡的熱水原本是用來灌湯婆子的，李子恆見水開了，不等寶珠動手，提起銅壺，先沖了一大碗藕粉。

寶珠又氣又笑，重新添了冷水，把銅壺放在火盆上，取來桂花鹵子，將藕粉調好，往李子恆跟前一遞，「大晚上的，吃多了積食，大郎夜裡不睏覺了？」

李子恆咧嘴一笑，藕粉燙，他噘著嘴巴，小心翼翼地吃著，一邊吃，一邊把白天的事情逐一向李綺節道來。

上午，李子恆跟著幾個夥伴去場院那頭聽里甲老人宣讀朝廷下發的勸農書，暈暈乎乎聽了半天，正覺得沒勁兒，準備開溜，場院西邊忽然打起來了。

里甲老人氣得吹鬍子瞪眼睛，把鬧事的幾個兒郎劈頭蓋臉一通臭罵。

那幾個少年李子恆都認得，有一大半是孟家的子弟。

李綺節聽到這裡，執筆的右手頓了一下，「為了孟四哥？」

李子恆點頭不迭，「可不就是為了他！」

孟舉人再清高，過年還是要回鄉的。孟娘子生怕孟雲暉再和五娘子等人有瓜葛，不許五娘子一家上門拜年，也不許孟雲暉出去應酬。孟家族人怕兩邊尷尬，也儘量不讓他們碰面，但像開春全鄉聚會聽里甲老人訓導這種事是避不開的。

孟雲暉代表孟舉人在下面聽老人訓導的時候，他的同胞弟弟因為許久不曾見他，忍不住去拉他的衣袖，喚他哥哥，問他為什麼不回家去。

孟雲暉來不及回答，旁邊的十二郎孟雲皓先炸了起來。

孟十二出門前，孟娘子特意交代他，讓他務必要看好孟雲暉，不許孟雲暉和親弟妹們見面。孟十二自覺有孟娘子做倚仗，一巴掌抽在孟雲暉弟弟的臉上，罵道：「他是我家的人，不是你哥哥，一邊兒去！」

孟雲暉當時沒有說什麼，只把弟弟護到身後，讓他趕緊回家去。

他弟弟年歲還小，看到親哥哥居然不幫著自己，心裡又委屈又疑惑，捂著被打腫的半邊臉頰，左右張望了一陣，哇哇大哭。

孟十二看孟雲暉的弟弟哭了，越發耀武揚威，指著孟雲暉的弟弟一通罵。

孟雲暉始終一言不發，任孟十二撒潑。

一旁的孟家其他兒郎卻聽不下去了，尤其是李子恆曾經見過的孟十郎等人，更是怒不可遏，剝了衣裳，就和孟十二廝打起來。

最後成了一場混戰，除了孟雲暉和他弟弟，孟家子弟幾乎全掛拳頭了。

「我把孟四的弟弟送回家，五娘子又哭了一場。孟五叔的病還沒好全，我看他家水缸空了，幫他家挑了幾擔水。」李子恆拍拍自己的肩膀，「五娘子倒是記得留我吃飯，他一家老小的，孟五叔還臥病在床起不來，我哪裡好意思。」

寶珠嗤笑一聲，「所以你就餓到現在？」

李子恆嘿嘿一笑。

李綺節扣上紅木雲蝠紋帶屜桌右角的暗鎖，「孟四哥沒回去看他爹娘？」

李子恆搖搖頭，「孟十二被孟十郎揍得滿頭青包，孟四怕他傷到骨頭，便先送他去看大夫了。」

請大夫當然得先回家，回到家，有孟娘子在，孟雲暉怎麼可能還有機會出門？

李子恆同情道：「孟四也難做呢！」

寶珠把幾枝大小不一的湖筆安放在筆架上，跟著嘆息一聲，「孟娘子也忒小氣，孟四少爺和五娘子一家是血親，怎麼可能說疏遠就疏遠？她越是嚴防死守，孟四少爺越要恨她！」

李子恆吃完一碗藕粉，放下匙子，拍拍手，「別人家的家務事，咱們也不好多說。」說這話的時候，他盯著李綺節的眼睛，觀察她的反應。

李綺節眼眉低垂，神情淡然，「不早了，大哥早些歇息。」心裡卻有些哭笑不得：李子恆向來藏不住心思，看他言語間幾次試探，竟是以為她對孟雲暉心藏愛慕，故意敲打她。

看來她太過得意忘形了，以為沒了楊天保的娃娃親，就能暫且高枕無憂，其實不過是另外換了一種煩惱而已，在沒有訂下人家之前，她和任何一個表哥略微多說幾句話，都會引來長輩們的注目。

孟娘子一再觸犯孟雲暉的底線，孟雲暉始終忍氣吞聲。他面上憨厚，實則是個堅忍狠心的人。今日他對自己狠，將來說不定也會對身邊的人狠。

在某種程度上，李綺節覺得孟雲暉和自己是同一種人，他們都知道自己該放棄什麼，不同的是，李綺節放棄得灑脫，而孟雲暉放棄得不甘。

正因為理解孟雲暉的選擇，李綺節更加確定孟四哥嫁不得。她雖然有些自負，但還不想拿自己的婚姻去冒險。孟雲暉不會為了她放棄他的青雲路，而她對孟雲暉，除了同情之外，並沒有其他想法。

李綺節掀開燈罩，吹滅燈火，回房梳洗，滾燙的手巾蓋在臉上時，她幽幽地嘆口氣。身為女子，言行間有諸多禁忌且不說，嫁人麻煩，不嫁人竟然也這麼麻煩，而且除了這兩種選擇之外，沒有第三種出路。

不過和嫁給楊天保比起來，再多麻煩也算不了什麼。至少李綺節不必受高大姐的氣，不用因為小黃鸝肚中的胎兒為難自己的良心，不必因為楊天保的風流呆性黯然神傷，她可以選擇自己的未來，哪怕未來目前看來並不是坦途。

李綺節苦中作樂，躺在枕上暗暗道：再不濟，乾脆嫁給花家大郎算了，花慶福和花娘子都把她當成散財童子一樣寶貝著，嫁到花家，她就是老大，誰都得聽她的！

才念叨了幾句，第二天，麻煩就主動上門了。

來人是打著花娘子的名頭上門的，送來一匣子滴稣鮑螺和一簍水靈靈的新鮮櫻桃。

田野阡陌間的野菜應有盡有，但桃枝上才現出星星點點的新綠嫩芽，不知道花家的櫻桃是從哪裡搜羅的。

等到看清送櫻桃的人是金家的僕婦，李綺節心下了然，金家和武昌府楚王府的金長史連宗，早春的櫻桃是稀罕東西，可對楚王府來說，應該不算什麼。

李綺節不動聲色，讓寶珠把櫻桃洗淨，做成酪櫻桃，撒上一層用苦果粉做成的果凍，淋上鮮奶油，擺到送東西的僕婦跟前，「難為嫂子跑一趟，嫂子嘗嘗我們家的點心。」

酪櫻桃一般人家不會做，寶珠做的酪櫻桃卻比金家的還講究。

僕婦吃完酪櫻桃，知道李家三小姐不好糊弄，不敢多問，說了幾句場面話，告辭離去。

李綺節冷笑一聲，不等寶珠收拾下茶碗，冷聲道：「讓進寶回縣城一趟，問一問花娘子，她是不是改行當媒婆了。」

金家向李家求親是去年的事。金家是瑤江縣的首富，金大官人人脈極廣，連順天府都有他認得的人。人家按規矩遣了媒婆上門說和，話裡話外都暗示金家老太太根本不把李綺節的一雙大腳放在心上，李乙當然意動，可後來李乙聽楊縣令說起金家大郎的為人，得知金雪松十多歲就眠花宿柳，無惡不作，是個十足的混世霸王，立馬就婉言回絕了金家的婚事。

李乙雖然替李綺節恨嫁，卻還不至於把她嫁給一個浪蕩公子。

李綺節以為金家那樣的門第，應該不會再上門求親，沒想到金家竟然還沒有死心，還婉轉迂迴，從花家那邊向她遞話。

她原先的猜想應該沒有錯，金家向李家求親果然沒安好心。金雪松是不是故意的？打著花家的名號上門，暗示他知道她和花慶福私底下的生意往來，用這個來威脅她？

李綺節越想越覺得蹊蹺，越發打定主意，以後看到金雪松，必須跑得遠遠的。

進寶知道李綺節動氣，不敢耽擱，利利索索進城，很快又折返回來。

他不是一個人回來的，旁邊還跟了一位中年男子。

原來兩人半路上迎面遇見，乾脆在江面上換了條船，一道回李家村。

「三娘，都是我那渾家的不是。」花慶福一進門就連聲道歉：「金家的僕婦是妳大嫂子的一個遠親，今天妳嫂子原要給妳送幾樣果品點心，剛巧那僕婦上門找她說閒話，說她也要回李家村，可以順路幫著捎帶東西，妳嫂子也沒多想就應下了。還是我聽她提起，曉得金家的婆子幾次上門探問妳的事，怕是裡頭有文章，她才知道那僕婦多半是故意的，讓我趕緊跟過來看看。」

隔著一道落地大屏風，李綺節看不清花慶福的神情，不過聽他說得誠懇，心裡的火氣消了幾分，淡淡道：「原來如此，我說花娘子怎麼會讓個眼生的婦人替她跑腿。」

花慶福是外男，又是已婚的成年男子，不止要隔一道屏風，還不能和李綺節共處一室，只能坐在隔間外面，同樣看不見李綺節的表情，聽她的語氣似乎不像是惱怒的樣子，暗暗鬆口氣，擦了把汗，「三娘，金家那頭是什麼路數？是不是眼紅球場那邊的生意？」

球場並未正式開張，一直不鹹不淡地舉行幾場蹴鞠比賽，唱的戲目也都是俗套的捉妖故事，雖然吸引了一批閒人去看新鮮，但至今還沒有盈利的跡象，可李綺節一點兒都不著急，仍舊按部就班訓練班底。花慶福可以篤定，李綺節後頭肯定還有計劃，所以也不擔憂，縣裡其他人似乎也瞧出苗頭來，已經有好幾波人明裡暗裡打聽過球場。

金家曾向李家求親的事，只有兩家人自己知道，花慶福沒有聽說過金家和李家有什麼瓜葛，聽人說金家人在暗中打聽李綺節，頭一個想到的就是球場那邊。

李綺節讓寶珠去篩茶，「金家嘛，沒什麼，他們家向我們家提過親。」

原本以為要和金家好好鬥一番的花慶福傻眼了：啊？

枉他花慶福把金家當對手，金家卻想娶李綺節過門。

太陰了！

李綺節沒看到花慶福臉上變換不定的神色，聽他的驚呼裡驚嚇大於驚訝，只當他是一時沒有反應過來，含笑道：「你沒進門前，我還以為花娘子是金家請來的說客呢！」

花慶福知曉李綺節私下的一應事體，算得上是李綺節的心腹幹將。雖然他是李綺節的長輩，但兩人來往一直以平輩相交，所以李綺節在花慶福面前反而比在父親李乙跟前更直接。

花慶福愣了許久，才緩緩道：「原來如此，原來如此……」

驚訝過後，花慶福撇開金家不提，和李綺節說了會兒正事，心裡暗暗盤算道：金雪松那個紈絝雖然不成器，可金家是縣裡數一數二的富裕人家，而且金家老太太是貧苦人出身，不大看重規矩，常常帶著媳婦孫女在街巷間閒逛，金家的當家太太田氏聽說也是個好脾氣的，倒是挺適合三娘的。

嫁到金家，三娘不會受婆母長輩拘束，可以堂堂正正操持生意行當。

金家的人脈，那可比楊縣令的官位還值錢呢！

可看三娘的意思，似乎無意於金家。

花慶福嘆口氣，假如李綺節是他的閨女，他哪裡會顧忌那麼多，直接招婿就得了。雖說願意與人做贅婿的都是無家無業的軟骨頭，一世不能科舉，處處受人嘲笑，但贅婿嘛，吃軟飯的傢伙，只要乖乖吃軟飯就行了，誰管他能不能出人頭地，只要閨女立得住就行。

當然，花慶福也只是想想而已，他膝下幾個小娘子都已訂了人家。一般人家，除非真到了走投無路的境地，都不會為女兒招贅。

幾場連綿春雨過後，天氣漸漸晴好，池塘泛起春水綠波，院牆外的桃樹上爬滿花骨朵，柿子樹光禿禿的枝條上也挑出幾點新芽。

李綺節記得李昭節的生辰快到了，便讓招財趕著牛車去周家村接周氏和李昭節姊妹倆回家。周氏似乎也記掛著為李昭節過生辰的事，提前收拾了行李包裹，招財到周家村時，周氏正打算讓侄兒出門去雇車。

灶房裡早就備好了熱湯熱飯，李綺節知道李昭節格外敏感，特意讓寶珠親自為姊妹倆打掃房屋，舊的窗紗、桌布全都換上新的，桌椅羅櫃擦了一遍又一遍，務必把精緻的透雕雲紋擦得光潔如新，還在土陶瓶裡供了一簇開得豔麗芬芳的桃花，甚至還焚了一爐香塊，一來是驅蟲，二來是除味。

等周氏幾人歸家時，李綺節出門迎接，走到門口時，目光向外一掃，只見門外一片熙熙攘攘，圍了不少人。

張桂花又來了？

李綺節抬起頭，沒看到張家的轎子，倒是看到一個熟人。

一個濃眉大眼的大丫頭正攙扶著一個一身縞素、面容憔悴的中年婦人走下李家的牛車。婦人身旁是周氏。

緊跟在周氏身後的是一個頭戴絨帽，著茶褐色夾襖的少年。

少年眉骨挺秀，英姿蘊藉，雖然一身粗布衣裳，但他站在人群當中，猶如鶴立雞群，淡淡一個眼風掃向四周，彷彿春風過處，吹皺一湖碧水。

圍觀的男女老少，不分老幼，視線都不由自主停留在他身上。

卻是李綺節曾見過幾次的小沙彌。

圍在李家門口的村人們，一邊打量少年，一邊交頭接耳。

「好俊的公子，是李家的侄兒？」

「瞧著不像呢！他身上戴著孝，李家近來沒有喪事啊！」

不等看熱鬧的人們繼續討論，招財和進寶急急忙忙把牛車趕進院子裡，關上大門，眾人還在外面等了一會兒，看李家人沒有開門的意思，才各自散去。

家裡忽然來客，李大伯急急忙忙戴好頭巾，披上八成新的一件袍服，匆匆走到外邊來，周氏卻道：「官人自便。」便扶著婦人直接進了自己的寢房。

因為身上戴孝的緣故，小沙彌怕衝撞李家，站在外院，腳步有些躊躇，大丫頭不由分說，拉起他的胳膊，直接把他拽著往裡走，一路跟在周氏身後，也跟進房去了。

李大伯看著小沙彌的背影，一臉茫然，「三娘，來的是哪裡的親戚，我怎麼沒見過？」

無論李家還是周家，都沒有樣貌如此出挑的少年兒郎。

李大伯雖然愛護短，審美還是很正常的。

李綺節輕聲道：「張十八娘。」

李大伯愣了半天，嘆息道：「原來是她。」

周氏未嫁前，得過張十八娘的恩惠，李大伯這些年常常聽周氏念叨起張十八娘，張十八娘這些年的遭遇，他也大概聽說了個七七八八。

寶珠走到李綺節身邊，「三娘，昭節在外頭賭氣不肯進來呢！」

周氏光顧著安頓張氏和小沙彌，把李昭節和李九冬交給曹氏照顧，李昭節受了冷落，滿心不高興，又看劉婆子們都記得她的生辰，兩邊一對比，越發覺得委屈，使起性子，趴在門口用來磨刀的一塊大石頭上不肯走了。

李綺節只得讓寶珠搜羅了一堆好吃的好玩的，親手送到李昭節跟前，「昭節乖，跟姊姊進屋，屋裡還有更多好吃的。」

李昭節哼了一聲，抱著大石頭不撒手。

家裡的婆子長工們經年在這塊大石頭上磨蒲刀、剪子、鋤頭、鐵鍬，石頭表面相當光滑乾淨，但底部挨著水溝，布滿青苔，李昭節挨著大石頭磨蹭了一會兒，裙角髒汙了一大片。

曹氏牽著李九冬過來一起勸李昭節，李九冬懷裡抱著一個五彩團花紋罐子，罐子裡裝滿了各色糖果，嘴裡正滋滋吮著一塊麥芽糖，含含糊糊道：「姊……吃、吃糖。」

李綺節眼睛一亮，家裡的糖果是她讓婆子們做的，哪裡都沒處買去，小孩子不是最愛吃糖嗎？她剝開一顆奶糖，捧在掌心，在李昭節跟前晃晃，「昭節，看！」

李昭節別開臉，「哼！」

李綺節苦著臉，把奶糖隨手塞到寶珠嘴裡，她李三娘天不怕地不怕，就怕逗小孩子。

劉婆子擺出一副凶臉，「小姐不聽三小姐的話，回頭官人曉得，會罵妳的！」

幾個丫頭在一旁幫腔。

李昭節依舊趴在大石頭上當瑞獸，把臉再轉向另一邊，「哼！」

僵持了大半天，連裡頭的李大伯都驚動了，親自過來請李昭節進門。

李昭節不為所動，視死如歸，巴著大石頭，小指頭攥得緊緊的。李大伯要抱她起來，她便嚷疼，李大伯怕傷著她，搖搖頭，「妳這鬼丫頭！」

他對李綺節道：「先不管她，餓她一頓就好了。」

婆子丫頭們只得散去，留下李昭節一個人。

如果抱著大石頭不肯放的人是李子恆，李綺節管他三七二十一，幾棍子敲下去，保管能把大哥打得服服貼貼的，可賭氣的人是李昭節，她就不好自作主張了。

雖說李大伯和李乙並未分家，但因為兄弟倆不住在一處，家裡的下人涇渭分明，留在鄉裡的，儼然更偏愛李昭節和李九冬，在縣城鋪子裡幫工的夥計，則更看重李子恆和李綺節。

尤其是隨著李昭節姊妹倆一天天長大，家下人私底下常常說起「太太最疼三小姐」這種話，覺得周氏偏心，對庶出的女兒不夠慈愛。

周氏性子正直，不論是李綺節，還是李昭節姊妹，或是李子恆，她都一視同仁。不過周氏天性不是那種柔情似水的溫和慈母，說話做事都帶著爽利勁兒，有時候脾氣有些急躁，少了些軟和，李昭節姊妹倆始終和她親近不起來。

周氏再疼李綺節，也疼得有分寸，因為李綺節的一切都由李乙做主，她只是伯娘。李昭節和李九冬不一樣，周氏是她們倆的嫡母，姊妹倆的將來都由周氏操持，周氏肩上的責任更重，自然對她們倆更嚴厲些。

家下人只看到周氏和李綺節說話有商有量，就抱怨周氏偏心。周氏一改儉省脾性，給姊妹倆添婆子、丫頭的事，他們倒是忘得一乾二淨。

李綺節偶爾聽到一些風聲，怕周氏聽了不高興，更怕李昭節姊妹倆被下人們攛掇著一起埋怨周氏，近來敲打了好幾個婆子。

對下人可以威逼利誘加恐嚇，但是面對李昭節和李九冬兩人時，李綺節難免畏手畏腳。

眼看快到午飯時候，李綺節嘆口氣，讓寶珠去院子裡看李昭節起來沒有。

寶珠去了半日，回來時道：「早起來了，這會兒在屋裡坐著吃木李呢！」

「誰給她的木李？」

寶珠抿著唇低笑一聲，「張少爺給的。」

李綺節想起周氏曾經說過，張十八娘被張家人趕出門時，是住在木李庵的。

李昭節坐在北窗下的大圈椅上，倚著扶手，兩隻胖乎乎的小手捧著一顆青紅木李子，時不時慢條斯理地啃一口。

她生得嬌小，坐在椅子上，尖尖繡鞋堪堪挨著底部的橫槓。

小沙彌前去與李大伯、李乙見禮，留下一碟青白中透著嫣紅的木李果子。

曹氏讓小丫頭收走碟子，笑睨李昭節一眼，「再吃，牙齒都要酸倒了。」

李昭節埋著頭癡笑，咬一口木李，脆響聲沁出一股豐沛的甜意。

李綺節估摸著張氏和小沙彌十有八九要在家裡住下，便吩咐劉婆子去收拾廂房。家中人口簡單，少有來客，廂房一直空著，春季多雨，又潮又濕，不提前收拾根本住不了人。

寶珠聽見跟著周氏回娘家省親的寶鵲等人都喚小沙彌叫「張少爺」，納悶道：「太太去年不是說他們母子已經認祖歸宗了嗎？怎麼還姓張？」

李綺節輕聲道：「妳別多管，出去和劉婆子她們說一聲，寶鵲她們怎麼稱呼張少爺，家裡人也怎麼稱呼。」

看張十八娘和小沙彌的衣著，都是重孝在身，不止是小沙彌的祖父輩，他的親生父親應該也去世了。長輩接連撒手人寰，母子倆在夫家無依無靠，小沙彌的姓氏，多半還是被剝奪了，所以他只能以張姓自居。

寶珠應了一聲，出去和家下人交代了一遍。

周氏和張氏在房裡說私房話，經年未見的幼時姊妹，有說不完的酸甜苦辣，兩人說了一陣，哭了一陣，丫頭們都不敢勸。

李綺節在外頭聽了片刻，乾脆讓灶房的婆子先開席，等李昭節、李九冬都吃過飯，曹氏帶二人去房中歇晌，才去請周氏、張氏用飯。

周氏雙眼微紅，拉著張氏的手道：「光顧著說話，一時忘情，怠慢了客人，三郎呢？」

寶鵲道：「大郎陪著張少爺在外頭小廳吃飯。」

周氏挽著張氏的手，起身道：「咱們也去吃飯，粗茶淡飯，十八娘別嫌棄。」

張氏拿絹子抹抹眼角，苦笑道：「周姊姊太客氣了。」

李綺節悄悄打量張十八娘，周氏曾不止一次誇讚過十八娘年輕時是何等的美貌出眾，然而此刻李綺節看到的卻是一個容顏憔悴、形容枯槁的中年婦人，如果是不知情的外人，乍一看到張十八娘和周氏站在一起，說不定會以為周氏才是年輕的那一個。

寶鵲捧來熱水巾帕，服侍兩人洗臉。

寶珠手裡端著一隻小陶缽，裡頭是一團凝脂狀的膏體。周氏洗完臉，用銀質挖耳簪子挑了一星兒淡色油膏，抹在兩頰邊，細細塗勻。

張氏洗過臉，並不抹面。

周氏想起守喪的婦人不能塗脂抹粉，笑道：「這是擦臉的香油，不妨事。」

張氏只是搖頭。

周氏嘆了口氣，寶珠和寶鵲對視一眼，蓋起小缽，收走其他香粉、口脂等物。

接風的席面原是按著豐盛做的，鄉間人吃東西不論精緻，只講實惠，大魚大肉一盤盤擺出來，看著喜慶，吃起來也熱鬧。因著張氏和小沙彌的緣故，灶房的人把肉菜都撤下去，連豆油皮菇卷、炸藕圓子、桂花茭白這樣有肉餡的花素也沒留，而是現炒了幾盤素菜充數，一眼望去，春筍、豆腐、麵筋、茼蒿葉子，青綠雪白，還真是周氏說的粗茶淡飯。

然而，張氏連素菜也沒動幾口，只吃了一碗桂花醬稀粥就不再動筷子。

周氏原想勸張氏再用些飯菜，話還沒說出口，張氏自己先堆起一臉笑，有氣無力道：「多勞周姊姊盛情，我也不瞞妳，近來我每天只能喝些米湯稀飯，實在吃不下別的，今天能吃一碗粥，已經是難得。」

周氏憐惜張氏命途坎坷，不忍多說什麼，只得讓寶鵲取來鎖在羅櫃裡的人參，讓劉婆子剪下參鬚枝幹，磨得碎碎的，每天煎一小鍋參湯給張氏補養身子。

張氏日日以淚洗面，少有歡顏。

小沙彌倒是沒有他母親那般沉痛，除了深居簡出、不愛說話之外，吃飯行事並不因為守喪而諸多忌諱，而且因為借住在李家，怕李家人心裡不舒服，他很快就脫下孝服，改穿起平常服色的衣袍。

自從小沙彌在李家住下，每天到李家串門的人陡然多了起來。

住得近的幾家天天往李家跑就不多說了，竟然連幾十里外的村人不辭辛苦，划著小船，跋山涉水，結伴到李家來，只為一睹小沙彌的風姿。

李家每天用來待客的茶果點心換了一碟又一碟，從早到晚，沒有安生的時候，往往是幾個表姑前腳才剛走，又來了幾個表嫂，像是野草似的，隨時隨地忽然冒出一撮來，一波接一波，春風吹又生，引得李大伯向李綺節抱怨：「張小郎雖然生得靈秀，也不至於如此嘛！鄉里這些小娘子，真是少見多怪！」

李綺節笑道：「愛美之心，人皆有之。那日里長來咱們家送文書，看到張家哥哥，也稀罕了好久，說他生得俊俏哩！」

里長為人死板，不苟言笑，是十里八鄉遠近聞名的悶葫蘆，和自己婆娘也沒幾句話說，只有看著田地裡的莊稼長勢喜人時，他才難得露一個笑臉。那天他看到小沙彌後，可是足足站在李家院子裡站了一刻鐘，把小沙彌從頭誇到腳，恨不得立馬給小沙彌牽線做媒，得知小沙彌在守孝，才悻悻作罷。

「那是你們沒見過我年輕時候的樣貌。」李大伯冷哼一聲，挺起胸膛，大手一揮，「我年少的時候也是一表人才、濃眉大眼，鄉里人都誇我生得體面，小娘子們見了我，就挪不動腳步，幾個媒婆天天來催我成家，要不是那時候家裡窮苦，哪能便宜妳伯娘！」

李綺節笑而不語，李大伯不管誇什麼，最後都會扯到他自己身上去。從前李大伯總說他會一手好廚藝，李綺節當時深信不疑，等吃過幾回李大伯親手煮的湯麵之後，李綺節總算明白，李大伯的自誇基本上不能當真。

李乙呢，自然是羨慕嫉妒恨，看一眼大大咧咧的李大郎，再看一眼沉靜有度的小沙彌，李乙就搖頭嘆息，覺得自己很有必要續娶一門填房，好再生個腦殼靈光的兒子。

相貌是天生的，李大郎生得也算端正硬朗，這一點沒有什麼好比的。

可小沙彌人在寺中，無人教導，天天吃齋念佛，也能靠自學積攢下一肚子的文章才學，一手字寫得龍飛鳳舞，有筋有骨，一看便知是個讀書種子。

李大郎呢，上了幾年學，只勉強認得幾百個大字，作詩對對子什麼的，跟他沒有緣分。

李乙望子成龍的小小心願，一次次面臨殘酷打擊。

轉眼，春暖花開，陌上青青。

三月初三上巳節的前後，家家戶戶除了要煮薺菜湯、吃雞蛋以外，還有看集會、互贈香囊、芍藥的習俗。

集會當天一掃多日的連綿陰雨，是個難得天朗氣清的春日。天還未亮時，大公雞踩在枝頭上引吭啼鳴，催出一輪慢吞吞的紅日，日光刺破萬丈雲霞，灑下一道道金燦燦的光束。

李家門房才剛起身，隱隱約約聽到門外幾聲叩響，伸著懶腰，前去應門。才剛取下門栓，只聽「噗啦啦」一串聲響，一枝枝含苞待放的粉色芍藥擠進門縫，撲了他滿頭滿臉。

花影之間，依稀聽見一陣陣清亮笑聲，幾個穿紅著綠的俏麗身影轉過牆角不見了。

劉婆子蹲在樹下淘洗清早挖來的野薺菜，聽到聲音，抬頭張望，正好看到門房頂著一身粉花綠葉，噗嗤一笑，「老秦，你也有風流的時候！」

門房抹了把臉，花枝上的露水濺在臉上，格外冰涼，「肯定是送給張家少爺的！」

丫頭們都湊到門口瞧熱鬧，婆子把花枝一一撿起，攏成花束，一個人抱不來，幾個丫頭一塊兒幫忙，才把芍藥全部搬到內院裡。

李綺節今天要去集會閒逛，起得比往日早些，坐在窗下對鏡梳頭時，看到一捧捧芍藥從廊簷底下經過，詫異道：「伯娘要供花？」

寶珠手執雲頭篦，篦子上抹了桂花油，在為李綺節理順打結的髮絲，聞言伸長脖子張望一陣，「是鄉里人送的。」

等李綺節換好衣裳，丫頭們又抱著一大捧芍藥從院子裡經過。

李綺節把一只流水桃花紋香囊塞進袖子裡，笑向寶珠道：「要是上巳節的習俗是送錢就好了，咱們家只需要準備足夠大的錢簍，就能發一筆小財。」

寶珠掰著手指頭數了數，「還真別說，一人一個銅板，也能攢不少錢鈔哩！」

正說笑著，月洞門前的芭蕉叢窸窸窣窣輕輕晃動了幾下，一個身穿象牙色圓領春羅夾衫的少年緩步踱出，早春的日光透過肥厚的芭蕉葉子落在他的臉上，半明半暗，暗影柔和，一雙黑亮眼瞳，像浸在暗夜裡的寒星。

小沙彌的名姓至今仍然是個謎，他的生父另外為他取了大名，張氏只讓他隨了張姓，但沒有用張家為他取的名字。

不等李綺節避讓，小沙彌先垂下眼眸，退到甬道另一旁的樹影裡。

一直等李綺節和寶珠主僕兩個出了內院，他才慢慢抬起頭，走到日光底下。

外院的丫頭們還在接連不斷地往內院運送各樣花枝，一開始全是芍藥，後來是桃花、李花、野花什麼花都有，甚至還有直接送一簍新鮮菜花的，送薺菜花的也不少。

劉婆子把能吃的幾樣野菜挑出來，很快堆了滿滿一簸箕，叨念道：「早知道我就不用起大早去河邊挖野菜了……」

從瑤江縣順著長江支流再往南的山區，有唱山歌訂親的習俗，沿江一帶的老百姓性情爽朗，上巳節時，少男少女可以直接大膽地傾訴情意，互贈香囊定情。到瑤江縣，規矩未免要多一些，小娘子們雖然能踏出家門去郊外遊玩，但大多是結伴同行，或是有長輩看顧，想和心儀的兒郎多說幾句話都要鼓起勇氣，更別提直接傾訴衷情了。

至少李綺節長到這麼大，從未聽說李家村有哪個小娘子敢在上巳這天向少年郎表白。沒想到為了一個小沙彌，鄉里的小姑娘們忽然改了性子，齊刷刷變得膽大熱情。

寶珠竊笑道：「不知誰有這個福氣能嫁給張少爺那樣人品出眾的好兒郎。」

李綺節笑而不語，細看寶珠的神情，發現她眉眼彎彎，心裡悄悄鬆了口氣：從前寶珠總是時不時提起孟雲暉，她以為寶珠情竇初開，對孟雲暉暗藏愛慕之心，如今看來，寶珠或許只是沒有開竅罷了。

李子恆要陪李綺節一道去逛集會，他頭戴紗巾，穿一身鮮亮的松羅春衫，打扮得格外精神，匆匆吃過飯，就催促進寶套上牛車，「集會上有變戲法的，咱們趕快去占個好位置。」

李綺節的一碗魚片粥才吃了一半，寶珠坐在一邊給她剝雞蛋，野薺菜湯熬煮的雞蛋，剝開外殼，蛋白上有一道道淺綠色的紋路，小碟子裡已經擺了三顆雞蛋了，她還在剝。

三月三的煮雞蛋和薺菜一鍋煮，油、鹽、醬、醋都不加，聞起來有股淡淡的清香，吃起來卻寡淡無味。李綺節連吃幾個白煮蛋，已經差不多飽了。放下筷子，興沖沖準備出門。

李乙吩咐李子恆：「看好三娘，集會上人多，別走散了。」
李子恆答應道：「阿爺放心，我都曉得。」
集會上遊客如織，李家的牛車逆著人流，走了半個時辰，才找到停放牛馬的棚子。
李綺節跳下牛車，拍拍衣襟，「大哥，你去看變戲法的，我和寶珠去湖邊去逛逛。」
李子恆不放心，皺著眉頭道：「雖說鎮上和家裡離得近，可今天集會上一大半是其他鄉來趕集的生人，妳別瞎跑，得緊跟著我。」
李綺節把招財拉到自己身後，說道：「寶珠、招財都跟著我，我有哼哈二將護身，又走不遠，不要緊的。」
變戲法的班子鑼鼓齊鳴，恨不得震聾觀眾的耳朵，李綺節可不想去受那份罪，而且上巳的集會她逛過好幾回了，兩邊街巷都有差役和當地的鄉民巡邏，治安好得很，連扯皮打架的事都很少，至於什麼光天化日之下調戲良家婦女，那更不可能。都是鄉里鄉親的，誰敢調戲良家婦，等著被全鄉人唾棄吧。
李子恆知道李綺節常常跟隨李大伯出遠門，想了想，道：「讓進寶也跟著妳，隔一個時辰給我遞個信兒。」
進寶看不了變戲法，有些失望。
李綺節數出銅板，從街邊的小貨攤上買了幾隻老虎、猴子形狀的糖人，往寶珠、進寶和招財手裡一塞，「得了，都別眼巴巴回頭看了，我不愛看變戲法。今天辛苦你們一天，等會兒看到什麼想吃的想玩的，儘管開口，我掏錢。」
進寶眼珠子骨碌碌一轉，「我想吃香辣燙麵餡兒餅！」
寶珠笑嘻嘻道：「三娘，進寶胃口大著呢，千萬別縱著他！」

「天還早呢，先吃了餡兒餅，等會兒看到其他好吃的，你就吃不下了。」李綺節逛集會已逛出心得了，掏出荷包，給進寶和招財一人二十文，「這是給你倆零花的，隨你們怎麼使，回頭我再讓寶珠給你倆買幾包果子吃。」

進寶和招財喜得眉開眼笑，接過錢，摩拳擦掌，湊在一塊兒商量買什麼新鮮玩意兒回去向其他人炫耀。

集會上喧喧嚷嚷，人聲鼎沸，各種土貨琳瑯滿目，商販們熱情兜售貨物，討價還價間，充斥著好幾種方言，全程雞同鴨講，竟然也能做成買賣，和縣裡的繁華行市相比，又是一種不一樣的熱鬧。尤其因為天氣回暖，許多婦人結伴出門踏青，外出的小娘子比平時多了好幾倍，處處香風細細，環佩叮噹，李綺節總算不用被人看成是異類了。

許多小娘子在湖邊放河燈，寶珠立即道：「三娘，咱們也放河燈吧，求個好運道。」

湖邊和風撲面，風裡蘊著淡淡的花草腥氣。

李綺節站在堤岸邊，望著湖面上漂浮著的一朵朵造型各異的彩色綢紙花燈，搖頭失笑：這條水流自西向東，在山腳拐彎的地方積出一個開闊的橢圓形湖泊，然後一路往東，從幾里之外的渡口處匯入大江。渡口處橫著一道小瀑布，河燈飄到那裡，無一例外只能落得一個被沖毀的下場，可每年小娘子們還是樂此不疲地在這裡放河燈。

「咱們雇條小船去湖心放河燈，岸邊的水太髒了。」

泛舟湖上，迎著輕柔的和風，烏篷小船漸漸漂向對岸，集會上的紛雜人聲也漸漸遠去，唯有戲班子的鑼鼓聲依然清晰無比，震耳欲聾。

扁舟划到湖心時，寶珠將買來的一盞河燈放入水中，彩燈浮在清澈的波浪裡，倒映的花影隨著水流潺潺流動，彷彿一朵盛開在雲端的並蒂蓮花。

晴光瀲灩，小舟兩面開窗，船艙裡設有小几，几上四個碟子，盛著些尋常果點。寶珠怕船家備的果子不乾淨，從荷包裡摸出一把用粉紗絹子包著的瓜子，剝給李綺節吃。

進寶和招財不嫌棄外面的茶點，專心坐在小凳子上啃點心。

對岸是粉牆黛瓦的村落和熱鬧的集會，另一邊是起伏綿延的低矮丘陵。山上綠竹松林，山間是開墾出的菜地，近岸處則是一座座農田。正是桃紅柳綠時節，鬱鬱蔥蔥的竹影綠樹間夾雜著一樹樹紅花，微風過處，落英繽紛。田間幼苗青青，成片的金黃菜花彷彿一條舒展開的帛帶，幾隻老牛在田間悠閒地搖著尾巴，屹立在牛背上的白鷺低首啄弄胸前的羽毛，偶爾聽到一兩句人聲耳語，陡然受驚，展開優美的雙翅，飛入迷濛的薄霧山影中。

翠微遠山，粼粼碧水，雪白石橋，雲樹籠紗，風簾翠幕，濃淡色彩交相輝映，猶如一幅徐徐展開的山水畫卷，置身其間，空靈山色直逼入眼簾，再暴烈的性子，也會柔和幾分，連進寶和招財說話的聲音都放低了很多。

欸乃的槳聲中，忽然有人放聲歌唱，唱的是一首《繡荷包》：「三月裡來……百花開，緞子裡荷包……繡幾針，繡一個……長江……萬年春……」

歌聲清朗動人，恰似夏夜裡的雨打芭蕉，又如一泓涓涓細流，在渾厚處漸漸激蕩開來，餘音溫柔繾綣。

寶珠嘖嘖幾聲，打量幾眼船頭身著蓑衣，手執雙槳的船家，笑道：「原來船家還會唱山歌，唱得還挺好聽的。」

李綺節側耳細聽片刻，眉峰微微蹙起。

船家的興致似乎很高，一邊搖槳一邊吟唱，唱了一首又一首。從含蓄委婉的採蓮曲，到活潑大膽的民歌，漸漸唱起野腔野調的小曲，到後來，連情哥哥、情妹妹都唱出來了。

進寶、招財和寶珠三人沒有察覺出異狀，聽得津津有味，船家唱完一首，三人還熱情地鼓掌應和，李綺節忍不住扶額。

小舟隨著水波微微晃動，船家鬆開雙槳，在一派繁花似錦、秀麗明媚的湖光山色中，穿骨縹色寧綢氅衣的少年掀開斗笠蓑衣，斜倚船艙，俯身看向李綺節，頰邊綻開一個隱隱的笑渦，清亮的雙眸裡滿含綢繆情意，「三娘，我唱得好不好聽？」

春日裡英姿勃發的少年郎，宛若山間雪峰、月下寒刃，不必豪奢華服、前呼後擁，舉手投足間，自有一種鮮衣怒馬的風流韻味。小小一條扁舟，掩不住他骨子裡睥睨萬物、一往無前的銳利氣勢。

李綺節暗嘆一口氣，輕聲道：「楊九哥。」

吃瓜群眾寶珠、進寶、招財，認出楊天佑，全都驚呆了。

三人面面相覷，啞口無言。若是尋常時候，還能指著楊天佑的鼻子罵他是登徒子，但今天是上巳節，他對李綺節唱山歌表達愛慕之情，好像不算失禮。

寶珠暗暗慶幸，還好小舟行在水中，遠離堤岸，沒有外人在旁，不然這番情景傳出去，少不了一場風言風語。

楊天佑顯然有備而來，李綺節根本不知道他是什麼時候混上船的。

都說快刀斬亂麻，她已經接連斬了好幾刀，竟然還沒斬斷楊天佑的情絲。

她想了想，站起身，走出船艙。

「三娘……」

寶珠想跟著，李綺節朝她搖了搖頭，她只好坐回原位，招財和進寶也沒敢動。

楊天佑眉眼帶笑，怕李綺節站不穩，伸手虛扶了她一把，指尖沒挨著她的袖角，「妳還沒回答我的話呢！」

「好聽。」李綺節瞥了楊天佑一眼，淡淡地道。

楊天佑摸摸鼻尖，詫異於李綺節的直接。尋常的小娘子聽見少年郎當著她的面唱山歌，就算沒羞臊得滿面通紅，也該忸怩幾下，李綺節倒好，神色如常，比寶珠他們鎮定多了。

他原本準備了一肚子打趣的話，面對不按常理出牌的李綺節，竟然說不出口了。

「楊九哥又不是第一天認識我。」看出楊天佑的想法，李綺節淡然一笑。船頭有竹凳竹桌，角落裡堆著爐子和鍋碗瓢盆，是船家平日裡吃飯的地方，她揀了張乾淨的小竹凳坐下，「我和一般閨秀不一樣，我的臉皮比較厚，哪怕表哥對著我唱鄉野豔曲，我也不會臉紅。」

聽她說話大膽到近乎放肆，一副破罐子破摔的架勢。

楊天佑揚眉，「怎麼，打算嚇跑我？」

他扶著船槳，粲然微笑，「三娘，妳也不是第一天認識我了，我也和一般的少年公子不一樣，妳不必擺出這副臉孔來嚇人。我既然認定妳了，就不會輕易改變心意，我一心巴望著吃你們家的女婿茶呢！」

李綺節望著波光粼粼的湖面，心裡泛起絲絲漣漪。青春正好的少年，三番兩次碰壁後，仍然不願放棄，她並非心如止水，也不是鐵石心腸，難免會有些觸動，「表哥怎麼曉得我是裝出來的？也許現在和你說話的我，才是真正的我，從前的李三娘不過是假象罷了。」

楊天佑嘴角一勾，雙眼閃閃發亮，「那我更要歡喜了。妳在我面前無拘無束，正說明我在妳心中的地位不一般。如果不是對我十分信任，妳不會對我說這樣的話。」

他頓了一下，笑得促狹，「妳放心，不管真正的妳是什麼模樣，我都喜歡。」

看他滾刀肉一般，李綺節不由又氣又笑，沉默片刻，緩緩道：「表哥是個正人君子，從我們相識以來，你從沒對外人說起過我們之間的事……」

「三娘這話說岔了，我可不是什麼正人君子。」楊天佑一口剪斷李綺節的話，笑容黯淡下來，「如果我真是君子，妳第一次拒絕我的求親後，我就該有自知之明，盡早避嫌。」

他的失落只有短短一瞬，很快重新堆起笑意，「曉之以理，動之以情，恐嚇威懾，這幾樣招數對我都沒用，三娘，我從不稀罕君子的名聲，妳說破嘴皮子也沒用的。」

「表哥意志堅定，我何嘗不是心意已決。」李綺節直視著楊天佑黑白分明的雙眸，「你明知我不會答應，何苦一次次來碰壁？」

楊天佑眼光暗沉，「妳另有心上人？」

李綺節猶豫片刻，搖搖頭。

「那就是妳看不起我的出身了。」

楊天佑一臉陰鬱，雙瞳裡的笑意盡數褪去，沁出星星點點的幽火冷芒。

「出身是上天定的，人人都想生在帝王將相家，如願的能有幾個？」李綺節微哂，「英雄不問出處，只要品行正直，懂得自尊自愛，那不管是什麼出身，都不該自輕自賤。」

她隨手指向近岸處的一塊荷田，乾枯的泥地裡是一大片衰敗的枯枝，去年的殘荷不必收拾，化入泥土當中，等初夏時又能冒出一片片碧荷紅蓮，「荷花出淤泥而不染，所以受世人喜愛，我從不會因為出身而看低別人。」

楊天佑眼裡的冷光跳動了兩下，「既然妳不討厭我，為什麼不願意試著接受我呢？」

李綺節眉頭輕蹙，「我以為當初我阿爺已經把緣由說得很清楚了，出了五表哥的事，我不可能再和任何一個楊家子弟結親。」

楊天佑露出一個極清極淺的笑容，像早春的嫩芽，顫巍巍的，隨時會隨風消逝，但只需那一抹小小的新綠，便能一掃冬日的肅殺陰霾之色。他的笑容淺淡，笑聲低沉，袍袖輕輕一掃，大大咧咧席地而坐，任氅衣下襬拂過船頭潮濕的木板，「如果我將來離開楊家呢？」

他堆起滿臉笑的時候，說出口的話再誠懇，也像帶了幾分遊戲人間的意味，總讓人覺得他滿心算計，反而是這樣淺笑低語時說出的每個字都飽含分量，重似千鈞，任誰聽了，都明白他絕對不是在說玩笑話。

李綺節愣了半天，面對著少年殷切的灼灼眼神，勸告的話逐漸化成一道說不清道不明的愁緒，最後只問道：「為什麼？」

在這個以宗族血緣為根本紐帶的宗法社會，脫離宗族的人，將會是真正的孤家寡人。楊天佑只見過她幾次罷了，他們根本沒有認真相處過，她甚至沒有給過他什麼好臉色，為什麼他願意為了她離開楊家？

「我對楊家沒有任何留戀。」楊天佑支起右腿，一手搭在船舷邊，一手浸入水中，撥弄著潺潺的水波，「我說過，我不是君子，想要什麼我就會盡全力去爭取，其他不相干的東西，我都能捨棄。」

「楊縣令來李家求親的時候，你才只見過我一面，一面之緣而已，值得嗎？」

楊天佑瞥李綺節一眼，笑容隱隱有著戲謔，「我眼光向來好，一面之緣已經足夠了。」

李綺節一時啞然，什麼是針插不進、水潑不濕，她總算見識到了。

「三娘，世叔的為人，妳比我看得更清楚，雖然他親口拒了這門親，只要我父親捨得下臉面多求幾次，世叔總會鬆口的。」

李綺節移開目光，轉頭看向岸邊一叢幽篁。她明白，李乙骨子裡是個傳統守舊的人，不會無止境地縱容她，總有一天她會披上嫁衣，在李姓前面添上夫家的姓氏。

楊天佑沉聲道：「我沒有那樣做，因為我知道妳和那些遵從父母之命的小娘子們不一樣，所以我不會讓長輩們向妳施壓。比起長輩們的一意孤行，我更希望能得到妳本人的認可。」

他神色凝重，眼神帶著一股強烈的壓迫，讓李綺節一時說不出反駁的字眼，「三娘，妳只需要給我一個機會，一個讓我可以光明正大對妳好的機會。」

李綺節的頭皮一陣發麻，不敢再直視楊天佑火熱的眼神，硬生生岔開話道：「如果我真的另有意中人呢？」

楊天佑默然不語，盯著李綺節微帶薄紅的臉頰看了半晌，忽然輕輕一笑，臉頰邊的笑渦若隱若現。

李綺節聽到楊天佑發笑，這才察覺自己說漏了嘴。既然是「如果」，那此刻自然是沒有意中人的，用另有意中人的話來試探楊天佑，說明她的思緒已經開始亂了。

她當下不由大窘，面上雖然還鎮定，但厚實的湖羅春衫裡分明湧起陣陣熱意，連手心都有些微微發燙。

南面吹來一陣涼風，掀起層層水浪，扁舟搖晃間打了個顛兒。守在船尾的寶珠、進寶和招財見楊天佑和李綺節相對無言，以為兩人已經說完話，試探著靠近船頭。

寶珠苦笑道：「三娘，咱們快靠岸了。」

然而，這個堤岸不是集會那邊的市鎮，而是另一頭綠草悠悠的山腳底下。

李綺節展目望去，小舟離岸邊的一塊菜地只隔幾丈遠。農人修築的土埂邊栽了一排歪歪扭扭的毛桃樹。桃花正豔，粉色花瓣隨風飄落，一半混入泥土，一半撒在湖面上，波浪起伏間，綴著點點桃紅。

李綺節瞪了楊天佑一眼，「回集會那頭去吧。」

如果在山腳下上岸，再從山路回家，得連翻三座山，兩個時辰也走不到李家村。

也不知道小舟在湖面上漂了多久，李子恆看完變戲法，找不到她們，肯定會著急上火。

李綺節越急，楊天佑越要賴在船頭不肯起來，意態閒閒道：「誰會划船？」

進寶和招財你看看我，我看看你，兩顆頭搖成波浪鼓一般。

至於寶珠和李綺節，那就更不會了。

楊天佑撐著船舷站起身，兩手一拍，開始支使人：「你們三個去船艙坐著，別都擠在船頭上，小心翻船。」

進寶和招財連忙縮回船艙另一頭。

寶珠沒走，守在李綺節身邊，虎視眈眈地盯著楊天佑。

剛才幾人離得遠，她沒聽清楊天佑對李綺節說了什麼，但楊天佑對李綺節是什麼心思，瞎子都能看出來，她得提防著點。

「寶珠，外頭冷，妳去裡頭坐著。」

李綺節知道，如果寶珠不走，楊天佑就不會動手划船。

寶珠哼了一聲，一跺腳，轉身走進船艙。她走得不情願，腳步實打實踩在木板上，引得小舟一陣打晃。

等船頭只剩下兩人，楊天佑才慢悠悠披上蓑衣，搖動雙槳，「妳幾個月沒出過門了，今天才能出來透透氣，難得天色好，為什麼不多逛逛？」

先是步步緊逼，然後厚著臉皮耍賴，這會兒又一本正經地閒話家常。

李綺節扭過頭，有氣無力道：「你怎麼知道我幾個月沒出門？」

楊天佑避而不答，接著問道：「是不是為了楊李兩家的事，世叔把妳拘在內院裡，不許妳出門走動？」

也許是因為話都說開了，又或許是被楊天佑的態度感染，李綺節忽然覺得輕鬆了許多，俯身趴在船舷上，雙手支著下巴，看水面上一群嘎嘎亂叫的灰羽肥鴨，隨口道：「前一陣又是落雪又是下雹子，出不了門。等天氣晴暖能出門時，家中事務繁多，又抽不出空閒逛。」

張氏和小沙彌住進李家後，家中天天來客，周氏忙著應酬客人，她幾乎接管了家中所有庶務，雖然都是些雞毛蒜皮的小事，但忙起來也夠磨人的。

楊天佑笑道：「那就好，先前我以為妳被世叔禁足，擔心了好幾天，今天看妳和丫頭在集市上說說笑笑，才知道是我多慮了。」

他話裡的關切之意坦坦蕩蕩，彷彿他時刻關注李綺節，是理所應當、天經地義。

李綺節默然不語，都說最難消瘦美人恩，少年鍾情也難應對啊！

水鴨追逐著水面的游蟲，伸長鴨頸，鴨頭直竄入水底，形成一個個倒栽蔥的姿勢。

湖面上又響起歌聲，仍舊是野腔野調的小曲，但這回多了幾分歡快灑脫。

楊九郎頭戴斗笠，身披蓑衣，手執雙槳，看李綺節斜倚船舷聽得出神，唱得越發起勁。

山清水秀，景幽風暖，極目遠眺，霧氣茫茫，天水一色，可是這一派繾綣景致，在他看來，還不如李綺節顧盼間一道盈盈流轉的眼波。

貳之章 真情剖白撩心弦

小舟靠岸時，李子恆正在岸邊尋人。

楊天佑低眉垂眼，扶李綺節下船。他身披蓑衣，斗笠壓得低低的，李子恆沒認出他。

下船後，寶珠把進寶和招財叫到一邊，板著臉道：「今天的事，誰敢說出去，我們家斷斷留不得他，立時賣到深山裡去挖煤。你們別不當回事，我可不是哄你們玩的。」

兩人連忙賭咒發誓，說什麼都沒看到。

趁李子恆不注意，寶珠壓低聲音，朝李綺節道：「楊九少爺太輕佻了，讓人看見怎麼辦？」

「不礙事。」

李綺節沒往心裡去，私底下如何且不論，當著外人的面，楊天佑始終恪守規矩禮節，沒有做過任何越矩之事。她一次次毫不留情斷絕他的念頭，他也不曾對其他人吐露過半句。他敢在船上向她直明心意，肯定做好了萬全準備，不會給別人說三道四的機會。

回頭看向湖邊堤岸，小船上果然已經空空蕩蕩，楊天佑早已不見蹤影。

就算招財和進寶把船上的事說漏嘴，估計也沒人信。楊天佑那頭能甩出一堆人證，證明他今天沒來過集會。

幾人仍然接著在街巷間閒逛。寶珠買了些針線、彩絨、荷包，進寶吃到了心心念念的香辣澆麵餡兒餅，招財買了一柄據說能斬妖除魔的桃木劍，李綺節則在貨郎的挑擔裡翻半天，最後買了兩隻布老虎、一對摩羅泥偶、兩對九連環。

等逛累了，四人找了間食肆，一人點了一碗鮮湯餛飩。餛飩皮薄如紙，餡料是全素的菜餡兒，湯汁卻是雞鴨豬骨、豬肘熬出來的奶湯，滋味濃厚。

李綺節吃完一碗餛飩，渾身發熱，鼻尖冒汗，回到家裡，兩頰紅撲撲的，直嚷燥熱。

寶珠摸摸她的手心，略覺潮熱，連忙給她沏了一大碗武夷茶。夜裡，李綺節沒什麼胃口，只吃了小半碗菜芽麵疙瘩湯，匆匆應付纏著她要新鮮玩意兒的李昭節姊妹，便回房睡下。

寶珠半夜起來解手，聽到李綺節在枕上不停翻身，掀開淡青色花草鳥獸紋蚊帳，「三娘，是不是做惡夢了？」

她一摸李綺節的額頭，嚇了一跳，忙不迭翻箱倒櫃，找出常備丸藥，化開一枚，餵李綺節服下，「怎麼燒起熱來了？也不曉得叫我一聲，燒壞了可怎麼是好？我去喚官人起來。」

丸藥又苦又腥，李綺節吃完藥，小臉皺成一團，立刻拈了一枚冰糖噙在齒間，含含糊糊道：「三更半夜的，不必叫醒阿爺，妳去灶間燒壺熱水，給我擦擦就好。」

灶房的爐子裡只留了一點快燒透的煤塊，寶珠搖著蒲扇搧了半天，才把火重新搧旺。燒了一大壺開水，兌涼了些，提到房裡，服侍李綺節擦洗。

李綺節脫下被汗水浸濕的內衫，換了件乾爽的裡衣，復又睡下。

本以為是白天在湖面上吹了涼風，睡一覺就能好的，哪想到第二天反而燒得更厲害，劉婆子把早飯送到房裡，她勉強吃了幾口，就嚥不下去了。

李大伯、李乙和周氏聽說李綺節病了，相繼到房裡探視，張氏也讓丫頭結香代為探望。李昭節和李九冬年歲還小，怕過了病氣到她們身上，周氏不許姊妹倆進李綺節的閨房，只讓她們站在窗外問候李綺節。

姊妹倆結伴到李綺節門外探病，曹氏教她們說了幾句祝李綺節早日病癒的吉祥話，二人像模像樣地照著說了一遍。

李綺節想起集會上買的玩具還收在羅櫃裡，讓寶珠拿出去給她們玩。

兩人得了新玩具，立即爭搶起來。明明李綺節都是按雙份買的，她二人還非要比較一下彼此的大小、形狀和顏色樣式，比來比去，誰都不肯服誰，便一言不合廝打起來。

曹氏哭笑不得，牽著姊妹倆離開。

李子恆坐船去鎮上請來大夫為李綺節看診，又自告奮勇去熬藥，自責道：「都怪我昨天光顧著看戲法，沒照看好三娘。」

進寶和招財知道內情，沒敢吱聲。

寶珠私下裡抱怨：「都怪楊九少爺！要不是他使壞，故意把船划到對岸去，咱們放了河燈就能回集會，三娘妳就不會生病了！」

李綺節才吃過藥，擁著暖厚的被褥，髮鬢鬆散，昏昏欲睡，「嗯，都怪他。」

病來如山倒，病去如抽絲，只是一場小小的傷風感冒，李綺節竟然在床上躺了好些天，直到後院柿子樹的枝頭掛滿新芽，大夫才允許她出門走動。

清明前後禁煙火，忌吃熟食，家裡一天三頓都是涼食。李綺節在病中，不能吃油膩辛辣之物倒還罷了，李大伯、李乙和李子恆等人也被迫不沾葷腥，接連吃了幾天的稀粥醬菜。

等李綺節終於病癒，劉婆子使出渾身解數，做了一大桌雞鴨魚肉的大菜，一來給李綺節去晦氣，二來正好給一家人開葷。

李大伯、李乙和李子恆幾天不知肉味，饞得厲害，三雙筷子圍著一碗油亮光滑的醬肉直打轉，連周氏、李昭節和李九冬都專挑夾沙肉、板栗燒臘鴨、粽香排骨幾道肉菜吃。

李綺節天天吃藥，胃口不好，粟米飯吃不下，頓頓都是七寶素粥。桌上的菜琳瑯滿目，她只能過過眼癮，聞聞味道，唯有一道素菜，開春剛冒尖的嫩筍、枸杞芽和豆苗葉子，洗淨後用菜油快炒，只放一些鹽粒，什麼調料都不加，爽脆鮮嫩，她一個人吃了小半盤。

吃過飯，李乙帶著李子恆回城，李綺節剛病癒，李乙怕她再受涼，讓她留在宅中休養。

李乙父子走後，張氏和小沙彌也提出要走，周氏苦苦挽留，張氏是寡居的婦人，為了避嫌，堅持要走。最後還是李綺節提出一個辦法，把李宅背面一處空置的院落收拾出來，讓張氏母子搬過去住。張氏起先不肯，等李綺節讓帳房立下租賃契約後她才點頭。

那個小院子原本和李宅相通，請了匠人把小門砌上，就成了獨門獨戶。

張氏年輕時美名在外，如今再度守寡，還是有人上門探問她願不願意再嫁。張氏每天關閉門戶，除了偶爾和周氏在一處閒話做針線，再不理會任何人。饒是如此，仍然擋不住狂蜂浪蝶和一些地痞閒漢，漸漸地便傳出一些不好聽的話來。

周氏氣急，撥了兩個婆子過去照應，又請來幾位里甲老人給張氏當靠山。里甲老人本來不願多管閒事，收了李家送去的兩擔柴炭、五匹綢布，這才開了金口，當眾訓斥了好幾個在背後嚼舌根的三姑六婆。

隨著天氣越發暖和，家家戶戶忙著侍弄田地莊稼，李家又招了一批短工採茶、炒茶，針對張氏的流言也悄悄平息。

周氏嘆道：「張老太爺未免太絕情，別人都欺負到十八娘家門口，他愣是裝不知道。」

李綺節附和了一句，沒把媒婆跑到張老太爺跟前給張氏做媒，被張老太爺啐了一臉唾沫星子的事說出口。

她這幾日總覺胸口悶悶不適，人便懶懶的，和周氏說了會兒閒話，信步走到院子裡。

李昭節和李九冬在樹下盪鞦韆，咯咯的笑聲像屋簷前的水滴落在青石板上，又清又脆。

寶珠指著鞦韆架子，「這架鞦韆是張少爺紮的，別看張少爺文質彬彬，手卻巧得很。」

李綺節眉頭一皺，「家裡沒人使喚了，怎麼好讓客人紮鞦韆？」

張氏整日關門謝客，小沙彌一個半大少年郎，總不能跟著他母親一樣悶在家裡不見人。

李大伯愛惜人才，三五不時把小沙彌叫到家裡來說話。李家雖然沒有讀書人，但李大伯喜歡附庸風雅，書房裡收藏了許多他根本看不懂的詩集冊子，連每屆科舉應試的主考官所寫的範文他都收集了厚厚幾大疊。每屆桂榜公布前，主考官會根據當年的試題撰寫範文，由朝廷刊印發行。李大伯看到學子們爭相購買，也掏錢搶購，其實他一本都沒看過。

小沙彌常常在李大伯的書房看書，有時夜深了，李大伯就讓招財在書房為他準備鋪蓋，留他在書房過夜。

李昭節和李九冬近水樓臺，經常找小沙彌玩耍。小沙彌性情冷淡，對兩個女娃娃也不苟言笑，但總比對外人和藹些。鄉里其他小娘子對李昭節姊妹倆是羨慕嫉妒恨，一群奶娃娃也學著爭風吃醋。小沙彌風雨不動間，已經在鄉里掀起一場場風波漣漪，古往今來，美色都是所向披靡的大殺器。

寶珠道：「四小姐纏著張少爺撒嬌，非要張少爺給她紮鞦韆，招財原來給她紮了一個，她讓人給拆了。」

李綺節皺眉道：「不能再這麼縱著昭節，下次她再使性子，讓丫頭去找我。」

李昭節和李九冬年紀越大，懂得的事越多，周氏怕兩人因為生母是典妾而積鬱於心，對兩人的管束不像以前那麼嚴。

李九冬性情和順，像個香甜的大棉團子，安靜乖巧，不需要人多操心，而李昭節心思敏感，所以格外要強，越要強，就越喜歡折騰。丫頭、婆子平時多看她兩眼，她就覺得別人在鄙視她的出身。僕婦們聚在一塊兒說個笑話，她立刻哭天抹淚，說底下人在嘲笑譏諷她。

周氏性情急躁，不知道該怎麼教導喜怒不定的李昭節，才剛開口說她幾句，她就露出一副任人魚肉的可憐相，外邊婆子見了，還以為周氏苛待庶女呢！

輕不得，重不得，幾次下來，周氏左右為難，覺得果真應了曹氏說的話，不是親生的，確實會隔一層，漸漸地有些灰心，縱得李昭節越發膽壯。

唯有李綺節從來不吃李昭節那一套，該說就說，該罵就罵，她已經想通了，反正自己兩輩子都不會和熊孩子打交道，還不如乾脆當個不受歡迎的黑臉姊姊。

李昭節誰都不怕，就怕李綺節。

她踩著鞦韆架子，把鞦韆蕩得高高的，彩綢嘩啦啦響個不停，坐在臺階前做針線的丫頭們都放下笸籮，給她喝彩。

李昭節正洋洋得意，看到屋簷下一道俏麗身影，笑容霎時一凝，怯怯道：「三姊。」

李綺節應了一聲，對丫頭們囑咐一句：「妳們看著點兒。」

丫頭們答應不迭，一個梳丫髻的丫頭笑道：「三小姐怎麼不打鞦韆？」

一個略帶諂媚的聲音傳來：「太太一時三刻都離不了三小姐，三小姐忙得吃飯的功夫都沒有，哪有閒情和咱們一塊兒玩。」

李綺節眉毛一擰。

不知不覺間，丫頭們把李綺節圍在中間，你一言我一句，笑嘻嘻奉承討好她。

人群之後，李昭節緊咬著唇兒，悶不作聲地躍下鞦韆架。

李九冬道：「姊姊，妳怎麼不玩了？」

李昭節冷哼一聲，甩開李九冬，逕自回房。

李綺節好不容易甩開幾個伶牙俐齒的丫頭，吐了口氣，叫道：「了不得，我身邊還是不要再添人了。」

寶珠掀開紗簾，把李綺節讓進李大伯的院子，「三娘，這可由不了妳。」

經張氏提醒，周氏發現自己太過儉省，忘了給李綺節幾人添置將來的陪嫁僕傭。從去年開始，李家已經接連買了好幾批丫頭婆子，都交由曹氏慢慢調教，等端午前從裡頭挑出幾個出挑的，先撥給李綺節，她雖然還沒訂親，嫁妝卻早就備好了，只差使喚丫頭。

有丫頭婆子伺候，可以衣來伸手、飯來張口，李綺節當然樂得清閒，但人多也有人多的麻煩，她喜歡默默幹活、寡言少語的勤快丫頭，受不了一堆人整天在自己身邊嘰嘰喳喳，而且吃喝拉撒都得當著丫頭的面，沒有一點私人空間。

周氏和李綺節的想法不同，她準備挑幾個嘴巴利索的丫頭給李綺節使喚，將來等李綺節出閣，丫頭跟著她進婆家，可以給她壯膽。

李綺節哭笑不得，「我膽子大，哪裡就要靠丫頭壯膽了？」

周氏苦口婆心道：「這妳就不懂了，萬一婆家人欺負妳，妳是個新媳婦，肯定不好張口，身邊都是老實人的話，誰替妳申冤出主意？這事妳不必操心，伯娘替妳做主，我親自掌眼，妳還不放心？到時候我挑幾個精明的去服侍妳，日後誰給妳氣受，不用妳出馬，她們就能為妳排憂解難。」

李綺節無可奈何，只能聽任周氏忙活。

李昭節和李九冬年紀還小，只有李綺節可能在幾年內出閣嫁人，家裡的丫頭知道周氏在為李綺節挑陪嫁，這些天一個個嘴巴像抹了蜜，見到李綺節就笑咪咪湊上來，百般討好她，甚至連寶鵲都有些意動，私底下找寶珠打探口風。寶珠想都沒想，果斷掐滅寶鵲的希望。寶鵲連太太的侄兒都不願嫁，非要去富裕人家當小老婆，寶珠怎麼可能容許她接近李綺節。

李大伯的院子古樸清寒，地上鋪了青石板，牆角砌了一個小池子，欄杆旁栽了一棵樹皮皴裂的棗樹。暮春的棗葉是一種極鮮極嫩的新綠，倒映在水中，樹影和陰影交匯處，遊曳著星星點點光斑。

李綺節倚著石欄，撒下一把魚食，並沒有紅鯉爭食的養眼場景。李大伯的附庸風雅做得不到位，池子裡養的是巴掌大的鯽魚，灶房的婆子時不時會來院子裡撈幾條鯽魚去熬湯。

李大伯在東邊書房裡和人說話，門窗半敞，隱隱約約聽見小沙彌從容應答的聲音。

李綺節暗暗道：真是清亮的好嗓子！

「三娘，別挨著欄杆了，石頭涼。」

聽到李大伯的聲音，李綺節恍然回神，這才發覺自己幾乎半個身子都趴在欄杆上，腰間的柳色絲絛垂在水面上，只差一點點就要落入水中。

她臉上一陣燒熱，輕斂衣裙，「大伯今天怎麼沒出門？」

「鋪子那頭有人照應。」李大伯走到樹蔭下，看李綺節面色有些憔悴，「是不是又病了？我看妳這幾天臉色不大好，吃飯也不香甜。」

李綺節搖搖頭，病倒不是病，就是肚子疼而已。

「那就是在家裡悶得慌？我過幾日要去武昌府，妳和我一塊出去散散悶。」

「去武昌府做什麼？」

李大伯看一眼跟在他身後的小沙彌，「去請先生。」

小沙彌把李大伯和李綺節送到院子門口，才轉身回書房繼續用功。

李綺節匆匆瞥一眼小沙彌，發現他又長高了些，所以身形越顯消瘦伶仃。

李大伯見李綺節回頭顧盼，順著她的眼神看到小沙彌身上，忽然心思一動。

夜裡更深人靜，待丫頭們睡了，李大伯在被子裡翻了個身，對周氏道：「我看張家小哥兒一表人才，又會讀書，性子也沉穩，和三娘年紀也合適，倒是登對。」

周氏愣了愣，「不瞞官人，我也喜歡張家小哥兒的人品，論樣貌品格，一千個兒郎也挑不出一個比他更出色的，可十八娘沒說她夫家是哪戶人家，二叔有點迂，怕是不願意呢！」

李大伯一揮手，「理他呢，這事我給三娘做主！」

周氏想了想，道：「外頭的妯娌婆娘天天上門，想讓我牽線搭橋，給十八娘遞好話。我推卻不過，和十八娘提起過張家小哥的婚事。聽她的意思，八成是想等兒子先立業再成家。」

李大伯沉吟片刻，「兩個孩子都還小，等幾年也沒什麼，先把事情定下，免得夜長夢多。以張家小哥的品貌，等他們家守喪期滿，要不了幾天，媒婆就能把他們家門檻磨禿嚕了。」

周氏笑道：「哪裡等得到三年後，就這幾個月，鄉里的小娘子都快為他打破頭了。」

李大伯哼哼道：「那些丫頭片子哪有三娘出挑？」

夫妻兩個越商量，越覺得這樁姻緣完美無缺，簡直恨不得立刻為二人張羅婚事，說到高興處，兩人還各自打趣，直到寅時三刻才相繼入睡。

李綺節煎熬了幾天，薑糖水喝了一碗又一碗，終於熬過苦日子，一大早就嚷嚷著要吃這吃那。前幾天為了忌口，周氏不許她吃杏子、李子，甚至連涼水都不讓碰，她這會兒饞得很。

剛好丫頭裝了一大盆紫紅桑泡兒送到房裡，李綺節二話不說，拈了一串就吃。

她一邊吃，一邊問：「誰送來的？」

桑泡兒酸中帶甜，她吃的幾串卻沒有酸味，油潤甘甜，而且個頭很大，品相飽滿，不像是山林裡野生的。

丫頭道：「楊家的婆子送來的，除了桑泡兒、胡頹子，還有一簍簍枇杷、盧橘、櫻桃兒，擺了一院子，差點放不下了。」

楊家有成片的果林，細雨茸茸濕楝花，南風樹樹熟枇杷，正是春夏鮮果豐收時節，只有他們家的桑泡兒是培植的，自然比野生的甘甜。

李綺節動作一滯：不該吃這麼快的！

寶珠和李綺節對視一眼，問丫頭道：「還是每回來的董婆子？」

董婆子是伺候楊表叔和高大姐的。

丫頭脆生生道：「不是董婆子，這回來的是個年輕後生，叫阿滿。」

李綺節捏著一串桑泡兒左右為難：楊天佑送來的桑泡兒，她是吃，還是不吃啊？

事實上，李綺節沒得選，因為她已經吃了好幾串桑泡兒。

她只猶豫了一瞬，埋頭繼續吃。既然已經吃了，那就接著吃唄。

丫頭又抬著一個竹編籮筐進門，「小姐，楊家送來兩對兔子。」

雪白的兔子緊緊擠在一塊兒，像鼓起的棉花團。

丫頭們愛得不行，拿一根草葉逗弄兔子，手腳快的已經忙著在院子角落裡搭草窩。

「別白忙活。」李綺節攔住圍著兔子不停稀罕的寶珠，「把兔子送到灶房去。」

寶珠捨不得，但看李綺節兩眼放光，知道她已在盤算怎麼吃兔肉，只得狠心應下。

李綺節假裝沒看到寶珠滿眼的心疼，養兔子是個精細活兒，她幹不來，還是用來祭五臟廟吧。紅燒、醬香、麻辣……李綺節想著兔肉的各種吃法，嚥了口口水。

丫頭們眼睜睜看著李綺節輕描淡寫間，吩咐寶珠把兩對活蹦亂跳的兔子送到灶房去，讓劉婆子宰了燉肉吃，一個個目瞪口呆。

「怎麼都不說話了？」

李綺節嫣然一笑，因為才吃了桑泡兒的緣故，她的舌尖有些發紫，笑起來有點嚇人。

丫頭們面面相覷，噤若寒蟬，頓時作鳥獸散。

接下來的幾天，再沒有丫頭敢攔著李綺節獻殷勤了。

周氏急著去找張氏探口風，偏偏楊家人一大早送來好些果子菜蔬，少不得耐著性子和楊家的小夥計客氣幾句。待楊家人走了，忙換了身半新不舊的夾紗衣裳，讓寶鵲揀了幾樣楊家送的果子，裝了一大簍，到小院探望張氏。

結香正好從房裡走出來，手裡端著痰盂，腕上搭著巾帕，眼圈有些發紅。

周氏一眼看到痰盂裡的血痰，皺眉道：「又犯病了？」

結香點點頭，「早起就咳嗽，粥飯一口沒吃，只喝了一碗藥。」

屋裡一股揮之不去的酸苦藥味，窗前供了一瓶月季花，不知道是不是因為張氏多病，她房中的花朵也蔫蔫的，沒什麼鮮活勁兒。

張氏昏昏沉沉睡著，聽到聲音，抬起眼簾，「周姊姊來了。」

說話有氣無力。

周氏不好提別的話，溫言勸慰張氏幾句，說了些閒話，回到自己房裡，唉聲嘆氣。

李大伯在家等消息，聽下人說周氏回來了，找到正房，問道：「怎麼樣了？」

「十八娘病得厲害，我不好張口。」

李大伯雖然迫不及待想撮合李綺節和小沙彌，也只能道：「不急，過幾天我帶張家小哥和三娘去武昌府，妳趁那個時候問張妹子，正好兩個孩子都不在跟前，說話不必顧忌。」

周氏道：「都聽官人的。」

過了幾天，張氏的病好了些，準備動身去武昌府的李大伯卻病倒了，李大伯只得先推遲行程，讓船家多等幾天。

李綺節原本已經收拾好行李，李大伯一病，倒叫她忙亂了好幾天。

等李大伯病癒，已過了小滿時節，春蠶開始結繭，李家雇傭的蠶娘們每天忙著煮繭、繅絲，幾架紡車晝夜運作，嗡嗡嗡嗡響個不停。

李大伯隨船帶了幾大包新茶和新絲，預備到武昌府後，先去茶市、絲市看看行情。

李綺節順便把花慶福也叫上，瑤江縣地方偏僻，市場已經飽和，武昌府是南來北往的集散地，貿易繁華，水運發達，有更廣闊的天地，花家貨棧遲早會開到武昌府。

李家雇的船不大，勝在乾淨，不像那些載湖鮮的漁船，有種刺鼻的腥臭氣。

出發的時候是個大晴天，潺潺的水波間倒映著金燦燦的流光。船走了大約兩個時辰，忽然吹起一陣涼風，頓時陰雲狂湧，淅淅瀝瀝落起小雨。

李大伯站在窗前，滿意地望著江面上迷迷濛濛的細雨，捋著花白鬍鬚笑道：「小滿不滿，無水洗碗。今年雨水多，田地不會再旱了。」

去年李家山腰上的地旱了一大片，那座山離江邊太遠，沒法修水渠灌溉，最後只能請農戶一擔擔水挑上山，才勉強把菜苗澆了一遍。

李綺節在窗下對帳，一手翻帳本，一手撥弄算盤，把珠子打得劈啪響，頭也不抬道：「田裡的秧苗剛栽下去，是得落場雨才好。」

甲板上響起一陣嘻嘻哈哈的笑鬧聲，噔噔一串腳步響，寶珠跑下船艙，推開門，「三娘快出來看稀奇，好大的船！」

離了瑤江縣的地界，江面上來往的船隻陡然多了起來，寶珠和進寶姊弟倆也不怕淒風冷雨，興沖沖在外邊看熱鬧，船工催了幾遍，姊弟倆還是不肯回船艙。

李大伯正覺無聊，聞言披上蓑衣，好奇道：「是誰家的船？」

本地的水運貨船基本掌握在各大望族手中，說不定是李大伯認得的人家。

船伕在外面應答：「官人，是金家的船，他們家每個月要給楚王府運送土產糧米。」

聽說是金家的船，李綺節心念一轉，推開算盤，撐起一把斗大的黃油絹傘，跟著李大伯一道走出船艙。

金家的船比李家雇的小船大了四五倍，船上彩旗招展，迎風獵獵，桅杆上掛金家旗號，甲板上往來走動的水手統一服色，步履從容，不像是金家家僕，更像是訓練有素的兵卒。

金家的船很快把李家雇的小船拋在身後，沐浴在雨絲中的船影像一頭威武的巨獸，遮天蔽日，氣宇軒昂。

江面上的其他客船紛紛避讓，隱隱聽到另一條船上有人罵罵咧咧道：「神氣什麼？」

船伕笑著向李大伯道：「我們這還算是好的，若是在運河上，但凡碰見運送漕糧的官船，所有往來船隻都要讓道，有時候為了等官船先走，得在渡口等上整整兩三天才能出渡口，短短百里水路，走一走，停一停，比走陸路還折騰。」

李大伯道：「雖然折騰，還是比陸路輕便儉省，咱們這樣的平頭老百姓，能安安生生混口飯吃，就是祖宗保佑了。」

船伕嘆息道：「可不是！」

甲板上一位穿蓑衣的老者插話進來：「想安生也難啊！這幾年東山那頭興起一窩水賊，殺人越貨，無惡不作，不知有多少船折在他們手裡。官府派兵去捉，一晃三年了，到現在還沒找到水賊的老巢在哪裡。上個月我們跟隨商隊一路北上，船隊從東山腳下經過的時候，提心吊膽，一刻不敢合眼，就怕被水賊給盯上。」

幾名在甲板上搬貨物的夥計聽老者說起水賊，兩眼放光，連李大伯和進寶也都聽住了。

老者繼續道：「水賊喜歡夜裡下手，先悄悄爬上船，然後用迷藥把船上的人迷暈，再把人五花大綁，扔到江心裡淹死，連會拳腳的人都不是他們的對手。」

有人哈哈大笑，「老伯愛嚇唬人，什麼迷藥，能把一船的人都迷暈？」

老者被人質疑，面皮立時紫漲，張嘴就罵：「哪裡來的臭伢崽！回去問問你娘，老子活到這麼大歲數，什麼時候誆過人？」

旁邊的人連忙相勸：「老伯莫要同娃娃爭嘴，他們不知天高地厚，以後吃了苦頭，自然曉得世道艱險。」

李綺節看甲板上的人越聚越多，說的話也越來越粗，便和寶珠返回船艙。

寶珠心有餘悸道：「水賊不會盯上咱們吧？」

李綺節收起絹傘，甩掉傘面上滾動的水珠，哭笑不得道：「咱們家船上的貨物能值多少錢鈔？滿打滿算一二百兩銀子罷了，水賊瞧不上的。再說了，那夥水賊流竄在東山一帶作案，為的就是避開官府，不會冒著被一窩端的風險，把手伸到武昌府周邊來。」

寶珠念佛道：「阿彌陀佛，謝天謝地。」

路過一間船艙，隱隱聽見一陣清朗的讀書聲。

「張少爺真刻苦，夜裡咱們睏覺的時候，他還在燈下看書。好幾次我半夜起來，看到書房的燈亮著。」寶珠感嘆道，「倒是沒想到上了船，他還不休息。」

透過門縫，能看到小沙彌的清雋身影，少年手中執書，臨窗倚立，側臉浸潤在窗外朦朧的雨幕中，說不出的俊俏靈秀。

李綺節正看得出神，冷不防對上一道清亮眼眸，卻是小沙彌轉過身來，看了她一眼。目光只從她臉上一掃而過，又迅疾移開。

天黑前船在岸邊一處渡口停泊，這裡是武昌府下轄的一處市鎮，因為鎮上一座石橋很出名，鎮名就叫橋頭鎮。

李大伯有幾個相熟的老友住在橋頭鎮，他想去探訪老友，順便打聽今年新絲的價錢，天黑不好貿然前去打擾，只能第二天再去，船要在渡口歇一晚。

小市鎮沒有宵禁一說，已近酉時，渡口仍然十分熱鬧。

船才駛入渡口，已有幾個穿麻練鞋的小童攀緣上船，招攬生意：「雨天寒氣重，哥哥們且吃碗水酒去寒氣。」

水手問：「甜酒還是辣酒？」

小童笑道：「甜酒多的是，辣酒應有盡有，娘已備了下飯酒菜，只等哥哥們來照應。」

水手們哄然大笑。

進寶和其他小夥計嫌船上憋悶，結伴下船去鎮上玩耍，李大伯再三交代不許他們吃酒，尤其不許跟著拉客的小童走，進寶笑嘻嘻應了。

李大伯問李綺節道：「三娘要不要下船走一走？」

李綺節搖搖頭，渡口附近的酒肆、客店長年做水手生意，三教九流，魚龍混雜，不是閒逛的好去處。

戌時末進寶等人回船，船伕提著燈籠，站在船舷邊，一一檢視下船的夥計，聞到誰身上有酒氣，二話不說，打發到貨倉去幹活。

進寶捧著一包油煎饅頭和一把桃木插梳到寶珠跟前獻寶。

寶珠笑嗔幾句，罵進寶不該亂花錢，臉上卻笑盈盈的。回到船艙，對著銅鏡，把桃木插梳比在頭上，左看看右看看，笑個不住。

李綺節忍不住笑道：「黑燈瞎火的，難為妳看得見。」

寶珠臉上一紅，把銅鏡收進妝盒的小屜子裡，抓起一個油煎饅頭讓李綺節吃。

「妳自己吃吧，我才吃了一盒酥餅。」

李綺節說著話，人走到窗邊，仰頭看天上一輪圓月。

在水邊賞月，伴著潺潺的水聲，更覺月華清寒冷峻。

油煎饅頭已經涼了，寶珠怕浪費，找船家討了杯熱茶，就著一碗清茶，把梅菜肉餡的饅頭吃完。吃完饅頭，她打了個飽嗝，走到窗邊的面盆架前洗手，忽然咦了一聲，跳到李綺節身後，指著水面上一個閃爍的光點，「三娘，妳看那是什麼？」

李綺節順著寶珠的指尖看去，傍晚時雲歇雨住，天光放晴，夜裡月色怡人，月光透亮，依稀能看清江面情景，起伏的浪濤間，似有一人趴在浮木上，隨波逐流。

那人身上可能帶了什麼反光的玉飾明珠，在夜色中泛著幽冷的寒光。

李綺節準備去叫醒李大伯，才出門，卻見小沙彌站在拐角的地方發愣，看到她，似乎吃了一驚，袖子翻轉，飛快把一樣東西掩進懷裡。

濃密的眼睫交錯間，有一絲罕見的倉惶。

結香站在他身旁，手裡提著一盞紙糊燈籠，臉色有些難看。

寶珠看到人，立刻揚聲道：「水面上有個人！」

「我去喚世伯起來。」小沙彌神情微凜。

轉身前，似有意又似無意，輕聲道：「回房吧，不要出門。」

李大伯聽說有人落水，起身披衣，喊醒船伕，找來幾名熟識水性的水手入水救人。

甲板上亂騰騰一片嘈雜聲響，直鬧到後半夜。

翌日清晨，天還沒大亮，外邊渡口已是一片喧嚷人聲。

寶珠昨晚沒睡好，一直連連打哈欠，鋪床疊被的時候，恨不得摟著鋪蓋打個盹兒。

「三娘曉得昨晚落水的人是誰嗎？」

「是誰？」

李綺節坐在窗前梳頭，她下手重，梳齒碰到打結的髮絲，依舊往下使勁梳，刷刷幾下，扯斷一小把黑油油的髮絲。

寶珠在一旁看到，哎喲兩聲，心疼得不得了，搶過梳子，蘸了些髮油，輕輕抿在李綺節的髮尾上，「落水的是金家大少爺！」

李綺節微微挑眉，別人救苦救難，救的不是王孫公子就是世外高人，她倒好，救起來一個無所事事的紈綺。

紈綺之所以會成為紈綺，不是沒有原因的。

金雪松被船上水手撈起來時，還以為摟著他臂膀的是哪家小嬌娘，心中暗道，今天陪客的小美人力氣不小，嘴巴往前一湊，醉醺醺在水手臉上啃了好幾口。

水手見金雪松雖然形容狼狽，但穿著不凡，挽頭巾的簪子在夜色下光華流轉，一看便知不是尋常物件，料想是哪家富貴公子在岸邊竹樓花娘處吃多了酒，才落入水中，當下敢怒不敢言，心裡罵罵咧咧，手上的動作不敢遲疑，上船之後，便把醉酒的金公子往其他人懷裡一推，調頭就跑。再不跑，金公子就要剝他衣裳了！

李大伯認得金雪松，怕他酒後落水會傷及肺腑，立時讓人請大夫為他診脈。本想著人給金家報平安，見外頭月黑風高，只能作罷。

李綺節只管叫醒長輩，便回房安歇，一夜好睡，李大伯等人卻熬到大半夜才勉強歇下。

翌日，金雪松酒醒，發現身邊既無柔情似水的小娘子，也無前呼後擁的丫頭僕婦，而自己頭痛欲裂，躺在一間陌生的船艙中，才知昨夜差點做了冤死鬼。

不多時，岸邊有幾隊人馬由北至南，一路沿岸搜尋，卻是金家發現大公子失蹤，懷疑他落入水中，一路找到橋頭鎮來。

李家下僕喚來金家僕從，領頭的漢子聞聽金雪松安然無恙，當即長舒一口氣，親自到李大伯跟前拜謝。又找水手討來熱水、皂角，擦了把臉，去見金雪松。

金雪松在船艙中大發雷霆，鬧著要把昨夜灌他酒的花娘捆了餵魚。

漢子不敢反駁，僕從搬來軟轎，把因為宿醉而昏昏沉沉的金雪松抬下船。

寶珠對著金雪松的背影啐了一口：「好大的排場！」

李家是金雪松的救命恩人，雖然李家並不企圖什麼謝禮，但金雪松醒來後就對伺候他的夥計發脾氣，嫌這嫌那，孤傲至極，而且自始至終都沒到李大伯跟前道一聲謝，就帶著僕從揚長而去，實在令人心寒。

李大伯大約知道金家曾向李家求親的事，原本還有些好奇，想看看金家大郎的人品相貌如何，見他如此行事，不由直搖頭，慶幸李乙沒有應下金家的求親。

當時李乙已有七八分意動，只等看過金雪松本人，兩家就能交換庚帖。多虧楊縣令提醒，李乙才改變主意。

和放浪形骸的金雪松比起來，楊五郎簡直算得上乖巧了。

李大伯想起金家素日的名聲，心裡暗道：必須早日為三娘訂親！

從橋頭鎮到武昌府不過一湖之隔，金家僕從找到金雪松，換乘小船，很快到達武昌府。靠岸後，金家的馬車已經等在渡口，金雪松還沒來得及打個盹兒，已經被僕從們送到金家在武昌府的宅邸中。

「大少爺，您可算回來了！」內院丫頭等在垂花門前，哭天抹淚，「小姐擔心了一整夜，到現在一口茶水都沒吃。」

金雪松有些不耐煩，哼哼道：「我這不是好端端的，哭什麼哭？等少爺我哪天真死了，妳再到我墳頭去擦眼淚吧！」

迴廊深處傳出一聲清斥：「雪松，你還強嘴！」

丫頭們攙扶著一個五官清秀的少女逶迤而來，少女臉色憔悴，雙眼紅腫，目光冷厲，「要不是機緣巧合，你早葬身魚腹了！現在你能活蹦亂跳，多虧李家人搭救你，你大難不死，不知悔改，還在這裡胡言亂語！」

她推開丫頭，捧著心口，眉頭緊皺，沉痛道：「什麼時候你才能懂事些？」

金薔薇年紀不大，脾氣不小，她說一不二，性格剛烈，在家中已經隱隱壓制住金夫人田氏，平日裡積威頗重。丫頭們聽她毫不留情地訓斥金雪松，不敢勸解，唯有大丫頭竹葉輕輕嘆了口氣，「少爺臉色發青，吃了一夜的苦頭，好不容易平安回來，小姐有什麼話，等少爺吃過飯再說不遲。」

她飛快看一眼神情倔強的金雪松，又道：「小姐擔心少爺，在菩薩跟前跪了一整夜，鐵打的身子也受不住，少爺現在平安無事，您也能鬆口氣了。」

金雪松平日最煩金薔薇總把他當成一個奶娃娃看待，吃飯要管，穿衣要管，出門要管，交朋友要管，比祖母金老太太還囉嗦，但對方畢竟是自己血濃於水的胞姊，對他的嚴格看管也是完全出於關心，聽丫頭說金薔薇因為自己跪了一宿，心裡不由有些愧疚，眼皮耷拉著，甕聲甕氣道：「我餓啦，還不快給少爺預備飯菜去！」

這便是服軟的表現了。

金薔薇上輩子孤苦伶仃，這一世便把唯一的胞弟當成眼珠子一樣珍視，生氣歸生氣，聽他嚷嚷肚子餓，立刻讓丫頭送他回房，「去灶房交代一聲，做些溫補的湯菜。」

等丫頭們簇擁著金雪松走了，金薔薇冷笑一聲，眼中溫情盡數褪去，隱隱可見一道森冷寒光閃過，「昨晚伺候雪松的那幾個人都綁起來了？」

竹葉點點頭。

「傳我的話，他們四個沒照看好大少爺，一人打八十板子。」金薔薇眸光冷冽，「打板子的時候，讓所有在二門外跑腿的小廝在一邊跪著，看看那四個蠢貨的下場。」

竹葉看到金薔薇的眼神，忍不住打了個哆嗦。

她跟隨金薔薇一塊兒長大，小姐小時候文靜乖巧，說話細聲細氣，心腸軟得不得了，看到丫頭被管家婆娘責罰，也會在一旁跟著掉眼淚，家裡的下人都說小姐心善。

大官人續娶的填房田氏帶進門的拖油瓶金晚香明裡暗裡擠兌小姐，官人從不管，小姐孤苦無依，只能每天以淚洗面。下人們替小姐委屈，但礙於身分，加上田氏慣會打點，沒人肯為小姐出頭。竹葉只是個小丫頭，身家性命都捏在田氏手上，也無能為力，只能時不時開導小姐，哄她高興。

幾年前，小姐像是突然變了性子，誰敢欺負她，她絕不隱忍，以牙還牙，以眼還眼，拚卻臉面不要，也要撕下對方一塊肉。別說拖油瓶金晚香了，就連田氏都不是她的對手。

幾年下來，小姐不僅把大少爺拉扯長大，還奪得老太太的喜愛，掌握金家內宅的庶務。

小姐自立自強，無人敢欺，竹葉本應該替小姐高興，可眼見著小姐一天比一天陰沉，她又開始憂心。情深不壽，強則極辱，小姐身上的恨意太過濃烈，不是長壽多福之相啊！

昨夜跟隨金雪松的伴當有四個，其中一個是管家之子，一個是外邊鋪子上掌櫃的侄兒，另外兩個是買來的孤兒。

兩個孤兒被綁，沒人關心，但管家和掌櫃都是金家頗有臉面的老僕，一個和老太太沾親帶故，一個是金大官人的左膀右臂，管家的兒子和掌櫃的侄子被抓起來，牽一髮動全身，金家下人很快議論紛紛。

因為金長史六十壽誕在即，金家的女眷昨天跟隨金家的貨船一道北上，現今除了金老太太，其他人都住在武昌府的金宅。

管家婆娘哭哭啼啼，找到田氏跟前，求她為自己兒子做主：大少爺去竹樓喝花酒，醉後不小心掉入江中，她兒子雖然有過錯，但錯不致死啊！四個十五六歲的少年郎，身子骨並不強健，八十板子打下去，哪還有命活？就算能活下來，人也廢了！

大娘子金晚香當即皺眉道：「大公子不是好好的嗎？哪裡就至於要把人活活打死？薔薇妹妹這幾年的手段太過毒辣了。」

「阿彌陀佛！」田氏大驚失色，沉吟半晌，猶豫道，「二娘是金家二小姐，我不是她親娘，她哪會聽我的勸？」

管家婆娘淚如雨下，不住磕頭，「太太菩薩心腸，求太太發發慈悲，我們老夫妻倆，臨到五十歲上來，才得了這麼一個寶貝疙瘩，他要是有個三長兩短，我們兩個老的也沒什麼活頭了！求太太看在我們為金家當牛做馬這麼多年的分上，救救小寶！」

田氏嘆了口氣，示意一旁的婆子扶起管家婆娘，「不看僧面看佛面，您是老太太的遠親，不用對我行這麼大的禮。不必您開口，就是為了老太太，我也得蹚一次渾水。二娘不把我這個後娘當回事就算了，如今連老太太都不放在眼裡，傳出去，外人會笑話金家沒家教。」

管家婆娘冷笑，「二小姐尊貴，我們做奴才的哪敢倚老賣老，沒得給老太太丟臉。」

田氏和金晚香對視一眼，眼底隱隱有幾分喜色。她們籌謀已久，本以為能夠悄沒聲息地解決掉金雪松，沒想到半路裡殺出個程咬金，壞了她們的計畫。金雪松福大命大，竟然讓半路冒出來的李家給救了，不過能夠趁機挑撥金薔薇和家裡幾個掌管要務的管家媳婦，也不算是全盤皆輸了。

田氏耐住性子，軟語安慰管家婆娘，見火候差不多了，這才向身邊婆子道：「二娘呢？讓她過來見我。」

丫頭卻道：「二小姐在前堂處置大少爺的伴當……」

管家婆娘登時變色，一把攥住丫頭的手，「沒有太太吩咐，誰敢打我兒板子？」

丫頭被管家婆娘抓住，臉上也是煩躁之意，「二小姐發的話，誰敢忤逆？嬸子難為我一個小丫頭做什麼？」

管家婆娘在府裡頗有臉面，事關獨子安危，心裡急躁，顧不上向田氏請示，當即撇下丫頭，三步併兩步，急急往前堂奔去。

被管家婆娘忘在腦後的田氏和金晚香相視一笑，故意拖延了一盞茶的功夫，約莫著前堂該亂成一鍋粥了，才擱下茶盞，緩緩動身。

不想到了前堂，一路上鴉雀無聲且不說，一進門，卻見方才還滿臉猙獰、咬牙切齒的管家婆娘竟然萎頓在地，臉色灰敗，神情怯懦。

丫頭僕婦圍在一旁，肅然靜立。

金薔薇獨坐在庭前一把紅木雲鶴紋圈椅中，薄唇含笑，目光森然。她的貼身侍婢竹葉坐在一旁的小杌子上，正搧風爐煮梅子。正是早梅掛枝時節，新鮮梅子酸澀，難以入口，唯有煮過方能食用。

竹葉掀開小蓋子，水花咕嘟咕嘟冒著細泡。

管家婆娘淚流滿面，喉間隱有嗚咽之聲，臉上皺紋抖動不已，似乎想開口討饒，但看到竹葉慢條斯理往煮鍋中撒入一撮細鹽，然後緩緩攪動變軟的梅子，愣是不敢開口。

田氏朝兩邊丫頭使了個眼色，笑意盈盈道：「好端端的，陳嫂子怎麼跪在地上？」

丫頭連忙攙管家婆子起來，管家婆子抬頭看向田氏，目光中迸出一點希冀，推開丫頭，向田氏碰了幾個響頭，顫聲道：「太太……」

田氏面露不忍之色，「陳嫂子可是老太太跟前的老人，連官人都得稱您一聲嫂子，我哪裡當得起您老這一跪？」

丫頭在一旁道：「太太最是寬和，嬸子有什麼委屈，儘管和太太說來。」

管家婆娘神情一滯，畏畏縮縮看金薔薇一眼，支支吾吾說不出話來。

田氏命人扶起管家婆娘的時候，金薔薇默然不語，金晚香還以為她正在搜腸刮肚想法子摘掉她冷酷狠厲的名聲，心中正覺快意，但細細一看，金薔薇神情平靜，她身旁的丫頭也面色從容，不由心裡暗道一聲不好。

還未開口，便聽金薔薇冷聲道：「太太多日不管家事，還是不要摻和進來的好。」

田氏面色一冷，「二娘，有妳這麼和母親說話的嗎？」

金晚香悄悄扯田氏的衣袖，悄聲道：「娘，小心金薔薇有詐。」

田氏眉心一跳，心念電轉，餘光看到管家婆娘目光躲閃，知道事情不像自己想的那樣，但此時再改口，當著一屋子丫頭下人的面，豈不是讓金薔薇奪了威風？只得硬著頭皮道：「我愛清靜，不大管庶務，但也不能由著妳任性。陳嫂子伺候老太太幾十年，就和咱們家的老姑奶奶一般，妳為了一點小事，要打要殺的，真打死了陳嫂子的獨苗苗，事情傳到老太太耳朵裡，她老人家少不得會窩火，萬一她有什麼三長兩短，我如何向妳爹交代？屆時我恐怕不得不做一回惡人，惹妳厭煩了。」

金薔薇淡笑一聲，將從管家房中暗櫃裡搜出來的帳本擲到田氏跟前，「太太不必搬出老太太來壓我，我從不無的放矢。管家已經被衙門的差役扣住了，太太還為陳嫂子說話，莫不是陳嫂子給了您什麼好處不成？還是說管家和陳氏膽敢包藏禍心，偷盜主家財物，是受了太太您的指使？」

金薔薇字字誅心，田氏氣得渾身發顫。

田氏能以寡婦之身嫁入金家，哄得金大官人對她言聽計從，還將拖油瓶金晚香帶到金家教養，自有幾分手段，但因為她是金長史家的親戚，多年來受人奉承慣了，少有憋氣的時候，偶爾和人起口角，也是含沙射影、暗中傾軋，從不會當面與人難堪，所以其實是色厲內荏、欺軟怕硬之人，眼下被金薔薇指著鼻子誣陷，一時又是氣憤又是惱怒，偏偏礙於身分，又自持身分，竟然吐不出什麼狠話來。

想田氏初初嫁入金家的時候，何等風光得意。她刻意做小伏低，任婆母金老太太對自己挑三揀四，不過半年光陰，就把婆母金老太太的名聲徹底敗壞，縱使金老太太占了個長輩的大義，也只能被她擠兌得顏面全失，交出管家權，退居偏院。而金大爺原配所生的一子一女，兒子孱弱年幼，女兒懦弱無為，都不難對付。

金家內院無人敢違抗田氏的意思，她便安安心心當起貴婦人。本以為她從此可以高枕無憂，誰料金薔薇忽然像變了個人似的，多次明裡暗裡壞她的好事，油鹽不進，軟硬不吃，不惜以傷人一百自傷兩百的架勢和她爭鋒相對。田氏自詡才女之身，難免畏手畏腳，而且實在是被金薔薇那副要和她同歸於盡的癲狂模樣給嚇怕了，幾次交手都沒能討到好處，連管家權都讓金薔薇給搶了，之後便蟄伏下來，不敢和金薔薇正面對上。

田氏當然不願服輸，她打算故技重施，先在眾人面前示弱，然後把金薔薇不尊嫡母、目無尊長的名聲傳出去，看她日後怎麼嫁人。

如今金薔薇一口大鍋扣下來，田氏雙眼發紅，幾乎把一口銀牙咬碎，但想起金薔薇發瘋的樣子，又覺膽寒，再者為了自己的隱忍大計，只能忍著怒氣道：「我好心好意來勸誡妳，妳怎麼口出惡言？」

說著話，眼裡流下淚來。她慣常以眼淚搏人同情，今天這淚水倒是完全出自真心，一點都不摻假，只不過不是因為傷心，而是被氣的。

金晚香已經命人撿起帳本，粗略看了幾眼。她從小跟隨母親學琴棋書畫，對銀錢往來十分鄙視，看了半天，看不出所以然，但見周圍丫頭僕從戰戰兢兢，便知管家和管家婆娘肯定犯了重罪，心裡先有了幾分怯意，悄悄向母親道：「娘，金薔薇看起來很有倚仗的樣子，她說的話是不是真的？」

他們私下裡買通管家之子把醉酒的金雪松拋入大江中，連管家和管家婆娘都不知情，本以為要麼能順利解決掉金雪松，暗害不成，也能離間管家和金薔薇的關係，甚至驚動到金大爺，只消推波助瀾，父女必定失和，可誰想得到管家和管家婆娘竟然也不乾淨，還讓金薔薇找到把柄了。

眼看田氏和金晚香無言以對，金薔薇並未步步相逼，「管家和陳氏尸位素餐，以下犯上，他們不止想謀奪金家的財物，還想趁機害死大郎，老太太勃然大怒，親口下令要將他們夫妻倆押解到官府問罪。太太如果不信，去老太太跟前問一問便知。」

田氏臉色黑沉：金薔薇早就知道陳嫂子管家婆娘會來找她求情，也早知道她會賣管家婆娘一個人情，插手責打小廝的事。她等在這兒，就是為了當著金家下人的面，好好羞辱她一番，讓下人知道，她這個太太早已不是當家媳婦，家裡的生殺大權都在她金薔薇一念之間。

管家婆娘見田氏似乎有退縮之意，忙跪爬到她腳下，抱住她的大腿，嚎啕道：「我們夫妻倆勤懇侍奉太太，所作所為都是按著太太吩咐行事，太太，您可不能見死不救啊！」

小姐已經說得明明白白，他們夫妻倆心黑手狠，貪了太多銀兩，必要受牢獄流放之苦，但他們還有一個獨苗苗捏在小姐手心裡，想要保住兒子的性命，就必須把太太拖下水。

下人們聽了管家婆娘的話，紛紛面露詫異之色，一時之間，幾百道審視目光全都加諸在田氏身上。田氏沒料到管家婆娘忽然纏上自己，氣得青筋暴跳，喝斥道：「胡言亂語！來人，把她拖下去！」

丫頭們慌忙上前拖走管家婆娘。

管家婆娘面如死灰，也不掙扎，看向田氏，冷笑幾聲：「當初要不是太太拿小寶要脅，我們夫妻倆也不會昧著良心貪墨帳上的銀兩！想我夫妻倆為太太鞠躬盡瘁，太太竟如此狠心，我們夫妻倆人微言輕，只能給人做替死鬼，到了閻王爺跟前，必定申明冤屈，太太，妳聽好了，我陳婆子做鬼也不會放過妳！」

田氏滿心駭然，面皮紫漲，哆哆嗦嗦著道：「妳、妳……」

她慣會裝模作樣，陷別人於不義，今天才知道什麼叫滿嘴胡言、謊話連篇。

管家婆子環顧一圈，見金薔薇不動聲色地對自己點了點頭，想起命在旦夕的兒子，慘然一笑，一咬牙，掙脫開兩個大丫頭，一頭碰在廊前門柱上，當場血流如注，一命嗚呼。

霎時間，驚叫四起，有嚇得雙腿發軟的，有抱頭痛哭的，有去請大夫的，有扶著主子往後退的，也有愣在原地面色麻木的。

這其中尤其屬田氏最為驚恐，背脊騰起一陣森冷寒意，不知不覺跌倒在地，瑟瑟發抖：金薔薇，都是金薔薇算計好的！

金薔薇早知道管家私底下侵吞金家財產，收集好證據後，一直隱忍不發。直到抓到管家夫妻倆的軟肋，立刻設好陷阱，等著她來自投羅網。她打算離間金薔薇和管家、金大爺，大張旗鼓來給管家婆娘說情，是人人都看在眼裡的，而管家婆娘當著一屋子丫頭的面，叫罵著她的名字撞牆自盡，也是眾人親眼目睹，別人肯定都以為她真的是管家背後的主謀，畢竟很少有人捨得用自己的性命去陷害別人，她跳進黃河也洗不清這個罪名。

從她收買管家的兒子對金雪松下手，到管家婆娘驟然反口，拚死拉她下水，前前後後不過幾個時辰罷了。金薔薇竟然如此果決，頃刻之間就將情勢翻轉，還給她安了個一輩子都洗不掉的罪名。

田氏望向金薔薇，眸中飽含怨毒之色：她實在小瞧了這個小姑娘！

管家和管家婆娘雙雙尋了短見。

金家二門外的掌事預備了好酒好菜，打點前來拿人的衙門差役。差役們吃得肚皮滾圓，收殮了夫妻倆的屍首，抬走物證，自回衙門交差。

金大爺在外頭應酬了一天，回到府裡，得知管家婆娘臨死前指認田氏，勃然大怒，不待丫鬟服侍他更衣，大踏步衝到田氏房裡，厲聲斥責，任田氏怎麼辯解，他都不聽。

田氏又氣又恨，黯然垂淚。

下人們噤若寒蟬，本以為大官人自此會冷落太太，不想第二日金大爺只讓人嚴加看管田氏，不許她支取帳房上的銀子，並無其他別的話，當晚還是宿在田氏房裡。

夜間金晚香一襲素衣，跪在院外為母求情，丫頭們要進房通報，被她攔住了。

翌日金大爺看到因為跪了一整夜而氣息奄奄的金晚香，心疼得不得了，田氏更是哭得幾度暈厥。一時之間，請大夫的請大夫，取人參的取人參，鬧成一團。

等金晚香幽幽醒轉，不必她撒嬌發癡，金大爺便吩咐府中下人，誰都不許再提管家和管家婆娘之死，否則立即發賣。

田氏在帳本上作假的事，竟就這樣輕輕放過。

留在瑤江縣的金老太太得知金大爺沒有懲戒田氏，特意命帳房師傅寫信給金薔薇，命她稍安勿躁，不要貿然和金大爺起衝突。

不止金老太太，金薔薇身邊的丫頭、婆子也怕她衝動之下去質問金大爺，父女倆再起齟齬，每天說話做事都小心翼翼的，竹葉更是絞盡腦汁轉移她的注意力。

金薔薇把眾人的擔憂看在眼裡，暗自冷笑。她早知道金大爺會包庇田氏，根本沒想過能一舉打垮田氏，謀事之前她沒有期望，自然也沒什麼可失望的。

上輩子她纏綿病榻，金雪松離奇夭折，連下人都知道八成是田氏搞的鬼，以金大爺的精明，怎麼可能一點都不知情？他能睜一隻眼閉一隻眼，眼睜睜看著繼室作踐髮妻留下的一雙兒女，如今她不過是給田氏安了個貪財的罪名，與謀害嫡子嫡女的罪名比起來，簡直是不值一提，金大爺不可能因為區區幾千兩銀子冷落田氏。

人人都道田氏貌美溫柔，知情識趣，所以金大爺對她情根深種，百般縱容。

只有金薔薇知道，金大爺根本不注重什麼男女之情、夫妻情義，他看重的，無非是田氏的身世，田氏是楚王府金長史的外甥女。

金家不是湖廣本地人，雖然和金長史一樣都姓金，卻沒有血緣關係，往上數個幾百年都不一定是親戚。金大爺娶了守寡在家的田氏之後，才和金長史搭上了關係。

娘家是田氏最大的倚仗，只要金長史一日不被免職，田氏就能在金家內宅橫行霸道。

上輩子，金薔薇出嫁後，依然沒能逃離田氏的魔掌，最後還是死在田氏手上。而直到她嚥氣，金長史依然深受楚王信任看重，金大爺對田氏自然是十年如一日的寵溺放縱。

上一世，金薔薇懦弱了一輩子，始終想不明白為什麼金大爺能對田氏從娘家帶進金家門的金晚香視如己出，卻不關心血脈相連的她和弟弟金雪松。她甚至懷疑過，莫非金大爺和田氏早就背著人暗通款曲，有了苟且，金晚香並非田氏前夫的女兒，而是金大爺的骨血？

這一世，她終於明白，金晚香不是金大爺的私生女，金大爺對金晚香有求必應，愛如珍寶，只是為了哄田氏高興罷了。

世上的男人，有愛美色的，有愛權勢的，有重情義的，有把名聲看得比性命而重的，金大爺為了壯大金家家業，可以拋棄良知和自尊，他趨炎附勢，做小伏低，牢牢巴著金長史這門姻親不肯放，無所不用其極，後宅內務和一雙兒女全不放在心上。

金薔薇曾經為了金大爺的冷漠而怨恨過委屈過，甚至自卑了十幾年，覺得自己事事不如金晚香，所以不受父親喜愛。

看清金大爺的為人後，父親在她眼裡，不過是個虛偽的小人罷了，她對幼小時和金大爺之間的父女溫情沒有一絲留戀。

不管金大爺怎麼偏心田氏，都不會讓她心中再起波瀾了。

金薔薇知道，雖然自己重活了一世，但終究只是一個閨閣女子，她能憑藉手段一次次欺辱田氏，但絕不可能真的報前世之仇，金大爺費盡心機攀上金長史，不可能容許她真的對田氏下殺手。

金長史是田氏的免死金牌，有金長史為她撐腰，金家就得一直好好奉養著她。金長史貴為楚王府的長史官，連縣太爺都不敢得罪金長史，何況金薔薇她只是一個弱女子？

所以，她只能在金大爺能夠允許的範圍內，盡可能地給田氏添堵，讓田氏母女嘗嘗活受罪的滋味。金大爺放過田氏又如何？有她在，她就不會讓田氏好過。

管家和管家婆娘身死後，田氏只受了一場驚嚇，依然能趾高氣揚，府裡其他人都替金薔薇不值，她卻表現得出奇平靜。

然而，金薔薇越平靜，竹葉她們越害怕，總覺得她是在強顏歡笑，壓抑怒氣，如果不及時疏導的話，隨時隨地可能爆發。

以竹葉的揣測，金薔薇爆發的下場，只會是兩敗俱傷。

丫頭們私底下商量來商量去，每天在金薔薇跟前晃悠，或者故意在她跟前談論外邊的新鮮玩意兒；或者打聽一些武昌府的新奇故事和八卦，說給金薔薇聽；或者纏著她討論針線活計和一些瑣碎的女兒煩惱；最後乾脆把金雪松拉到金薔薇跟前。府裡人人都知道，大少爺是二小姐的心肝寶貝，只要大少爺出馬，肯定能哄好二小姐。

結果卻是好心辦了壞事。

金薔薇奉行斬草要除根，管家和管家婆娘的兒子本就是隱患，而且他還和田氏、金晚香勾結，那更是留不得。在管家和管家婆娘自盡後，她便讓人把那個叫小寶的少年除掉了。

金雪松不明白金薔薇的苦心，見她一下子把他身邊幾個伴當全打發走了，心中有氣，又聽家中下人議論金薔薇手段狠辣，越發覺得焦躁，和金薔薇說不了幾句話就吵嚷起來。

等丫頭們趕過去勸和，金薔薇已氣得臉色發白，渾身發顫。

丫頭們進房時，金雪松將一盞明前茶摔在地上，氣呼呼道：「小寶他們跟了我好幾年，姊姊妳怎麼不問問我的想法，說打死就打死？」

金薔薇冷聲道：「吃裡扒外的奴才，斷斷留不得！」

「遇險的人是我，差點被他們害死的人是我，怎麼處置他們，也得我來拿主意！」金雪松盯著金薔薇看了好半晌，哼了一聲，掉頭往外走。

出門之前，又回過頭，「我的事我自己做主，不必姊姊你操心！」

金薔薇眼圈微紅，見丫頭們跪在地上收拾碎片，不願讓人看見自己的軟弱，扭過臉去，拿綢手絹在眼角輕輕按了兩下。

竹葉暗嘆一口氣，小姐把少爺看得太緊，什麼事都要替少爺拿主意，以前少爺還小，姊弟倆相依為命，感情親厚，小姐不論說什麼，少爺都言聽計從，可現在少爺大了，小姐還不肯鬆手，難免會和少爺時有摩擦。

她想起婆子們剛剛抬進門的幾口大箱子，搭訕著道：「小姐，李家把東西原樣送回來了。」

李家救了金雪松的性命，金雪松連句謝謝都沒說過，抬腳就走。

金薔薇聽說後，又氣又笑，連夜讓人備了幾樣豐厚的謝禮，讓人送到李家，還表明日後會讓金雪松親自登門道謝。

李大伯一來看不上金雪松的為人，二來覺得金家的謝禮實在太貴重了，三來不想再和金家有什麼牽扯，再三謝絕，不肯收下金家的謝禮。

金薔薇估摸著弟弟可能把李家人惹惱了，但不願在丫頭跟前數落弟弟，啞聲道：「他們為什麼不肯收？是不是送禮的夥計有什麼失禮之處？」

竹葉心知肚明，順著金薔薇的話道：「那倒沒有，我哥哥親自去送的。他雖然嘴巴笨，規矩一點不會錯。」

「李家斷然拒了咱們家的求親，說明他們不是眼皮子淺的人家。讓婆子斟酌著把謝禮減三分，再送一次，李家要是還不肯收，再減一分，直到他們家肯收為止。」

其實不管李家收不收禮物，金薔薇都不在意，反正還沒有當面向李家長輩致謝，總能找到藉口再度登門。

竹葉挽起袖子，絞了張帕子，服侍金薔薇擦臉，讓丫頭端來銅鏡妝盒，金薔薇重新勻了臉，神色緩和幾分，「李家下榻在何處？」

「李官人在城南賃了間一進的院子，他們主僕幾個，還有一位花官人，一位年輕的少年公子，不曉得是不是李家的親戚。」竹葉笑了一下，「那位少年公子生得好生俊俏，才到武昌府沒幾天，名聲已經蓋過十幾歲就考中秀才的孟郎君，聽我哥哥說，李家院門口每天烏泱泱一大群人，都是等著一睹那位少年公子風采的老百姓。」

金薔薇上輩子曾經婚嫁，這輩子也已經和表哥石磊訂親，早就心有所屬，對年輕俊秀的少年公子根本不關心，沉吟片刻，緩緩道：「我總覺得李三娘和大郎有緣，連廟裡的大師傅都說他倆八字相合，是命定的夫妻。老太太一開始還不相信，這一回大郎遇險，偏偏又是李家人救起他，他們家又不是常在武昌府和瑤江縣間行走的貨商，一年裡難得出一次門，偏偏沒有早一步，沒有晚一步，剛巧就停泊在橋頭鎮，還剛巧看到大郎落水，怎麼會有這麼多巧合？」

竹葉附和一聲：「可不是這麼說！渡口那麼多船隻，也只有李家的丫頭看到大郎。」

金薔薇接著道：「現在老太太也信了我的眼光，相信李三娘是大郎的福星，只可惜他們家沒有應下親事。」

竹葉看金薔薇雙眼微瞇，顯然是在謀算著什麼，知道以她的性格，不會輕易放棄李三娘，試探著道：「小姐何不把李三娘請到家中一聚？咱們家大少爺模樣好，家世好，哪一點匹配不上李三娘？聽說她可是一雙天足！錯過大少爺，他們家去哪兒再找一個比大少爺還出挑的女婿？他們家不肯應下親事，或許是不知道咱們家的根底，害怕和大戶人家結親。等他們家看到小姐的誠意，知道咱們家是誠心求娶的，說不定會改變主意。」

金薔薇雖然溺愛弟弟，但也知道金雪松在外頭的名聲不好聽，李家不愁吃穿，不願把女兒嫁給一個驕縱的大少爺，也在情理之中。不過李三娘身上有太多匪夷所思的異象，而且和金雪松確確實實有某種奇妙的聯繫，無論如何，她必須把李三娘牢牢綁在金雪松身邊！

正巧李三娘現在就在武昌府，她要去親眼看看，對方到底有什麼古怪。

參之章

九郎踐諾離家門

金老太太昔年靠走街串巷賣豆腐撫養兒女，見識想法與一般婦人不同，老了之後，嫌悶在內宅寂寞，經常領著家中女眷出門閒逛。

瑤江縣人人皆知金家規矩寬鬆，金薔薇自小在金老太太身邊長大，出門對她來說，不過尋常事罷了。她乘坐小轎子到了李家門前，竹葉掀開軟簾一角，指著巷尾的方向，「那就是李官人賃的屋子。」

金薔薇順著竹葉的手指看去，巷尾一座粉牆黑瓦的小院落，牆角栽了一簇酸葉藤，綠色新葉層層疊疊，爬滿半邊土牆。

竹葉道：「他們家的公子今天出門去了，不然門口肯定得有幾個人守著。」

竹葉心心念念惦記著李家一位俊俏小郎君，金薔薇淡淡應了一聲，漫不經心道：「這幾天李三娘出過門嗎？」

「李官人出門五次，有三次都帶著李三娘。」竹葉看金薔薇沒有下轎子的意思，疑惑道：「咱們今天不上門去拜見李官人嗎？」

金薔薇搖搖頭，又低聲問了一些李家的事情，竹葉逐一答了。

主僕兩個說話間，聽得吱呀一聲，李家門內傳出一陣窸窸窣窣的響動，繼而有人拉開院門，當頭走出兩個身穿短衫的小廝和一個頭梳辮子的大丫頭。小廝探頭探腦張望一陣，回身和裡面的人說了幾句話。

一個頭戴生紗巾，手執摺扇的少年踏出院門，和大丫頭說說笑笑，一路走出小巷。

竹葉咦了一聲，臉色有點古怪，「那位公子今天明明去書院了啊？」

她早上親眼看見李官人和一位少年公子出門，怎麼又冒出一個俊俏後生來？

金薔薇目光一閃，「悄悄跟上去。」

金家人遠遠跟在少年一行人後面，眼見那少年先進了一家茶葉鋪子，鋪子的掌櫃立刻將他們幾人請到二樓雅間去說話。

金薔薇命抬轎子的家僕退下，與竹葉裝成要買茶葉的樣子，去茶葉鋪子裡轉了一圈。

竹葉擺出一副嫌棄臉孔，傲慢地道：「這些貨色我們家小姐等閒看不上，把你們店裡最好的茶葉拿出來！」

鋪子裡的夥計察言觀色，認出竹葉是金家的丫鬟，不敢多看，視線低垂，陪笑道：「姊姊稍等，鑰匙在掌櫃手上，可巧我們家少公子來了，掌櫃一時抽不出空。請姊姊先到後面稍作片刻，等掌櫃下來，親自接待二位姊姊。」

竹葉看了一眼金薔薇，見她搖頭，便道：「我們哪有等人的空閒，下回再來吧！」

夥計好脾氣道：「姊姊們慢走。」

「剛才那個是李三娘？」竹葉走到外邊大街上，嘖嘖兩聲，「難怪我瞧著她身邊怎麼跟了個大丫鬟。」

大戶人家的少爺公子房裡總有四五個丫頭婢女伺候，可從沒有哪家少爺出門行走的身邊帶著一個小丫頭，只有小娘子身邊才會有貼身侍女跟隨。

竹葉指指茶葉鋪子，「好好的，她穿男裝做什麼？」

女兒家不僅面貌比男兒白皙，而且和少年公子說話、走路的姿態大為迥異。耳垂上有耳洞，即使裝得再像，一開口便能聽出是男是女，穿男裝完全起不到掩人耳目的作用啊！

「雖然人人都看得出她是女兒家，但她著男裝示人，總比直接拋頭露面要輕省，能少些麻煩口角。」金薔薇記得下人們說過，李甲喜歡出門訪友，每回他出門時，身邊總跟著一個相貌清俊、口齒伶俐的男童，但李家那時候分明沒有七八歲的子侄後輩，如今想來，那個小童應該是李綺節。

「李家的鋪子都知道李三娘的身分，夥計們看到她一點都不意外，可見她如此裝扮不是頭一回了。」金薔薇臉上浮起笑容，「沒想到李家的長輩裡也有開明的。」

李綺節敢以男裝示人，必定是經由長輩默許的。

竹葉眨眨眼睛，笑道：「李家小姐膽量真大，倒是和咱們家老太太脾性相合。」

金薔薇想起廟裡求的那支籤，淡笑一聲。

二人在茶葉鋪子門口的小食攤前閒坐，約莫一盞茶的功夫，看到掌櫃將李綺節送出門。

李綺節和掌櫃說話時目光平視，並沒有因為女子身分而躲閃別人的眼光。她圓臉杏眼，五官清秀，身材不高不矮，著一身杏林春燕紋湖羅夾衫，腰繫絲絛，足踏靴鞋，眼眉帶笑，神采飛揚。

金薔薇打量李綺節半天，心中已經有了幾分喜歡，又見她舉止文雅，落落大方，顧盼間說不出的靈動灑脫，越發篤定她能夠降住金雪松，當下不由暗暗想像她女裝時是何等樣貌，難怪去李家求親的婆子說她相貌一等一的好。

「哎呀，她們過來了！」

李綺節和掌櫃說完話，一抬頭，望向小食攤咕嘟咕嘟冒著香氣的大煮鍋，和身邊的丫頭說了句什麼，幾人往小食攤走來。

竹葉慌忙移開眼神，金薔薇卻直直迎著李綺節的目光，不閃不避。

李綺節初到武昌府，有些水土不服，沾不得葷腥，出門前只吃了一碗粥。從茶葉鋪子出來，看到小食攤前一簍簍事先燙好的金黃油麵，聞著大骨湯濃郁的香味，饞得兩眼冒光，不知不覺走到小攤跟前，壓根兒沒注意到一旁的金薔薇主僕。

賣麵的大娘笑著招呼一行人坐下，李綺節回頭看了一眼，還沒開口，寶珠小聲道：「吃了外頭的麵湯，今晚又要折騰了。」

李綺節面色發苦，「罷了，我不吃，買幾個芝麻燒餅給你們當零嘴。」

等李綺節幾人買完燒餅走了，竹葉暗道一聲好險，卻見金薔薇盯著李綺節的背影，眉頭皺得高高的，臉色有些陰沉。

竹葉咳了兩聲，「李三娘沒見過小姐，自然認不出您來。」

金薔薇瞥了竹葉一眼，搖了搖頭，「妳看看李三娘身後。」

竹葉這才知道自己想岔了，臉上一紅，又回頭去看李綺節。她身後除了兩個小廝、一個丫鬟以外，遠遠地還跟著兩個短衫麻鞋的小童，小童腳步輕靈，動作矯捷。

「他們好像一直跟在李三娘身後。」竹葉收回目光，「咱們要不要提醒李三娘一聲？」

金薔薇知道竹葉把兩個小童當成偷雞摸狗的小賊了，沒有開口糾正，「李三娘已見過了，先回府吧。」

金薔薇讓下人們退下，只留竹葉在身邊。下人僕從退是退下了，但不會離得太遠。轎夫則等在暗巷裡，見竹葉朝他們使眼色，連忙抬著轎子出來，將金薔薇送回宅邸。

轎子從李綺節幾人身邊經過的時候，金薔薇掀起軟簾一角，回首顧盼，盯著李綺節看了許久，直到轎子拐了個彎，她才收回目光。

李綺節搖著摺扇，和寶珠低聲說話，忽然覺得脊背一涼，頭皮發麻，彷彿有人在暗中審視自己。一抬頭，正巧對上一雙黑沉沉的眸子。

轎子裡的少女巴掌臉、大眼睛，長了一張天真爛漫的臉蛋，眉宇間卻鬱色沉沉。她的眼神寒光內斂，比她的臉足足老了十幾歲。

李綺節忍不住打了個哆嗦。

寶珠道：「那是金家的轎子。」

李綺節哦了一聲，有些失望：原來是金家小姐，那多半認識她，難怪會一直盯著她看。她還以為是哪戶小姐偶然看到男裝打扮的她，傾心愛慕她的人品風貌，才會頻頻回頭，心裡正為自己迷倒一個小家碧玉而洋洋得意呢！

花慶福早在鋪子裡等著李綺節了，遠遠看到一個少年公子走來，忙迎上前道：「三娘，難為妳親自過來。」

他知道李乙近來對李綺節的看管越發嚴了，也只有李家大爺帶李綺節出門時，願意睜一隻眼閉一隻眼，放任她出門走動。怕耽擱李綺節的時間，寒暄幾句，直奔主題：「王府那頭打點好了，妳看咱們要不要讓瑤江縣那邊的夥計再送幾罈酒來？」

李綺節「嘩啦」一聲合上摺扇，「多了就不稀罕了。這回是送禮，兩罈足夠了。」

花慶福點點頭，引著李綺節往裡走，「幾個老師傅已經安頓好了，只等東西送到，明天就能開工了。」

「不急，大禮還沒送出去，先讓老師傅們清閒幾天。」

李綺節在鋪子裡裡外外轉了一個來回，看處處井井有條，笑著道：「我身邊沒有可差使的人，只能勞煩您在武昌府主事，花娘子心裡還不知怎麼埋怨我呢！」

花慶福看李綺節神情舒緩，知道她心裡很滿意鋪子的布置，終於鬆一口氣，「我走之前，把她娘家嫂子接來和她一處作伴，娘們幾個整天抹牌，快活得很。她巴不得我不在跟前，才好玩個盡興。」

兩人商量了一些其他瑣碎事情，越說越覺得時間不夠用，寶珠見花慶福有把李綺節留下吃飯的意思，咳嗽兩聲，提醒道：「三娘，別忘了咱們要去牌坊街和大爺碰頭。」

李綺節看看外邊的天色，站起身要走，花慶福不敢挽留她，說好有什麼不明白的地方，讓夥計代為傳話，親自把他們四人送到門口，看他們走遠了，才轉身回去。

李綺節嘆口氣，女扮男裝又如何，她還不是得小心翼翼的。心裡有些著惱，脾氣便上來了，霍然一個轉身，目光如電，把兩個跟著她的小童嚇得一個激靈。

一個小童哆嗦了兩下，調頭就跑。

另一個小童雙腿發軟，來不及轉身，被招財一把拽住了。

李綺節沒想到自己一個眼神，居然把兩個小童嚇得屁滾尿流，她有這麼可怕嗎？她又不是夜叉鬼怪，明明是個貌美如花的小娘子好嗎？

李綺節輕搖摺扇，含笑道：「別跟著了，楊天佑在哪兒？」

小童不敢看李綺節的眼睛，東張西望裝無辜，「誰是楊天佑？我不認得。」

李綺節嗤笑一聲，示意招財放開小童，「回去告訴楊天佑，別派人過來跟著我，不然我不好對長輩交代。」看小童眼神亂轉，面色一冷，「怎麼，你們以為沒人看出來嗎？這才幾天，我大伯已經問過好幾次了。」

小童聽說自己早被發現了，有點難為情，待招財鬆手，嗖一聲，一溜煙跑遠了。

寶珠哼哼道：「三娘，何必待他們這麼客氣？」

李綺節笑了笑，「不然呢？」

經過此前種種，她算是明白了，要對付楊天佑，絕對不能來硬的，唯有向他示弱，他或許還能消停幾天。

李綺節帶著寶珠、進寶幾人在幾家鋪子巡視了一遍，見快到和李大伯約定好的時間，便買了幾包點心，往牌坊街走來。

李大伯正在牌坊街街口的一家茶肆等著，坐在門前最醒目的一張桌前喝茶，李綺節連忙道：「我在路上耽擱了一會兒，讓大伯久等了。」

李大伯蓋上茶碗，「妳難得出一趟門，正該四處走走。」

這話要是讓李乙或是周氏聽見，李大伯肯定要吃掛落。李綺節笑而不語，才一坐下，幾個穿短衫的茶博士紛湧而至，搶著為她沏茶。

進寶和招財往她跟前一杵，插腰橫眉，把茶博士們擋開。

李大伯哈哈大笑，掏出幾張寶鈔，茶博士們得了賞錢，各自散去。

吃了兩盞茶，幾人打道回府，李綺節道：「怎麼不見張家哥哥？」

李大伯道：「先生留他談論功課。」說著，忽然嘿嘿一笑，搓著手道：「那徐先生起初還看不上我們送去的禮物，拿喬不肯現身，等他家老僕把張家小哥寫的字送進書房，徐先生連頭髮都沒梳，就著急忙慌跑出來留客。我走的時候，徐先生還拉著張家小哥的手說話呢！」

李綺節看過小沙彌臨摹的字帖，他生得靈秀，寫的字也頗有風骨，想必是在寺中勤學苦練多年後磨練出來的。張十八娘只略微認得一些粗淺的字，行李中卻有許多價值不菲的珍籍古畫，想來應該是她從夫家帶出來的。也就是說，小沙彌的父族很可能是書香世家。

徐先生顯然很看重小沙彌，直到宵禁前才放他離開。

徐家的老僕親自把小沙彌送到小巷子裡，對李大伯道：「官人應下李相公了，只是家裡事多，一時脫不開身，少說要四五日才能南下。」

李大伯樂得合不攏嘴，摸了塊碎銀子塞到老僕手裡，再三道：「不急不急，我們難得來一趟武昌府，正打算四處走走，看看周邊的景致，徐先生慢慢收拾便是。」

老僕見碎銀子少說有三四錢重，堅決不肯收，李大伯無法，只得讓招財抓了把果子，老僕這回收了。

李大伯慨嘆道：「果然是讀書人家，連下人都比別人家的知禮些。」

徐先生答應到李家坐館，李大伯來武昌府的差事辦完了，開始尋思著逛逛江城。第二日一大早，便催促下人早些預備乾糧食水，要去登黃鶴樓。

小沙彌居喪期間，不便外出遊玩，仍然留在家中讀書。

李大伯留下兩個僕人照看小沙彌，吃過早飯，帶著李綺節出門。

武昌府的道路比瑤江縣寬敞許多，李大伯原本是打算雇轎子的，但武昌府境內湖泊多得數不勝數，走不了一會兒就要坐船，下了船又得爬山，雇轎子太麻煩了，只好雇牛車。

今天跟著長輩出行，李綺節沒穿男裝，頭挽家常雲髻，著一身海棠紅大襟夾襖、葡萄青細褶素羅裙，手執雕花獸頭銅杖——為登山準備的。

李大伯頭戴烏綾巾，穿一件灰褐色道袍，手中也執一根銅杖。

伯侄倆一個滿面春風、氣度不凡，一個明眸皓齒，宛如姣花軟玉，一路上說說笑笑，很快到了黃鶴樓所在的蛇山腳下。

李綺節站在渡口，抬頭望去，發現黃鶴樓和她上輩子見過的不一樣，不僅尖頂顏色、飛簷樣式、樓層數目不一樣，連坐落的山頭都變了。

車夫知道李大伯和李綺節是為遊玩而來，一路上揀了些關於黃鶴樓的韻事趣聞說給二人聽。據他說，黃鶴樓始建於三國時期，因為武昌府地理位置險要，每逢亂世，長江兩岸兵火頻繁，黃鶴樓曾多次焚毀在戰火中，太平年間又再度重建。如此屢建屢廢，屢廢屢建，每一代重建的風格都不一樣。當然，車夫最後不忘強調，歷朝歷代修建的黃鶴樓中，本朝的黃鶴樓規模最宏大，樓宇殿堂最多。

李大伯想到能夠近距離瞻仰各朝各代的文人騷客在黃鶴樓留下的墨寶，興奮不已，雖然他很可能根本看不懂那些龍飛鳳舞的詩句。

李綺節看到李大伯神色間壓抑不住的興奮，不由失笑：不論是古人還是今人，都喜歡追求到此一遊。至於遊什麼，怎麼遊，那不重要。

到山腳下時，伯侄倆決定徒步登山。

黃鶴樓是江南三大名樓之一，乃武昌府本地名勝，官府人工開鑿出了一條山路，供遊人出入，層層石階一直通向峰頂。爬到半路上，幾人累得氣喘吁吁，在路邊一棵枝繁葉茂的大槐樹底下休息了一會兒，飲了隨身帶的淨水，吃過點心，接著往上爬。

李大伯、李綺節和寶珠三人走得慢，雖然累，休息一會兒就好了。而招財和進寶一開始精力無限，搶著說自己能一眨眼攀登到山峰頂。兩人比賽誰先爬到山峰頂，一路蹦蹦跳跳往上走，一步恨不得跨三四個階梯，結果走了才半刻鐘，很快精疲力盡，手腳發軟，抬一下腳，就哭哭唧唧叫一聲「疼」。

寶珠笑罵道：「看把你們能的！怎麼不乾脆長出翅膀來，飛到山頂上去？」

兩人被寶珠奚落了幾句，哼了幾聲，盡釋前嫌，相互攙扶著往上走。

等幾人終於到黃鶴樓腳下時，還沒來得及喘口氣，就被幾列著罩甲衣的兵丁家僕攔下。原來他們來得不巧，楚王傳下話來，下午要在黃鶴樓內宴飲賓客，家丁們正把在樓裡觀賞的老百姓們往外趕。

李大伯探頭望去，果然看到幾名兵丁正催促一群著直裰、褶子的書生往外走。

李大伯暗罵一聲晦氣，興高采烈爬上山，連門都還沒進，就得灰溜溜打道回府。

幾人沒有多耽擱，仍舊沿著原路下山。他們是尋常老百姓，不敢和楚王家的家丁辯論，沒看到那群清高傲骨的書生不也老老實實下來了嗎？

也是李大伯他們今天出門倒楣，才到半山腰間，天邊忽然飄來一片濃雲，天色霎時陰沉沉的，聽得幾聲悶雷轟響，很快落起雨來。

好在李綺節出門時讓寶珠備了幾把油紙傘，他們才沒落到被淋成落湯雞的境地。

到渡口時，雨勢仍然不減，船伕們都避進船艙躲雨，李大伯道：「咱們先去山腳下的農戶家避雨，等雨停了再走。」

農戶家的娘子煮了一鍋濃濃的薑湯給幾人驅寒。趁李大伯和農戶談論天氣和地裡莊稼的長勢的時候，李綺節避進農戶娘子的閨房，脫下被雨水打濕的衣裳，換上一件金茶褐四季松鹿紋湖羅長衫，雲髻也打散開，盤了個男式頂髻。

農戶娘子見李綺節進房的時候是個嬌滴滴的小娘子，出來時變成面白如削玉的小公子，撐不住笑了，倒是沒說什麼別的話，只誇她生得靈醒。

等雨停了，幾人坐船渡江，在對岸山腳下的幾座樓閣和小廟逛了逛。李綺節磨著李大伯去了一趟武昌府最出名的小食街，搜羅了一大包各式點心小食。雖然她不能吃，但可以帶回去給李乙、李子恆和周氏嘗嘗鮮。

武昌府是南來北往的必經之地，文人遊子、外地客商、赴任官員、科舉考生在江邊渡口彙聚，沿岸的酒館茶肆為招攬生意，供應南方北方各地的美食，種類比瑤江縣豐富多了。

李綺節摩拳擦掌，一路買買買，只要看到瑤江縣沒有的玩意兒，就作勢要掏錢，一副不當家不知柴米貴的浪蕩紈絝模樣，總算把因為出行不順而悶悶不樂的李大伯給逗樂了。

等回小院子時，吃的、喝的、玩的，買了不下幾十樣，寶珠、進寶和招財三人提著、背著、抱著，連李大伯胳膊上也掛了幾個帶響鈴的燕子風箏。

一行人說話間，已到了租賃的小院前，遠遠地有兩個穿藍布衣裳的小童迎上前，「李官人回來了，我們少爺等候多時了。」

李綺節低下頭，眼皮一跳。

李大伯一臉茫然，「是哪位？」

「世伯。」

一個穿鸚哥色圓領夾紗袍的少年跨出小院，走過來攙扶李大伯，「我才到武昌府，聽說您在這，趕著過來向您問個好。」

他說著，視線往旁邊一掃，向李綺節遞了個賊溜溜的眼風。

李綺節面無表情，假裝沒看見。

李大伯愣了一下，眼神和聲音裡都帶了幾分詫異，「九郎？你怎麼在這？」

楊天佑笑答道：「侄兒來武昌府料理幾件事情，剛剛從渡口過來。」

李綺節眉頭一皺，那幾個小童跟著她起碼有三四天了，楊天佑真的是今天才到武昌府的嗎？她抬眼往楊天佑臉上一掃，看他神色疲累，眼圈發青，確實不像是扯謊，只得暫時把疑問吞進肚子裡。

僕人來回李大伯，早上他們前腳剛出門，徐先生後腳命老僕請小沙彌去家中論詩。楊天佑上門的時候，家中無人，他說要等李大伯回家，便守了大約有兩個時辰，泡茶的水已經換了好幾遍。

李綺節覷眼看向楊天佑腳下，鞋底乾燥，那他應該是落雨前到找到李家的，難為他一個人枯坐兩個時辰，喝茶都該喝飽了。

楊天佑和李大伯說著話，眼角餘光注意到李綺節的眼神，不動聲色地朝她擠擠眼睛。

李綺節移開目光。

寒暄畢，進了院門，彼此見過禮，李綺節逕自回房。

李綺節離開時，楊天佑後退兩步，眉眼低垂，規矩禮節一絲不錯，但李大伯發現他嘴角噙笑，神情有些異樣。

想到楊天佑看到男裝示人的李綺節，不僅一點都不吃驚，還一副果然如此的表情，可見他曾見過李綺節男裝打扮，而且應當不止一兩次。

李大伯心頭一跳。

他按下疑問，把風箏擱到一邊，留楊天佑在前堂閒話。

丫頭捧來茶果點心，李大伯吃著一碗清茶，問楊天佑何時登的船，到武昌府來住幾天，瑤江縣那頭是晴天還是落雨天，一應瑣碎小事，問了又問，兜兜轉轉，說了足足一刻鐘。

楊天佑旅途勞累，雙眼布滿血絲，才下船就到李家來探望，連飯也沒顧得上吃，被李大伯纏著說了半天家長裡短，也不嫌煩躁，耐著性子，一一答了李大伯的問話。

楊天佑的態度越恭敬，李大伯的心越沉。

等到丫頭來報說飯菜預備好了，李大伯暗暗嘆了口氣，引著楊天佑入席吃飯。

他們兩人在外邊用飯，李綺節的飯菜是送到房裡的。武昌府人愛吃鹹口、辣口，她腸胃不舒服，吃不慣外邊的飯菜，廚娘單單給她燉了一鍋鯽魚豆腐湯，泡飯吃正好。

寶珠陪著李綺節匆匆扒了幾口飯，跑到廳堂隔壁，探頭探腦，張望一陣，才回房給李綺節報信：「大爺讓人上了一盅酒！」

李綺節哦了一聲，他們的酒是從瑤江縣帶過來的，李家自己釀的，度數低，喝起來甜絲絲的，女眷們平時也能喝。

寶珠甩著手跑出去，過一會兒又踢踢踏踏跑進來，「楊九少爺把大爺逗得哈哈大笑！」說完話，看李綺節沒什麼反應，又躡手躡腳跑出去聽壁角。

她這次偷聽的時間頗長，等李綺節吃完飯，才慢吞吞回來，「楊九少爺走了！」

李綺節默然不語，心裡盤算著要不要向李大伯坦白，她才不信楊天佑到武昌府來，就為了和李大伯吃一頓飯。

李大伯年紀大了，上午爬了一趟山，筋骨酸軟，吃飯時就有些犯睏，等楊天佑告辭，便拆下頭巾髮網，預備歇晌。想了想，先把李綺節叫到跟前，試探著道：「三娘，九郎明天要回瑤江縣，妳今天不是給大郎買了幾包點心嗎？不如讓九郎順路幫妳帶回去。」

李綺節點點頭，道：「我回頭讓寶珠把幾樣不經放的甜糕收拾出來。」

見她落落大方，態度坦然，李大伯鬆了口氣。

李綺節捧著一個葵花黑漆小茶盤走過前廊。

隔著糊了雙層棉紙的步步錦檻窗，依稀能看到她緩緩經過的身影。

楊天佑獨坐在院中石桌旁，目光追隨著檻窗內的倩影，手指彎曲，輕輕叩在石桌邊沿。

李綺節走下石階，臉上的表情說不上是冷淡還是無奈。

楊天佑眼珠一轉，含笑道：「哪敢勞動表妹親自為我斟茶。」說完，站起身，小心翼翼接過盤內盛放的白瓷茶碗，掀開茶蓋，也不嫌燙，喜孜孜地喝了一口。

他態度殷勤，又沒有失禮之處，李綺節只得和聲和氣道：「表哥去而復返，是不是有什麼要緊事？你這樣等著也不是辦法，不如讓招財、進寶隨你一塊出去尋大伯，他不知什麼時候回來，別耽擱了你的正事。」

李大伯歇晌起來，被一個相熟的茶商叫出去湊席。好巧不巧，李綺節才送走李大伯，門還沒合上呢，楊天佑就來敲門了。

不必說，那茶商肯定是楊天佑請來支開李大伯的。

「確實有要緊事。」

楊天佑停頓片刻，見李綺節撲閃著一雙滾圓杏眼等他的下文，彷彿有一道暖暖的熱流從胸膛湧過，麻麻的，癢癢的。

他忽然展眉一笑，酒窩輕皺，壓低聲音道：「不過，和世伯無關。」

李綺節挑眉冷笑，和李大伯無關，自是關乎自己了，「那幾個小童回去向你報信了？」昨天她打發走幾個鬼鬼祟祟的小童，第二天楊天佑就趕到武昌府來找她，速度倒是快。

楊天佑聽她話音裡略帶惱怒，知道她誤會了，連忙道：「我沒有派人監視妳！」

「那你讓他們跟著我做什麼？」趁著寶珠走過來添茶送果子，李綺節狠狠地瞪楊天佑一眼，隨手把茶盤撂在一邊，「別說是派人來保護我。朗朗乾坤，青天白日，我又不是揣著千兩黃金到處招搖的蠢蛋，沒人打我的主意。」

楊天佑搖頭失笑，黑白分明的眸子裡卻寒芒內斂，不見半分笑意，「妳還真說準了，現在正有人想對妳不利。」

他語氣鄭重，不像是在開玩笑。

李綺節半信半疑，嗤笑道：「誰？」

「金家。」楊天佑言簡意賅，「金雪松。」

金雪松這個名字李綺節不陌生，她擰眉道：「前幾天從大江裡撈出來的那個金少爺？他想做什麼？」

先有他們家斷然拒絕金家的求親在前，後來金雪松獲救時，沒有表現出一點感激之情，可見金雪松對李家這門親也不熱絡，雙方互不相欠，無緣無故，金雪松為什麼要針對她？

楊天佑一字一句道：「金雪松向來驕縱，求親的事是他姊姊一力促成的，他根本不知情。你們家拒親後，金家長輩說動金長史的夫人，預備請她做媒，屆時世伯不答應也得答應。金雪松反抗不成，就把主意打到妳身上了。」

他的話信息量太大，李綺節一時哭笑不得。

官大一級壓死人，何況李家根本沒有做官的，如果金長史的夫人果真登門，婚事便沒有迴旋餘地，那她除了逃婚之外，別無選擇。

她的眉頭擰得更深，「好端端的，金家怎麼就盯準我們家了？」

金雪松沒看上她，她也沒看上金雪松，金家的長輩到底是中了哪門子的邪，非要把他倆綁到一塊兒過日子？就不怕金雪松和她成為一對相看兩相厭的怨偶？

楊天佑嘴角微微勾起，露出幾絲壞笑，「怎麼，害不害怕？害怕的話，就應了我唄！嫁給我，妳就不用怕金家來搶人，也不用怕金雪松對妳下毒手。」

他拍拍自己，故意輕描淡寫道：「有我保護，妳只管天天吃了睡，睡了吃。」

明知楊天佑怕她害怕才刻意耍寶，李綺節還是白了他一眼，「原來你等著趁火打劫！」

楊天佑攤手，一臉無辜，「三娘，妳怎麼能把我想得那麼無恥？我要是真打算趁火打劫，就不會放下一堆麻煩事，特地跑來提醒妳啦！」

李綺節道：「要不是我發現有人跟蹤我，你會跑來向我解釋嗎？」

楊天佑噎了一下，乾脆坦蕩道：「怎麼能說是趁火打劫？我分明是英雄救美。」

他聲音低沉，目光熾熱，幾乎是一眨不眨地凝望著李綺節。

然而，李綺節目不斜視，無動於衷。

「我是美人，」她指指自己，再指指楊天佑，「你嘛……跟英雄還差得遠。」

楊天佑愣了半天，忍不住哈哈大笑。

不知道是不是被他的笑聲感染，李綺節氣呼呼了半天，竟然也跟著微笑起來，因為得知金家會請金長史來向李乙施壓的那點恐懼和擔憂，不知不覺間被笑聲驅散得一乾二淨，只餘一點莫名的羞惱。

進寶和招財在院子裡收拾行李包袱，寶珠把要帶去給李乙、李子恆父子的點心裝進一個大提盒裡，抬眼看到楊天佑和李綺節相對而笑，輕咳兩聲，插到兩人中間。

「表公子的茶冷了，我去換杯新的來。」

楊天佑止住笑，收起玩笑之色，面容冷峻，「瑤江縣那頭離不了我，我得連夜趕回去，明天我讓阿翅和阿福跟著妳，他倆妳都見過的。」

李綺節想要開口拒絕，楊天佑深深地看她一眼，「三娘，金雪松和我不一樣，他什麼都不放在眼裡，妳再聰明，到底是閨中女兒。」

想到金雪松可能使出來的手段，他眼裡閃過冷光，他絕不允許金雪松動三娘一根頭髮！

不等李綺節拒絕，他後退兩步，朗聲道：「再等下去，就要錯過回去的船了，勞煩表妹和世伯說一聲，我先告辭。」說罷，作勢要走。

寶珠正端著一盅新茶出來，見他要走，鬆了口氣，歡歡喜喜道：「九少爺一路順風！」

小廝阿滿當即抱起包袱提盒，在外邊等著。

李綺節想了想，蓮步輕移，把楊天佑送到門口，「表哥，謝謝你。」

楊天佑淡笑一聲，似是自嘲，又像是純粹在打趣，「妳剛才不是說我趁火打劫嗎？」

他站在層層疊疊的綠葉下，背對著璀璨夕陽，霞光為他的五官鍍了一道溫柔的暗影，暮色中，他眼底的倦色越發明顯，眉宇間暗藏落寞之色。

李綺節胸口一熱，竟然覺得有些不忍和心疼，躊躇半天，咬牙道：「上一次金家來求親，我阿爺原本想答應下來，是楊縣令勸我阿爺改變主意的。」

楊天佑微微挑眉，目光閃爍了兩下，儘量讓自己的表情顯得很茫然很無辜。

他越裝出一副聽不懂的樣子，李綺節越篤定，當初楊縣令半路裡跳出來勸告李乙，肯定是楊天佑搞的鬼。

按理說，楊縣令也曾向李家求過親，李乙不該聽他的意見，但楊縣令代楊天佑提親的時候，和楊五郎退親只隔了幾個時辰，李乙以為楊縣令求親純粹是為楊五郎彌補李家，所以沒怎麼當真，而且楊縣令說金雪松如何桀驁不馴如何放蕩不羈時，表情誠摯無比。做官的人，才學如何且不說，肯定都有一身好演技，李乙便信了。

當然，那也是因為金雪松在外的名聲確實不好聽，所以李乙才沒懷疑楊縣令的用心。

李綺節眉眼微彎，嫣然一笑，「那一次我就該謝謝你的。」

既然她當初不怕楊天保，現在又何必畏手畏腳，害怕楊天佑？

理清這段時日纏繞在心頭的糾結之處，她頓時覺得豁然開朗，「不管你的出發點是什麼，總歸是幫了我。」

趁火打劫也罷，英雄救美也好，楊天佑確實是在幫她，而且他拋下所有事務，匆匆趕來武昌府，只是為了向她示警，確保她不會趕走跟在她身邊保護她的人，眼看天色將黑，他又要連夜趕回瑤江縣。

眨眼間輾轉武昌、瑤江，一去一來，來回奔波，只為了親口解釋原因而已。

少年赤誠如斯，李綺節無法視若無睹，至於他的那些私心盤算，她並不在意，左右他沒有絲毫隱瞞他的小心思。

楊天佑揉揉眉心，輕笑一聲，「三娘不必謝我……」

以身相許就成了！

當然，後半句他沒敢真說出口，調戲之語要講究分寸和場合，萬一太過火，把李綺節惹怒了，那就得不償失了。

三娘很少認真對誰冷過臉，她對每個人都和和氣氣的，即使是娃娃親楊天保，退親後，她也沒怎麼奚落他，也沒對外人說過一句他的不是。

可她若真的對誰失望透頂，那就是真正的翻臉無情，以後絕不會再給那人描補的機會。楊天保觸犯了她的底線，她便毫不猶豫地一腳把他蹬開，斷得徹徹底底。

楊天佑望著李綺節在暮色中越發嬌豔細嫩的臉龐，情不自禁地嚥了口口水，等三娘成了自家媳婦，就能想怎麼調戲就怎麼調戲了。

李綺節當然明白楊天佑的未盡之語是什麼，可惜她臉皮厚，不論楊天佑怎麼調侃，她都臉不紅心不跳，笑咪咪道：「表哥好走！」

三天後，李綺節和李大伯一行人返回瑤江縣，然後從渡口坐船回李家村。

船行路上聽的最多的八卦，便是縣令夫人將庶子楊九郎逐出家門的傳聞。

李大伯聽眾人說得頭頭是道，不像是信口胡說的，不禁憂心忡忡道：「前幾日見著九郎還好好的，怎麼就鬧成這樣了？」

別說李大伯這個不知情的，就是事先聽楊天佑漏過口風的李綺節，聽說他被趕出楊家，也嚇了一大跳。

不是她不信任楊天佑，而是事情的難度太大。就算楊天佑急於向她證明他的決心，起碼也得先籌謀個好幾年，徐徐圖之，才能順利從楊家脫身。

沒想到他言出必行，剛說要脫離楊家，月餘不到，就真的做到了。

現在外頭都在傳說楊天佑是被金氏盛怒之下趕出楊家門的，聽眾人的口吻，大多對他抱以同情和惋惜。金氏這會兒可能躲在房裡偷笑，為趕走庶子而覺得大快人心，渾然不知楊天佑又坑了她一把。

李綺節心中五味雜陳。

楊天佑說他撂下一攤要緊事，原來不是誇張。他說的要緊事，指的應該就是脫離楊家的計畫。難怪他當日來去匆匆，必須連夜趕回瑤江縣。準備多年，好不容易才開始的全盤計畫，當然離不了他這個布局之人。

那時正值緊要關頭，難為他還能和她打趣說笑。

回到家中，李大伯先命人準備一桌精緻酒菜，好生款待徐先生。

周氏親自出來相迎，將徐太太接入內院安置。

丫頭們已經將徐先生夫婦的廂房灑掃乾淨，鋪蓋陳設都是周氏親自看著換的。聽說讀書人好風雅，周氏咬咬牙，把家裡最值錢的幾樣盆景、器具送到廂房中，連她平日最寶貝的一套官窯寶石藍茶具都拿出來擺上了。

吃完飯，李大伯親自把徐先生送到房中休息。

李綺節心事重重，下船後逕自回房睡下。

周氏到她的院子外面問了好幾遍，見她總不起身，便吩咐寶珠道：「灶房裡燉了蘿蔔湯，等三娘起來，讓她喝一盅。」

寶珠應了，周氏回房，李大伯一見到她，便迫不及待道：「怎麼樣了？」

周氏躊躇了一下，寶鵲連忙告退，出門時順便關上門窗，把在院子裡踢毽子玩的李昭節和李九冬一併叫走。

周氏搖了搖頭。

李大伯怫然變色，「怎麼，她竟然還看不上咱們家？」

張氏曾對周氏有恩，所以周氏對張氏很是尊重敬愛，但李大伯可沒有受過張氏的恩惠。他之所以對小沙彌百般愛護，完全是出於對小沙彌的喜愛，和張氏沒有任何關係。要不是看在小沙彌人品出眾的分上，他根本不會讓周氏去探聽張氏的想法。他們家是平常市井人家，不看重門第出身，但小沙彌的出身不光彩是事實，把三娘說給小沙彌，他還捨不得呢，張氏竟然不願意？

周氏雖然沒說什麼，但看她臉上為難的表情，張氏肯定拒絕了她的提議。

「官人，且聽我慢慢道來。」

周氏環顧一圈，確定房門口沒人偷聽，嘆了口氣，把小沙彌的身世一一說了。

李大伯愣了半天，半晌回不過神來，臉上的神情一時之間變了又變。

末了，他嘆息一聲，「有緣無分啊！」

李大伯在和周氏談論小沙彌父族的同時，另一頭的張氏也正和小沙彌說起他的生父。

「三郎，你可還記得你父親臨終前的遺言？」

小沙彌眼眸低垂，「孩兒記得。」

張氏咳嗽一陣，喘口氣，才徐徐道：「記得就好，你父親鬱鬱而終，一生不得快活，他平生最大的願望，就是你能夠完成他的心願，蟾宮折桂，光宗耀祖，讓你叔叔他們對你刮目先看，然後風風光光請你回去認祖歸宗。在此之前，你只能一心一意刻苦讀書，不能被其他事情擾了心志。」

張氏剛喝了藥，屋裡一股悶悶的清苦味道，結香打開窗戶通風。

小沙彌站在床榻前，正對著軒窗，微風過處，他身上穿的茶綠褐色春羅長衫泛起一陣漣漪，一如他的眸光，鬱色氤氳。

「我也不瞞你，」張氏咳了幾下，躺回枕上，「周嫂子前天向我打聽你的生辰八字，我看她的意思，是想把三娘說給你。」

房裡的氣氛霎時一滯，連院子外面終日呱噪的鳥叫雞鳴聲都不見了。

小沙彌面色淡然，一動也不動。

寂靜中，聽得「啪嗒」一聲，結香一臉難以置信的表情，撿起不小心掉落在地的拂塵，訝然道：「三小姐和少爺都姓……」

張氏面露不悅之色，「我照實和周嫂子說了。」

結香知道自己造次了，連忙低下頭去，不敢說話。

張氏看向小沙彌，蒼白的臉上忽然現出幾絲異樣的神采，「大戶人家絕不會允許宗族子弟和同姓女子成婚，即使兩家毫無血緣關係也不可能。不過，事無絕對，娘曾見過有同姓通婚的，只要兩家長輩許可，其實也沒什麼要緊。」

她眼中露出慈愛之色，伸出一隻枯瘦的手，似乎想撫摸兒子日漸消瘦的臉頰，「娘對兒女姻緣看得開，一切全看你自己的心意。三郎，你老老實實告訴娘，你是願意拋棄前途，娶一個同姓女子為妻，從此隱姓埋名過日子，還是銘記你父親的遺願，一心科舉？」

她神情柔和，說的話卻薄涼冷淡，像摻了冰渣，泛著絲絲縷縷涼氣。

小沙彌抬起眼簾，鳳目輕輕掃過母親病瘦的面孔，把她的試探之意瞧得分明。

「母親放心，孩兒心無旁鶩，一日不實現父親的夙願，便一日不成婚。」

聽到他的保證，張氏心裡一鬆，連咳帶喘道：「你、你要記得今天說過的話！」

「母親不必煩憂。」小沙彌抬眼看向窗外，淡然道：「我曾在父親靈前發過誓願。」

張氏仍然不放心，逼著小沙彌重新把誓言背了三遍後才放他離開。

爐子上燉了一盅銀耳紅棗蓮子粥，是特地給張氏一個人單做的。結香盛了一碗，餵給張氏吃，想起少爺轉身離去時孤單的背影，大為心疼，忍不住道：「太太，李相公他們家對咱們這麼好，還親自去武昌府給少爺請先生，不如就應下他們家的親事算了，反正大官人他們不認少爺，少爺正好可以娶三小姐嘛！」

「胡說什麼！」張氏顯然怒極，明明是病中，不知哪裡生出一股力氣來，一把將粥碗打翻在地，「三郎將來一定能認祖歸宗，他姓李，不姓張！」

「那樣不講理的人家，我巴不得離他們越遠越好，您倒好，非逼著少爺回去，回去能有什麼好處？」結香不服氣，嘟著嘴巴道：「少爺從小長在寺廟裡，沒過過一天好日子，您就忍心讓他天天守著書本？要我說，李家能瞧上少爺，您該高興才是，管那麼多幹什麼？什麼李家張家的，我只曉得您是真狠心！」

她一口氣說完，一甩辮子，氣呼呼跑開了。

張氏被丫頭當面指責，心中又氣又苦，臉上騰起一陣不自然的嫣紅，呆呆地坐了半天，苦笑道：「傻丫頭，妳懂得什麼？」

結香在外頭對著花花草草撒了一陣氣，拿笤帚進來掃地，聽到這句，冷哼一聲，「我是個粗人，不知道什麼大道理。我只曉得，少爺整天沒個笑臉，每天過得苦巴巴的。他才多大，就得吃這個苦頭？我弟弟像他這麼大的時候，還在漫山遍野撒歡呢！」

張氏轉過臉去，擦掉頰邊淚水，「這是他的命，也是我的命！」

李綺節並不知道李大伯和周氏暗暗想把她和小沙彌湊成一對，她正為縣裡沸沸揚揚的流言而心煩意亂。

楊天佑被金氏趕出門後便不知所蹤。

有人說他跟隨貨船往南邊販貨去了，有人說他一時想不開上山當和尚去了，還有人說他身無分文，正沿街討飯，更有甚者，說金氏買通一夥強盜，捉了楊天佑，賣到王府當閹人。

楊天佑到底去了哪裡，一時之間，眾說紛紜。

連八卦達人曹氏都不能肯定楊天佑的去向。

楊天保聽說楊天佑去過武昌府，還特意找到李家村，向李大伯打聽楊天佑的行蹤。

李大伯不動聲色道：「他只在我那裡小坐了一會兒，當天就回來了。」

楊天保愁眉苦臉，一身雪白襴衫皺巴巴的。他已經如願考中秀才，接下來只等迎娶孟春芳好洞房花燭了，「九郎走的時候什麼也沒帶，我真是發愁。」

他倒是沒把李大伯當外人，當著他的面就把楊天佑被金氏趕出門的事情一五一十道來。

那天，楊家和孟家已經擬好婚嫁的日期，楊天保春風得意，飯後難得偷閒，在房中小酌了幾杯。聽到隔壁院子吵嚷，等反應過來時，不敢過去打聽——楊家人都知道金氏橫豎瞧楊天佑不順眼，三天兩頭就要找庶子麻煩。他們做小輩的，一來怕楊縣令臉面不好看，二來不敢觸怒金氏，三來不願多管閒事，每逢金氏折辱楊天佑，只能當作沒聽見沒看見，待金氏怒火稍平後，再去安撫勸解。

這一回，楊天保也是這麼打算的，他吩咐丫頭，等金氏罵完了，找個由頭把楊天佑請到他房裡來吃酒。

丫頭應下，前去探聽消息，結果卻一去不回，半天沒回房。

後來還是楊天嬌鬧得太厲害了，連「打死他！打死那個野種！」這種混帳話都說出來，楊天保的父親楊表叔都聽不過去，顧不得衝撞女眷，拄著拐杖前去為楊天佑解圍。

金氏霸道蠻狠，在內院說一不二，又把楊天佑恨到骨子裡，當然不肯輕易服軟。兩廂鬧得不可開交，最後金氏請出楊家幾位姑老太太，要把楊天佑除名。

楊表叔見事情鬧大了，連忙攔阻，金氏已是狀若瘋癲，哪裡肯聽勸告？

楊天保偷偷勸楊天佑，讓他先做小伏低，向金氏賠罪道歉，不管金氏怎麼處罰他，總比從宗族除名要好吧？

原以為楊天佑早已經習慣金氏時不時的刁難，這一回應該也能應付過去，沒想到他當即冷笑一聲，向匆匆趕回家的楊縣令磕了個頭，頭也不回地走了。

他是回家時被金氏母女堵在門口的，身上只穿了一件單薄的夾袍衣衫，連飯都還沒吃，說走就走，沒有一點留戀和猶豫。

楊天保說著說著，忍不住眼圈一紅，「我再去別處找找，世伯要是看到九郎，勞您也勸勸他，外頭千好萬好，哪裡比得上自己家？」

李大伯嘆息一聲，「我要是看到九郎，二話不說，直接押他回家，少年人哪能隨隨便便意氣用事？」

楊天保再三謝過，李大伯留他吃飯，他勉強一笑，「哪還有吃飯的功夫，世伯不必再留我了，我到山上去瞅瞅。」

出了李家門，楊天保擦擦眼睛，對小廝道：「看來世伯真的不知道九郎去哪兒了。」

小廝皺著眉頭道：「九少爺忙得跟陀螺似的，還抽空跑去武昌府，就為了和李相公說幾句話，不太可能吧？」

楊天保目光微沉，想起另一個可能，不知怎麼的，心裡有點不舒服：九郎什麼時候和三娘攪和到一塊兒去了？

他冷哼了一聲，「罷了，咱們再去別的地方找找看。」

另一頭，李大伯送走楊天保後，沉吟片刻，也想到了李綺節身上。

「三娘呢？」

丫頭回道：「三小姐在灶房那頭，太太領著小姐們跟劉婆子學包粽子……」

丫頭的話還沒說完，李大伯已經急急往灶房走去。

花慶福不在瑤江縣，李綺節暫時找不到一個妥貼人幫忙打探消息，只能讓進寶私下裡去尋阿翅和阿滿。阿翅他們常在縣城各處走動，應該不難找，可進寶找了兩天，竟然沒找到一點蛛絲馬跡。

這些天，外邊的消息越來越聳人聽聞了，指責金氏的人越來越多，連周氏言談間都帶出幾句對金氏的不滿。

等聽到整個李家村的妯娌婆媳們聚在一塊兒數落金氏的時候，李綺節知道，楊天佑故意失蹤的目的順利達成了。

他那人摳門小氣，離開之前還要擺出一副弱者姿態，讓金氏吃個啞巴虧。

楊家人都以為他是被金氏趕出門的，或許連金氏母女也是這麼想的，可是，真正原因，只有他自己知道。

李綺節心不在焉地抄起兩片肥潤油綠的竹葉，舀了一勺在井水中泡發了一夜的糯米，暗暗道，自己應該也能算個知情人，楊天佑曾親口向她允諾過會離開楊家，她早猜著會有這一天了。只是她沒有想過，這一天來得這麼快。

李大伯找到李綺節時，她剛剛紮了一個歪歪扭扭的菱形粽子，樣子雖然不大好看，好在草繩纏得緊，沒有漏米。

李昭節和李九冬力氣小，包的粽子是三角形的。

看到李大伯，李九冬連忙捧著自己包的小粽子給他看，才走兩步路，已掉了一地米。

李大伯摸了摸李九冬的辮子，誇她手巧，眼睛卻看向李綺節，下巴輕輕點了一下。

李綺節知道李大伯會來找自己盤問楊天佑的事。

他忙中偷閒往武昌府走一遭，來回奔波，肯定不是閒著沒事幹。

李大伯看到他登門時已經有幾分懷疑，等得知他離開楊家，再遲鈍的人，也該懷疑到李綺節身上了。

她放下舀米的湯勺，洗淨手，跟著李大伯一道走出灶房。

桂花樹密密層層的枝葉外面生了一簇簇淡褐色的新芽，遠遠看去，像開了一樹春花。

李綺節沒有絲毫隱瞞，把楊天佑之前的種種如實說了。

如果問她的人是李乙，她當然不會這麼老實，但面對的是李大伯，那就沒什麼好顧忌。

李大伯和嚴謹的弟弟李乙不同，有時候過於天真不靠譜，但不靠譜也有不靠譜的好處。

李大伯沉默片刻，揪下一片橢圓形桂葉，揉來揉去，「三娘，妳是怎麼想的？」

李綺節低頭看著青石板，思緒來來回回轉了個圈，「大伯覺得呢？」

她把問題拋回給李大伯，聽起來像是不知道該怎麼決斷，但李大伯深知她的性子，她反問別人的時候，恰恰是因為心中已經有了答案。

「先等等看，如果真像妳說的那樣，九郎離開楊家是早就計畫好的，那再過幾天，他也該現身了。」

李大伯心裡七上八下的，有點震驚，有點忐忑，不知道自己該不該由著李綺節做決定，生怕一個不察會害了她一生。

猶豫一會兒，想起在武昌府見到楊天佑時，李綺節臉上惱雖惱，並沒有一絲不快，暗嘆一聲，最終還是決定支持李綺節，「等他再上門，妳不要見他，大伯先要問他幾個問題。」

李大伯肯出面考驗楊天佑，李綺節當然樂得輕鬆。

◆　◆　◆

楊天佑走得乾脆俐落，楊縣令派遣府衙裡的官差幫著一道尋人，竟然始終找不到他的行蹤。眼看楊天保和孟春芳的婚期越來越近，而楊天保還整天在外頭到處找人，孟娘子十分不滿，打發人到高大姐跟前抱怨。

高大姐把兒子的婚事當成頭等要務，根本不關心楊家一個庶子是死是活，讓人把楊天保拉回家，揪著耳朵教訓了一頓：還想不想娶媳婦了？庶出的堂兄弟哪有自己的妻子重要？

下人們七手八腳扒下楊天保身上的舊衣裳，給他換了身簇新衣裳。

楊天保接過高大姐塞到他懷裡的請帖，委委屈屈地走出家門，按著帖子上的名單，一家家登門拜訪。

李乙坐船回李家村，和李大伯商量該怎麼給楊家送禮。

李子恆沒有回村，李綺節好奇道：「大哥呢？」

李乙冷哼一聲，「整天不務正業，我管不了他！」

李子恆拜了一個蹴鞠藝人為師，天天在球場消磨時光，吃住都在球場，有時候夜深進不了城，乾脆就在球場住下。李乙勸了他很多次，他左耳進，右耳出，權當沒聽見。李乙恨得牙癢癢，頗想把兒子按到板凳上揍一頓，但看到兒子人高馬大，跟自己差不多高了，只得打消使家法的念頭，繼續靠嘴皮子念叨荼毒兒子。

說起來，李子恆的不務正業還是李綺節刻意放縱的。

她眨眨眼睛，輕聲道：「阿爺，大哥心裡有個掛念也好。」

雖然李子恆總是一副懵裡懵懂、沒心沒肺的憨樣兒，但他當初確確實實對孟春芳動了真情。孟春芳改變心意後，他問都沒問一聲，利利索索把曾向孟家求親的事忘在腦後，只偶爾提起孟舉人對他的折辱時憤憤不平，彷彿情竇初開時對孟春芳的傾慕只是過眼雲煙。

李綺節也曾訝異哥哥的初戀來得快去得也快，還沒見著影兒，就已經散得一乾二淨。直到寶珠悄悄和她咬耳朵，說李子恆曾把他的房間翻來覆去找了十幾遍，還問他們有沒有見著一個荷包。

那荷包是李綺節拿走的，她親眼看著孟春芳把荷包燒了，事後她沒有和李子恆說什麼，只能等他自己想明白，他才能從失落中走出來。

李子恆很早就想通了，可他還是不厭其煩地把房間裡裡外外搜了個底朝天——不是為了找到荷包，他只是需要一個發洩方式罷了。

當時他鬧著要去參軍，也是因為大受刺激之下鑽了牛角尖，才會一意孤行。眼下孟春芳即將出閣，李子恆躲著不現身也好，不必觸景傷情，孟春芳也不至於尷尬。

李乙想明白李綺節的暗示，張了張口，不說話了。他才不會承認，他已經把兒子曾經愛慕孟春芳的事給忘了。

給楊家的賀禮不難張羅，照著以往的禮節減幾分就夠了。讓李乙為難的是，楊縣令親自求到他跟前，請李綺節務必出席楊天保的婚宴。

楊縣令畢竟是一方父母官，又是多年親戚，捨下臉皮在李乙面前求了又求，只差向他跪下了，李乙實在不知道該怎麼拒絕。

「那怎麼行？」頭一個不答應的是周氏，「五郎鬧的那一齣才剛消停沒幾天，縣裡人誰不曉得他是三娘的娃娃親？三娘去參加他的婚禮，不是送上門給人家奚落嗎？」

在角落裡老老實實站著當乖巧小娘子的李綺節悄悄吐舌，如果伯娘知道當時是她先把楊天保揍了一頓，不曉得會怎麼想。

李大伯也是反對，「雖說兩家是親戚，三娘和五郎始終是從小一起長大的表兄妹，婚事不成，情義還在，可還是不合適。」

他能猜出楊縣令的用意，無非是找不到楊天佑，想請李綺節出面把他引出來。

李乙一張臉苦巴巴的，嘆一口氣，頹喪道：「我也知道不合適，和楊縣令說三娘病了出不得門，他倒是沒有強求……」

李大伯和周氏對望一眼，鬆了口氣。

李綺節眼波流轉，走到李乙跟前，作了個揖，「阿爺只管應下表叔的請求，孟姊姊出閣那天，我也去楊家湊個熱鬧。」

「三娘！」李大伯和周氏異口同聲，同時用不贊同的神色看向李綺節，「這不是意氣用事的時候，妳一個女兒家，別蹚渾水！」

李乙神色有些掙扎，想起楊縣令苦苦相求的樣子，心裡有些不忍。

他不知道楊縣令想通過李綺節找到楊天佑，才會苦苦懇求他務必帶李綺節赴宴，還當是縣令想趁此機會讓兩家重修舊好，徹底化干戈為玉帛，所以很有些意動，畢竟冤家宜解不宜結，兩家這一年來始終不尷不尬，長此下去，不利於李家在縣裡開展生意。

可到底還是自己女兒為重，李乙咬咬牙，「三娘，是阿爺想岔了，妳別往心裡去。到時候我和妳大伯、伯娘去楊家吃喜酒，妳留在家裡照看兩個妹妹。」

李綺節知道李乙一面同情楊縣令，一面又怕她受委屈，不由笑了笑，從容道：「我知道大伯和伯娘擔心什麼，我去楊家赴宴，確實不大合適。」

周氏急得一跺腳，「那妳還要去？」

「伯娘，我不去楊家看新媳婦。」李綺節挽起周氏的胳膊，鼻尖一皺，俏皮一笑，「可我要當孟家的送嫁親啊！」

送嫁親是瑤江縣嫁娶的習俗之一，一般由新娘子的姊妹或者姑嫂擔當，新娘子的兄弟和舅舅送嫁，只會送到夫家門前，而送嫁親的姊妹和姑嫂要與新娘子一起進夫家的內院新房，等新娘子安置好，在夫家吃過正午的迎親飯，再由夫家客客氣氣送回新娘子家。

孟春芳的堂姊妹很多，姑嫂也數不勝數，擔當送嫁親的人選早就定好了，她頭一次和母親孟娘子吵了一架，執意要留一個位置給李綺節，不過李綺節之前已經委婉拒絕了。

現在李綺節改變主意，決定答應孟春芳的邀請，以孟家送嫁親的身分去楊家走一趟。

送嫁親代表新娘子娘家的臉面，她們返回女方家後，女方家的親戚會連續追問她們在男方家吃的好不好，收的紅包厚不厚，男方家對新娘子客不客氣。

如果送嫁親對男方家的評價高，那當然是皆大歡喜。如果評價不高，新娘子回門時，岳家會把女婿提溜到跟前旁敲側擊地數落一頓，甚至曾經發生過有人家因為送嫁親被男方家人怠慢了，一氣之下衝到男方家，把才和新郎拜過天地的新娘子又給抬回家去的囧事。

所以，婚宴當天，男方家的人會使出渾身解數巴結討好送嫁親，哪怕送嫁親要星星要月亮，他們也得想法子搭梯子去摘。

而送嫁親為了顯示自家閨女的金貴之處，讓男方家重視新娘子，一般會全程冷臉，到處挑不是，直到男方家再三保證會好好對新娘子，才給男方家一個好臉。

李綺節如果以楊天保表妹和前未婚妻的身分去楊家賀喜，不說她尷尬，楊家也尷尬，孟娘子更得跳腳。

她以孟春芳的送嫁親姊妹身分去楊家，那性質就不一樣了。楊家人敢說一句她的不是看看？她當場就能以新娘子姊妹的身分，把楊家準備好的新房擺設批評得一無是處，楊家人不僅不能生氣，還得笑嘻嘻地誇她說得好，說得妙。

當然，她也得把握好分寸，不能真給孟春芳的婚禮添亂。孟春芳能力排眾議，非要請她擔任送嫁親，肯定費了不少周折，她得對得起對方的真心信任。

周氏眼睛一亮：三娘以女方家的身分去楊家赴宴，確實比稱病不去楊家要好。她態度大大方方的，才能徹底消除之前楊天保退親給她帶來的麻煩。

李乙和李大伯嘀咕了一陣，想不出別的辦法，只能同意。

出閣大禮，女方家比男方家的酒席要早兩天。

李綺節託人把決定告訴在家中籌備婚事的孟春芳，孟春芳當即喜出望外，本想親自找她談談，因為不日就要出嫁，出不了門，只能手書一封，向她表明自己的欣喜之情。

李綺節和孟家其他幾個姑娘、妯娌見了一面，約好當天要穿的衣裳服色。

瑤江縣大部分的閨中女兒沒有正式的及笄禮，出嫁頭一天開臉、梳頭，就相當於是小娘子們的及笄禮。

孟春芳開臉後，梳起婦人髮式。她本來就生得秀麗，裝扮後更是皎若秋月，丰韻娉婷。微微低頭時，斜斜掃出來一個眼風，端的是柔美嬌媚，風情無限。

李綺節暗中感慨，好好一個端莊優雅的美人，就這麼被楊天保給拱了。

楊家來孟家迎親的當天，李綺節讓進寶去球場看著李子恆，以防他那邊有什麼意外。

她和孟表姑一左一右，攙扶身著真紅對襟大袖衣，頭戴鳳冠的孟春芳出門。

孟娘子也被人攙著，滿臉淌淚，哭得死去活來。

孟春芳卻沒怎麼哭，甚至還隱隱有幾分卸去重擔後的輕鬆，「娘，您辛辛苦苦把女兒養這麼大，就是為了這一天。女兒從前事事聽您的，嫁人以後，您可做不了女兒的主了。」

孟娘子不知是不是聽出了孟春芳話裡的怨苦之意，還是捨不得女兒出嫁，抓著她的袖子，嚎啕大哭。

花轎先行，然後是送嫁親們乘坐的馬車。

李綺節上車前，朝街巷邊圍觀的人群瞥了一眼。

烏泱泱一大片人，幾乎全都眼巴巴盯著婆子手裡貼了大紅喜字的笸籮——他們在等迎親隊伍分發喜餅、喜果和紅包。

楊天佑太賊了，說消失就消失，之前派來保護她的人，藏身技術也忽然一日千里，她能感覺到暗中有人盯著自己，但就是找不出那人是誰。

「三娘，怎麼不上去？」

著一身寶藍圓領窄袖錦袍的孟雲暉走到李綺節身邊，面露關切，小廝牽著一匹高頭大馬，走在他身後，他是今天的送親舅爺。

送親隊伍前面的人已經在回頭張望了，李綺節收回目光，朝孟雲暉笑了笑，登上馬車。

她有種強烈的預感，楊天佑今天絕對會現身，就算他不參加婚宴，也會想辦法溜到她跟前露個臉。

高大姐看到正和楊家賓客言笑晏晏的李綺節時，眼皮抽動了兩下。

都說婆媳是天生的敵人，這句話並不假，至少對高大姐來說就是如此。從前李綺節是楊家的娃娃親，她作為楊天保的母親，怎麼看李綺節怎麼不順眼，然而兩家退親之後，想及李綺節從前的種種可憐可愛之處，她對李綺節的嫌惡之情頓時淡了七八分，再經過和不省心的親家孟娘子來來回回扯皮之後，更覺得李綺節乖順省事，樣樣都好。

可高大姐實在沒想到，李綺節會作為孟家的送嫁親出現在兒子的婚禮上。

不止她，楊家知情的女眷們看到李綺節登門時都嚇了一大跳，要不是孟家表姑拉著她的手，親親熱熱和她說笑，楊家人還以為她是特意來找碴的。

高大姐打起精神，親自接待孟表姑幾人，李綺節跟在孟表姑身後，和楊家女眷們行過萬福禮，便饒有興致地打量裝飾得熱鬧喜慶的新房。

高大姐幾人提心吊膽，面上和孟家女眷熱火朝天地笑鬧打趣，其實全都把注意力放在一直沒怎麼吭聲的李綺節身上。

李綺節把眾人的緊張看在眼裡，恰到好處地在臉上露出幾絲不快之色。高大姐她們幾乎快嚇哭了，更是一眨不眨地盯著她看——大喜的日子，千萬不能出一點差錯！

李綺節撇撇嘴，拋下眾人，拐過一扇雕刻百子千孫圖的落地大屏風，徑直走近拔步床，一邊往裡走時，一邊忙裡偷閒地自嘲：這間新房差點成了她的歸宿呢！

孟春芳坐在大紅紗帳下，頭上蓋著紅蓋頭，看不清她的神情，但從她擱在襴裙上，扭絞在一塊兒的手指，誰都能看出她的恐懼和慌亂。

丫頭從袖子裡掏出一個小布包，裡頭是炒熟的米泡。這是此地風俗，新娘子出嫁，要隨身帶一包香炒米，「小姐餓不餓？」

孟春芳搖搖頭，一開口，聲音都在發顫，「給我倒杯水。」

「等行大禮還早著呢！」

李綺節接過丫頭手裡的炒米，隨手取了一個青瓷茶碗，倒了小半碗炒米，又四顧轉了一圈，尋來開水，沏了一碗熟炒米，撒了些綿糖，「孟姊姊先吃一碗米泡，這個頂餓又方便，免得妳硬挨餓。」

孟春芳接過茶碗，蓋頭沒揭開，默默吃了半碗。

李綺節等她吃完，和丫頭一道幫她理好衣裙，安慰她幾句，然後走出去。

迎面撲來一陣香風，四五名丫頭簇擁著一個身穿石榴紅襖裙的姑娘逶迤而來。

即使雙方還隔著數十步遠，李綺節也能感受到對方的來者不善。

她身邊只有一個引領女眷賓客的小丫頭，正準備回頭問來人是楊家哪位小姐，誰知小丫頭看到那小姐，當即大驚失色，掉頭就跑。

她一邊跑，還不忘回頭，遞給她一個自求多福的同情眼神。

李綺節：「……」

雖然我不是你們楊家的主子，但妳也未免太不講義氣了，虧我還塞了一個荷包給妳！

等到那小姐一陣風似的衝到李綺節面前時，她恍然大悟，原來是這位煞神。

與楊天嬌任性嬌縱的名聲一樣出名的，就是她的外貌了。她天生長得黑瘦，因此格外妒忌瑤江縣其他膚白貌美的閨秀。但凡是生得稍微白一點的小娘子，十有八九都中過她的招。孟春芳用了她送的脂粉，臉上皴裂脫皮，黑了好幾個色號，養了大半年才慢慢恢復。

李綺節下意識摸摸自己的臉頰，她不敢說自己肌白勝雪，那也是粉嫩柔滑，天生麗質。

楊天嬌看到她，愣了愣，果然雙眼發紅，盯著她胭脂微暈、白裡透紅的雙頰看了許久，眼裡閃過幾欲噬人的冷光。

對方人多勢眾，飛揚跋扈，又一看就知道不懷好意的兇惡相，尤其是她右手小拇指留了幾寸來長的指甲，指尖塗了鮮紅色蔻丹，看著就嚇人。李綺節悄悄後退了兩步，好漢不吃眼前虧，她可捨不得拿自己的漂亮臉蛋去硬扛楊天嬌的脾氣。

楊天嬌其實生得不醜，五官秀麗，鼻樑挺直，在後世絕對算得上是一個性感美女，只可惜她實在生得太黑了。李綺節懷疑夜裡吹滅燈火後，她的丫頭能不能在夜色中找到她。

俗話說，一白遮百醜，那一黑就是毀所有了。在以白為美的古代，黑往往代表粗鄙和窮苦，楊天嬌生不逢時啊！

在李綺節暗暗感嘆楊天嬌容貌的時候，對方又朝她欺近幾步，「妳就是李三娘？」

李綺節也不客氣地冷笑一聲，「多年不見，天嬌姊姊的眼神怎麼不好使了？」

別說楊天嬌看她的目光像淬了毒，單單只她身為大姑子，卻偏偏要在孟春芳的婚禮這天穿一身鮮亮的大紅衣裳，李綺節就懶得和她客氣。

「妳——」

楊天嬌是暴脾氣，當即勃然變色，喝令丫頭，要給李綺節一個教訓。她父親是縣太爺，母親是王府長史家的族女，在小小的瑤江縣城，她幾乎說一不二，從來沒人敢當面違抗她。

丫頭們跟著楊天嬌跋扈慣了，也不管場合，一掀衣袖，就朝李綺節圍擁過來。

李綺節卻老神在在，優哉遊哉地一掃袍袖，上前一步，直視著楊天嬌血紅的雙眼，「天嬌姊姊不止眼神不好，只怕連腦子也不大好使吧？」

說這一句時，她故意把聲音壓得很低，只有和她近在咫尺的楊天嬌聽見。

楊天嬌自來要風得風，要雨得雨，什麼時候受過這種氣？

「李三娘，妳別敬酒不吃吃罰酒，今天我要讓妳嘗嘗本小姐的手段……」

楊天嬌的狠話還沒放完，就被人捂住嘴巴拖走了。

捂她嘴巴的人不是別人，正是楊天保的母親高大姐。

沒義氣的小丫頭看到楊天嬌來勢洶洶，知道她有意生事，撒腿狂奔，把正在前面應酬的高大姐叫來救火。

高大姐這人可不會什麼委婉手段，她從前看李綺節哪裡不順眼，向杁是張嘴就挑理，從不帶打草稿的。

「還愣著幹什麼？」不會委婉的高大姐擼起袖子，一把捂住楊天嬌還在一張一合試圖叫罵的嘴巴，往婆子身上一推，橫眉冷目，低斥道：「大小姐風邪入體，快去請大夫來為大小姐看診，不得耽誤！」

婆子們做的是灑掃耕田的粗活，個個身強體壯，當下拎小雞似的，把不停撲騰的楊天嬌強行帶走。剩下的丫頭外強中乾，看到小姐被拖走，面面相覷，立時作鳥獸散。

楊縣令是楊家人的底氣，金氏是楊家和金長史交好的紐帶，楊家人幾乎全部唯楊縣令馬首是瞻。相應的，金氏和楊天嬌在楊家內院的地位也無比尊崇，楊表叔和高大姐雖然是做長輩的，在楊天嬌面前，還真擺不出長輩的譜來。要在以往，高大姐絕不敢這麼對楊天嬌，可今天不同，今天是她的寶貝兒子楊天保的大婚之日。

天大地大，誰都沒有她兒子大！

誰敢在她兒子的婚禮上搗亂，就是和她高大姐勢不兩立。別說是一個侄女了，就算是皇后娘娘，高大姐也敢捂她的嘴巴。

哪怕是萬歲爺爺來了，高大姐也不怕！

「送走」楊天嬌，高大姐搓搓手，堆起滿臉笑容，向李綺節賠罪，「三娘啊，妳表姊從小就是這個樣子，有什麼得罪妳的地方，妳可千萬別往心裡去。」

見李綺節神色冷淡，她湊近了些，「妳從小和天保一塊兒長大，七娘也和妳說得來，看在天保和七娘的面子上，擔待這一回，嬸子記得妳的好！」

今天是妳表哥成親的大喜日子，等妳回到孟家，萬萬不能提這一碴啊！

高大姐的態度放得這麼低，李綺節還真有些受寵若驚，她故意激怒楊天嬌，原是想試探楊天佑留在楊家的眼線，沒想到先把高大姐給招來了。

她故作氣惱模樣，不肯表態。

高大姐生怕她到孟家人跟前給楊天保上眼藥，像隻花蝴蝶似的圍著她轉來轉去，一會兒故意說起小時候的事哄她，一會兒問起李乙和李子恆——高大姐不知道李家向孟家求過親，一會兒唉聲嘆氣，哭訴家中的種種艱難……

等到丫頭們攙扶著身懷六甲的楊慶娥迎上前時，高大姐眼睛一亮，「三娘，快來見見妳表妹，她這還是今年頭一回回娘家，妳們倆小時候總在一起玩的，大半年沒見，肯定有很多體己話要說，嬸子就不惹妳們煩了。」

不由分說，把渾身是刺的李綺節往女兒跟前輕輕一推。

李綺節再生氣，還能跟一個孕婦為難不成？

楊慶娥冰雪聰明，看一向不苟言笑的母親竟然不惜放軟聲音，一臉慈愛，甚至帶有幾分心虛的表情和李綺節說笑，便知肯定是內院的人出了什麼差錯，把身為孟家送嫁親的李綺節給大大得罪了。

她微微一笑，面上並不露出過分討好，拉住李綺節的手，含笑道：「我是有身子的人，不能進新房，七娘那邊如何了？要不要讓人送些果子飯蔬進去？」

李綺節其實沒生氣，不過故意擺出惱怒的樣子嚇一嚇高大姐罷了。早在看到楊慶娥隆起的小腹時，她便收起怒色，再聽楊慶娥問起孟春芳，便脆聲道：「多謝表姊想著，我剛從孟姊姊那頭出來，她才吃了點炒米。」

楊慶娥點點頭，「別的也不敢多吃，難為她了，等明天就好了。」

外面鞭炮齊鳴，鼓聲震天。丫頭過來催請，兩人說得正投契，乾脆一塊兒入席。

為了顯示送嫁親的地位不一般，孟家女眷這一桌是單獨擺在堂屋裡的，由楊慶娥和另一個楊家小姐作陪，院子裡的幾桌是楊家的姑表親戚。

李綺節和孟表姑幾人互相推讓了一番才各自坐下，她坐的方向剛好對著西邊的窗戶，因為正逢喜宴，四面門窗都大敞著，方便丫頭們來回傳話、遞取東西。

那道熟悉的身影從窗前經過的時候，李綺節還以為自己看錯了，沒往心裡去，照常和鄰座的楊慶娥談笑。

直到宴席散後，楊家派來送她們回孟家的人攙她登上馬車時，忽然輕咳了一聲，她才發現，在楊家內院時心頭忽然劃過的那一陣悸動，並不是她的錯覺。

肆之章 得償所願娶嬌娘

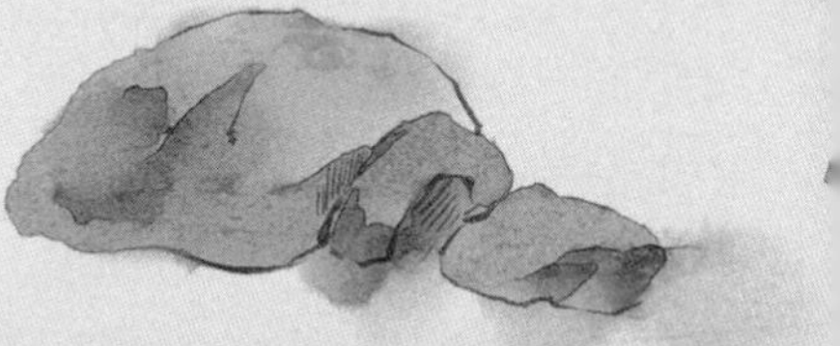

馬車把送嫁親們送到孟家，此時宴席已散，孟家親眷出門來迎接各自的姊妹。等其他人都下去，在李家院內等候的寶珠才爬上馬車，「勞駕，我們去渡口。」

李大伯和李乙還在楊家吃酒，周氏也要待到夜裡方散，如果楊家那邊的親戚非要留他們夜宿，他們可能推卻不了，得等第二天才能回家。李宅剩下李昭節姊妹倆，無人照應，是以，李綺節從家門口經過也沒空下車，以便在天黑前趕回李家村去。

車夫從滿面紅光的孟娘子手中討得一個大紅包，隨手往懷裡一塞，甩了兩下空鞭，驅馬前行。馬車走得慢吞吞的，甚至比李家的牛車跑得還慢。一個步履蹣跚的老者輕蔑地看了一眼拉車的雜毛馬，得意洋洋地把馬車甩在身後。

李綺節掀開棗紅車簾一角，「楊九哥，你什麼時候改行當馬夫了？」

楊天佑抬起頭，手裡的馬鞭往上輕輕一頂，挑開烏黑氈帽一角，露出一張挺鼻薄唇、笑嘻嘻的臉，「三娘，妳怎麼認出我的？」

因為我認識的人裡，只有你楊九郎酷愛玩角色扮演，而且雖然你每次都扮得天衣無縫，但是你的酒窩實在太特別了，整個瑤江縣只此一家。

李綺節盯著少年臉頰邊若隱若現的酒窩，原想調侃幾句，待目光落到他泛著青黑的眼圈上時，想起他連日不知所蹤，想必是在為將來的生計奔走勞碌，語氣不自覺放柔了些，「五表哥曉得你今天去過婚宴嗎？」

「他當然知道。」楊天佑唇角微揚，「怎麼說也叫了他十幾年的五哥，他大喜的日子，我總得去找他討杯水酒喝。」

李綺節呵呵兩聲：叫了十幾年的五哥，順便也坑了他十幾年吧？

恍惚想到什麼事情，楊天佑眉頭輕輕一擰，臉上的笑容漸漸淡去，眼神裡沁出一股淡淡的陰霾。可能是自小沒人教導的緣故，他舉手投足間有幾分天生地養的灑脫無忌，笑的時候總不免帶兩分輕浮氣，可一旦不笑，立即判若兩人，眼角眉梢暗藏心事，有種拒人於千里之外的冷傲，雖然他說出來的話依舊是怎麼聽怎麼欠揍：「我可是送過賀禮的，再忙也得去他們家吃一頓喜酒，不然多虧？」

坐在車廂裡頭的寶珠發出一聲響亮的嗤笑聲，絲毫不掩飾她的鄙夷和嫌棄。

李綺節回頭，淡淡地瞥寶珠一眼。

寶珠打了個顫，立即噤聲。

楊天佑把主僕兩人無聲的交流看在眼裡，嘖嘖兩聲，唇邊漾開一抹輕快的笑意，手上的鞭子有一下沒一下地甩出空響。

一路上再沒別的話，李綺節沒開口問什麼，他也沒開口解釋什麼。

明明什麼都沒說，甚至連一個眼神的交流都沒有，但聽著車輪「咕嚕咕嚕」輾過石板，迎著初夏和暖濕潤的南風，兩人都覺得彼此的問題已經不必問出口了。

空氣中流淌著一種說不清道不明的曖昧氛圍，濃稠而又淡薄，纏綿又涇渭分明。

像早春嫩綠的芽茶，盛夏累累的果實，仲秋簌簌的桂雨，隆冬剔透的初雪，不用等噙在齒間，只需輕輕一嗅，肺腑間已經滿盈絲絲甜意。

寶珠看不懂他們在打什麼啞謎，狐疑的目光在兩人身上掃來掃去，如此幾個來回，什麼都沒看出來不說，還差點把自己轉暈。

等馬車到達渡口，聽到迎來送往的說話聲，楊天佑把氈帽扣緊了些，跳下馬車，伸出一隻手，小心翼翼地把李綺節送上渡船。

兩人錯身而過時，他忽然靠近一步，眼睛微微瞇起，眸光透亮，如冬日豔陽下，虯曲枝頭尖一捧將融未融的新雪，「等我忙完了，定要找三娘討杯茶吃。」

他心心念念的雞蛋茶。

李綺節眼眸低垂，沒有吭聲，鴉羽般的濃密眼睫輕輕顫了一下。

楊天佑全部注意力都放在她身上，自然沒有錯過她雙頰驀然騰起的一抹暈紅。

他似是不敢相信，傻呆呆地愣了半天，才感覺到一陣鋪天蓋地，洶湧而來的狂喜。

他生來不懂什麼叫知難而退，因為擁有的東西太少，所以格外小氣，遇到喜歡的人，更是執著固執，絕不會輕易放手。為了討李綺節的歡心，他可以把自己的一切攤開來，任她挑揀。他篤定表妹終有一天會被自己打動，她會給予他回應，甚至連回應也不需要，只要給他一個努力的機會就夠了。

他曾設想過無數次，李綺節對他點頭時，他該是多麼高興，多麼快活，然而，當這一刻真的來了，他才發現，再旖旎大膽的想像，都不如此時此刻奔湧在他四肢百骸間的激動和振奮來得真實。

他沒有笑，薄唇輕抿，酒窩深藏，雙眉也淡然，唯有一對點漆般的眼瞳流光溢彩，迸射出似海情意，足以令冰消雪霽，雲散日出。

即使低著頭，李綺節仍然能感覺到投諸在自己身上的灼熱目光。她不是孟春芳那樣顧忌頗多的小娘子，如果孟春芳被人盯著看個不停，早就羞紅臉躲開了。她臉皮甚厚，不怕被人注視，但再厚的臉皮，也經不住楊天佑眼裡熊熊燃燒的兩團熾熱火焰。

她抬起頭，瞄了楊天佑一眼。

這一眼只是為了確定楊天佑沒有因為激動過度而燒壞腦子，沒有別的意思，但在彼時歡天喜地的楊天佑看來，卻是眼波流轉，情意內蘊，似山間一泓潺潺流動的幽潭，攝人心魄。

被她的眼風一掃，他不由有些心猿意馬，猶如盛夏天滿飲一大盞冰鎮過的香花熟水，舒爽之餘，胸中滿是激蕩。

他腳步一顫，忍不住往前湊了一下，恨不得立時把難得露出羞澀女兒態的李綺節揉進自己懷裡，可眼角餘光看到寶珠如臨大敵，隨時準備衝上來往他臉上呼一巴掌的緊張情態，想及這裡是人多眼雜的渡口，理智霎時回籠，強忍住心頭悸動，抬起的手重又放下。

李綺節不想多生是非，但楊天佑的心跳聲實在是太吵了，她甚至疑心他的心臟是不是出了什麼毛病，嘴唇翕動了兩下，想說什麼。

對上少年含笑的眼神，喉嚨一時梗住，忽然覺得說什麼都是多餘。

粗衣麻鞋的少年，英姿勃發，雙目炯炯，渾身上下每一個毛孔都在向外散發著甜蜜的氣息，她再遲鈍冷淡，也不忍心在他情正熱時潑對方一盆冷水。

她面嫩心老，不是天真爛漫的豆蔻少女，但對方是個實打實情竇初開的少年郎。

她早就不奢望能夠在這一世尋得一份能夠撥動她心弦的情意，所以她曾經想過要對李乙妥協，嫁給楊天保，她需要的是一樁門當戶對、穩定踏實的婚姻。

楊天佑出身尷尬，身分微妙，不能給她平靜安穩的婚姻，因此一開始她想都沒想，直接把他從名單上剔除，不留一絲餘地。

然而，他太過赤誠坦然，像一顆外表普普通通的頑石，剖開表面，忽然露出一線璀璨光華。他從不掩飾他的心思，不需要任何思慮，喜歡便是喜歡，認準了就是唯一。

就像湖光山色中那一支支野腔野調的小曲，潑辣直接，餘音綿綿，攪得她心緒難寧。

她本不是瞻前顧後的人，既然意難平，那不如索性放開心防，痛痛快快應下他的深情。

楊天佑正是熱血上頭、情熾如火的時候，見她欲言又止，想開口玩笑幾句，又怕唐突，躊躇中，目光在她烏黑豐豔的鬢髮間打了幾個轉。

兩人一時相顧無言，靜靜聽著渡口的繁雜人聲，看潺潺的水波舔舐著黝黑的船舷。

船篙在岸邊輕輕一點，渡船破開層層漣漪，向著江面漂遠。

也頭戴氈帽、腳踏麻鞋的另一個「車夫」阿滿跳下馬車，一手搭在額前，望著渡船的方向，嘀咕道：「少爺，你真沒用！」

為了不打擾少爺和未來少夫人說話，他一路上大氣不出一聲，老老實實裝鵪鶉的同時，還盡心盡力地調整馬車的速度，儘量為少爺多爭取一點時間，哪想到平時嘴皮子像抹了香油一樣利索的少爺忽然變了個人似的，竟然什麼都沒說。

不中用的膽小鬼！

另一頭呢，少爺失蹤了這麼多天，縣城裡什麼流言都有。五少爺被人灌了幾十杯酒，喝得醉醺醺的，連路都走不穩了，見到少爺時，當場激動得語無倫次，抓著他問東問西，連剛剛娶進門的新娘子都給忘在腦後。

可李家三小姐呢，乍一下看到少爺，連眼皮都懶得掀一下，而且什麼都沒問，連一句關心的話都沒說。

一個不敢開口，一個冷淡無情。

看來，少爺想娶人家當媳婦，還是癡心妄想啊！

阿滿越想越覺得楊天佑前途渺茫，忍不住朝自家少爺投去一個萬分同情的眼神。

「蠢貨，你懂什麼？」

沒了李綺節在跟前，楊天佑立刻抖出狐狸尾巴，掀了氈帽，冷哼一聲，劍眉輕揚，顯露驕矜之色，「我這段時間沒有一丁點消息，怕三娘擔心，才特地現身一回。她心思靈透，看我行色匆匆，知道我多有不便，才沒有多問。」

何況，李綺節只關心他是否平安，其他的一概不在意，所以只消看到他現身，便心下安定，什麼都不會問。

他沒有多說，不是怕被再次拒絕，而是早已經得到答案。他又不是傻子，李綺節大大咧咧出現在楊天保的婚禮上，還故意正面對上曾辱罵過他的楊天嬌，意思還不夠明顯嗎？

他早對李綺節說過，她什麼都不用做，只需要給他一個機會，好讓他能夠一步步趕上她的要求。現在她不僅願意給他機會，還主動朝他邁了一步，他歡喜都來不及，哪裡敢浪費時機問其他的東西，萬一不小心得意忘形，把人給嚇跑了怎麼辦？

望著早已經看不到渡船蹤影的江面，楊天佑心念電轉：機不可失，時不再來，他必須趁熱打鐵，趕緊張羅聘禮去！

李綺節回到家中時，已近薄暮。

李昭節和李九冬在院子裡玩耍，曹氏和被周氏請來幫忙照應的張氏在一旁做針線，丫頭們忙著漿洗換季衣裳。

看到李綺節回來，曹氏連忙讓姊妹倆放下編了一半的花環，過來跟她見禮。

張氏告辭離去，李綺節本想留對方吃飯，想起自己才從喜宴歸來，身上穿著圖樣喜慶的新衣裳，鬢邊別了一朵淺粉色堆絨花，渾身喜氣，怕衝撞在孝中的張氏，只得作罷。

「三姊姊。」李九冬笑嘻嘻迎上前，一把抱住李綺節的腿，仰起粉嘟嘟的臉，眨巴著眼睛，試圖用賣萌吸引她的注意力，「有好吃的嗎？」

李綺節蹲下身，輕輕一擰李昭節的鼻尖，「在家乖不乖？我給妳們帶了方塊酥糖。」馬上就要吃晚飯，不敢讓姊妹倆多吃甜的東西，不過酥糖酥脆香甜，最助開胃。

「我可乖了。」李九冬嘿嘿一笑，把一個歪歪扭扭，只有光禿禿的柳條沒有花朵的花環扣到李綺節頭上，「我給三姊姊戴花。」

丫頭們在一旁捂嘴輕笑。

劉婆子打趣道：「給小娘子戴花，是要娶小娘子進門的。」

李九冬呆了一呆，想了想，兩隻胖乎乎的小手一撒，端的是一派瀟灑，「那等我長大，娶三姊姊當媳婦好了。」

笑鬧一陣，寶珠取出裝在荷包裡的酥糖，分給李昭節和李九冬吃。

掌燈時分，估摸著周氏幾人可能要在縣城裡住一夜，劉婆子領著丫頭們在側間擺上飯。吃春筍的時節已過，但正是山間野林的各種山竹筍生得最茂盛的時候。新鮮的山竹筍去掉筍衣，熱油快炒了一盤雪菜炒春筍，脆嫩中帶著鮮甜微酸，非常下飯。姊妹幾人就著這碗菜，一人多吃了一碗飯。

李大伯和周氏第二天正午時分才到家，周氏昨晚在葫蘆巷睡的，李大伯和李乙卻被楊家人強拉著鬧到大半夜才囫圇歇下。

李大伯一回到家，便逕自回房躺倒，不及梳洗，脫了外面的大衣裳，拆掉網巾，幾乎是剛閉上眼睛就開始打鼾。

等他醒來，天邊已是雲霞聚湧，半輪紅日掩映在翠微朦朧的青山間，灶房裡傳出「嗤啦啦」一陣響，劉婆子已經在準備晚飯了。

李大伯一覺睡醒，腹中飢餓，等不及飯蒸熟，先讓周氏沖了一碗桂花藕粉，幾口吃完。

李綺節聽丫頭說李大伯醒了，過來向他問安。

一進隔間，恰巧看到李大伯迎面走來。

李大伯平素不拘小節，想是剛剛沐浴，衣袍半敞，衣帶只隨隨便便打了個結，腳下趿拉著一雙木屐，看到侄女，腳步一頓，問道：「妳見過楊天佑了？」

他是用官話問的，李綺節便也用官話回答：「他昨天去了楊家一趟。」

李大伯點點頭，眉頭輕皺，有些魂不守舍的樣子，「三娘，不管那小子對妳說了什麼，妳只當沒聽見。等他再次正式求親的時候，我要親自和他談一談，問問他將來的打算，再做定奪。在那之前，妳不能鬆口。」

自立門戶哪有那麼容易，何況楊天佑只是一個十幾歲的少年郎，無根無基，赤手空拳，能頂什麼用？李家不缺錢鈔，但楊天佑必須拿出點真本事來，才能讓李大伯打消顧慮。

這一點李大伯倒是多慮了，楊天佑有沒有別的本事，李綺節不知道，但楊天佑攢錢的功力，她看得明明白白，他這兩年在外邊購置了多少宅院、田地，沒有人比她更清楚。

外人都以為楊家九郎是在身無分文的情況下被嫡母金氏趕出家門的，暗地裡都在議論金氏如何狠毒如何刻薄。其實眾人同情萬分的楊九郎這會兒很可能一邊數銀子，一邊偷笑，七大姑八大姨想像中的孤苦伶仃、朝不保夕、挨家挨戶討飯吃什麼的，註定和他無緣。

李大伯搜腸刮肚，準備了一大堆難題，預備等楊天佑上門時好好考驗他的人品才學。

不知道楊天佑是不是對此有所預感，沒有直接登門，而是遣人給李家送來幾擔子禮物並一份拜帖，禮物仍是阿滿著人送到李宅門前的。

別的禮倒還罷了，左不過是些費鈔就能買到的果品、器物、野味，但其中一擔單單堆放的是布匹，似乎有些不凡。

周氏從堂前遠遠投去一瞥，便覺那堆布匹色彩斑斕、花紋絢麗，疑心不是尋常料子，及至丫頭抱著一卷布匹走到她跟前，光線從窗櫺斜斜照進堂屋，落在布匹上，明暗交替間，光華流轉，赫然是有「一寸絲錦一寸金」之稱的雲錦。

周氏忍不住倒吸一口氣，腦海裡霎時轉過無數個念頭，猶豫片刻，強笑道：「別忙著搬東西，先篩茶給客人吃。」說完，使眼色讓人趕緊去知會李大伯。

丫頭會意，放下布匹，招呼客人，藉著換茶的機會，去書房尋李大伯。

阿滿和以前一樣，態度十分謙恭，不過自報姓名的時候，他用的是孫姓。

周氏眉頭一皺，楊九郎被嫡母逼著淨身出戶確實可憐，可他不至於連姓氏都改了吧？

丫頭叩門時，李大伯正和李綺節在一塊兒對帳。

先前李綺節覺得自己還小，可以不慌不忙，慢慢搗鼓自己的產業，眼看周氏連她的嫁妝都打點好了，又經過楊家、金家、張家的幾次波折，她不敢繼續隱瞞，老老實實向李大伯坦白，把私下裡的產業逐一交代清楚，免得以後事發，家裡連個能幫她說話的人都沒有。

讓李綺節吃驚的是，李大伯聽完她種種離經叛道的任性妄為之後，竟然沒有動怒，先是詫異了好一陣，反應過來，仍舊久久不敢相信。等李綺節將文書帳冊擺到他面前，他搓著手連連道好，語氣裡難掩興奮和驕傲，然而，驕傲很快被惆悵所代替，最後只餘嘆惋。李大伯並不覺得李綺節是女子有什麼不好，但這一刻他忽然明白弟弟李乙之前為什麼常常會嘆息兄妹倆的性子養錯了。確實，如果李子恆能和李綺節換一換，可不是皆大歡喜嗎？

再一想到這麼靈巧的大侄女將來終歸要出閣嫁人，便宜別人家，李大伯更是覺得胸口絞痛不已，彷彿硬生生被人剜去一塊心頭肉：他不是沒有想過招贅的可能，但念頭才一起，就被周氏給勸回去了。贅婿不能科舉，地位卑賤，肯給人做贅婿的，人品配不上三娘。那人品出眾的，他們又未必捨得讓人家拋棄前程，入贅李家。

正是煎熬沉鬱、滿肚子不高興的時候，丫頭來報說楊天佑派人上門送禮。

李大伯變了臉色，一甩袖子，氣哼哼道：「上次縣太爺親自上門，咱們家都一口回絕了。他倒是誠心，巴巴地又上門來，我倒要瞧瞧他這一回能使出什麼手段來打動我！」

李綺節看著李大伯的背影，笑而不語，收起帳本印信，把寫給花慶福的回信交到寶珠手裡，吩咐道：「讓進寶送到縣城花家去。」

寶珠道：「是不是急信？我讓進寶立刻動身？」

李綺節搖搖頭，「不必慌忙，明天再送去也使得。」

楊天佑說的沒錯，金家大小姐果然請動了長史夫人保媒。

為了給球場正式運營做鋪墊，李綺節從去年起就在暗中想辦法和王府的採買搭上線。那採買慣常受人追捧，根本不把一般的銀錢討好放在眼裡。花慶福費盡心思，前前後後砸了近千兩銀子，才讓對方欠下一份人情，順利搭上他的交際圈子。

李綺節原本打量著時機差不多了，準備讓花慶福收網，誰知半路裡忽然殺出一個和金長史有千絲萬縷關係的金家，攪亂了她的計畫。

一旦長史夫人開口替金家提親，李乙不想答應也得答應。

民不與官鬥，她無可奈何，只能暫且放下先前的謀劃，打算以人情做交換，求採買幫忙阻止長史夫人。

將近一年的準備就這麼付諸流水，不說花慶福連道可惜，李綺節自己也捨不得，可誰讓金家比他們家的路子更廣呢？

不過，眼下沒有這個必要了。花慶福託人給她送來口信，說長史夫人不知道聽誰多了幾句嘴，忽然改變主意，不願為金雪松保媒拉纖，還示意金家，楊縣令家的掌上明珠和金雪松的年紀正相當。

有了金長史夫人的暗示，金家的大太太田氏和金家大小姐當面打起擂臺。金大小姐被繼母絆住，一時無暇顧及其他，這段時間到李家替金家做說客的人陡然少了一大半。

李綺節隱隱約約知道楊天佑和武昌府的人暗中有來往，不過她沒想到，楊天佑不聲不響的，竟然能把手塞到金長史的內宅去。

想到那個錦衣華服、脾氣陰狠的金大少爺很可能與暴躁任性的楊天嬌湊成一對，她鬆口氣的同時，不免幸災樂禍，也不知道是該惋惜金雪松所娶非賢，還是同情楊天嬌嫁人不淑。

楊天佑果然蔫壞，一舉噁心了兩個他看不順眼的人。

在李綺節慢悠悠吃茶的時候，李大伯沉著臉翻開阿滿雙手奉上的拜帖，「孫家？又從哪裡鑽出來一個孫家？」

李綺節猜測孫可能是楊天佑生母的姓氏，他脫出楊家，不願再以楊姓示人，為了和楊家徹底劃清界限，乾脆改為母姓。

他母親到底是何方人士，沒人知道，甚至連楊縣令也一知半解，只記得個大概。據孫氏自己說，她本是書香門第之女，只因家道中落，族兄不慈，才會不幸流落風塵。

楊縣令聽孫氏自訴身世的時候，沒怎麼留心，他那時候光顧著和美人談詩論畫，風花雪月，根本無心管美人是何出身。一段露水姻緣而已，何必牽扯太深？

而且，風塵中人，隨便拎一個出來，都有一肚子的辛酸過往，說上三天三夜都講不完，畢竟若不是走投無路，哪個女子會自甘下賤，以色事人？孫氏的遭遇和其他名妓大同小異，固然讓楊縣令生出憐香惜玉之心，忍不住為她掬一把同情的淚水，但也僅限於此罷了。

孫氏知情識趣，看出楊縣令無意為她申冤，也不會為她贖身，此後在他面前只管吟風弄月，說說笑笑，不再提起自己的傷心事。

楊縣令之所以記得當年那個姿容出眾的瘦馬娘家姓孫，還是因為尚在襁褓中的楊天佑被送到楊家門前時，小衣裳裡藏有一封孫氏的親筆信，信中她自稱未墮入風塵前，家中姓孫。

李大伯想起孫氏的身分，眉心緊皺，沒再糾纏著孫姓不放，等阿滿完成任務告辭離去，他把拜帖拿給李綺節看，「我打算讓妳伯娘先去看看情況，妳留在家裡。」

李大伯平時對李綺節的態度相當和藹，有時候甚至是放縱，這會兒忽然板著一張臉裝嚴厲，沒有起到一絲效果不說，還有些故作正經的滑稽。

李綺節強忍住笑，乖乖應答：「侄女兒都聽大伯的。」

她懷疑楊天佑故意和楊家打擂臺。他購置一所四進宅院，闢為孫府，而孫府恰好和楊府在同一條大街上，只不過一個在最東邊，一個在最西邊。從楊家脫身出來不過月餘，他就大張旗鼓以孫姓身分四處結交應酬，還極為高調地大宴賓客。眼下風聲還沒傳出來，等楊家人知道近來在縣裡出盡風頭的孫公子就是昔日被逐出家門的楊九郎，不知會作何感想。

幾日後，馬嗚嘶嘶，一輛裝飾精美的馬車行到李宅門前，阿滿再度登門，親自接周氏和李綺節前去赴宴。

李綺節雖然很好奇楊天佑和楊家人碰面時會是什麼樣的情景，但因為李大伯事前在先交代過不許她出門，她只得按捺住看熱鬧圍觀的欲望，留在家中看家。

周氏帶著寶珠、寶鵲去孫家赴宴。

臨行前，寶珠煞有其事道：「我倒要看看九少爺到底在搗鼓什麼！」

當晚周氏赴宴回來，面色還好，和往常一樣和李綺節說了幾句家常閒話，然後別有深意地看了她幾眼，笑了笑，進屋和李大伯商談正事。

與眼中帶笑的周氏不同，寶珠顯然對此行有些不滿，進門時臉色陰沉，神情糾結，把一張絲絹帕子揉來揉去，都快揉成醃菜了，才不甘不願地哼了一聲：「好一個孫公子！」

孫府不算大，但地段極好，鬧中取靜。東面依山勢磊建了一座高聳的小樓閣，在三層樓迴廊處，可以遠眺碧波蕩漾、飛鳥低徊的江河和對岸綿延起伏的青山。宅院內一進種的是丁香樹，二進搭的是葡萄架，三進遍植桂樹、樟樹，內院則養了十數株海棠和玉蘭，其他偏院亦是竹木蔥蘢，綠柳成蔭，粉牆烏瓦，花枝如瀑，假山碧池錯落有致，極為幽靜雅致。

李家攢了再多錢，李大伯和李乙從沒有想過要買下一座大宅子，反正家裡人口少，鄉下的宅院夠住就行，住不下就在旁邊圈一片地，蓋幾棟磚瓦房，鄉下富戶都是這麼做的。

寶珠還沒正經逛過富人家的園子，但記得自己代表的是李綺節的臉面，在孫府裡看到許多從前沒見過的事物時，臉上始終保持著高深莫測的矜持，很好地藏起自己的震驚和詫異。

大概是她表現得太冷淡了，楊天佑心裡沒底，特意讓人領著她在孫府轉了一圈，把其中種種設計巧妙的細節一一解說給她聽，原是想讓她向李綺節轉述府內風景的時候能替他美言幾句，偏偏弄巧成拙，把這個土包子丫頭給氣得牙根癢癢——楊天佑太賣力了，反而讓寶珠覺得他不夠踏實。

周氏和李大伯說了一會兒體己話，把李綺節叫到跟前，夫妻倆對視一眼，周氏輕輕嘆了口氣，率先開口：「三娘，今天妳阿爺也去了孫家，九郎一直陪在他身邊，這事說到底，還是得由妳阿爺拿主意。」

李大伯不甘心地加了一句：「當然，他的意見和我的一樣，我說什麼他聽什麼。」

周氏狠狠瞪了李大伯一眼，嗔道：「二叔才是三娘的正經老子哩！」

李大伯偷偷翻了個白眼，權當沒聽見。

李綺節沒有多問，看李大伯和周氏言語間的神色態度，楊天佑的表現應該很不錯，不然李大伯早就擼袖子罵人了。

原先為了李綺節的終身大事，李大伯和周氏操碎了心，尤其是金家露出威逼的意思後，他們更是提心吊膽，夜不能寐，看到一個好兒郎就想把人家招到家裡來給李綺節相看，然而真等事情有了眉目，眼看要締結婚約了，兩人又陡生不捨，恨不得把李綺節揣在身上，走到哪裡就帶到哪裡，一步不讓她多走，生怕她一轉眼就被楊天佑給拐走了。

李綺節哭笑不得，李子恆還沒娶媳婦，李乙就算為她訂下親事，也不會一兩年內打發她出嫁，不然讓身為大哥的李子恆怎麼自處？

對李綺節的婚事同樣抱以消極應對態度的李子恆，察覺到李乙真的開始考慮楊九郎後，把牙齒咬得咯咯作響，「都怪我引狼入室！」

所以說，楊縣令第一次上門求親的時機實在是選得太差了，李家人至今仍把他當時的提親當成一種對楊家名聲的補救。李子恆粗枝大葉，以為楊家表弟那時候年紀還小，過個幾年等彼此都大了，他應該不會再對自己的妹妹起什麼心思，才照常和表弟來往，沒想到表弟人小心大，始終沒忘了惦記他妹妹。

向來沒什麼心機的李子恆盛怒之下，不免動起歪心思：只要他一天不娶媳婦，三娘就不能出嫁，那就讓表弟再多等兩年吧！橫豎他連媳婦的影兒都沒看見，離成家還早著呢！

準岳父李乙呢，則比李大伯、李子恆等人冷靜得多，他看重的是婚約的本身，至於李綺節到底哪一天出嫁，其實他還沒認真研究過，只要先套住一個穩重能幹、人品可靠的女婿，他就不糾結了。

李綺節察覺到，自從李家眾人到楊天佑的府邸孫府逛了一遭後，似乎都對他改觀了，當然，這其中不包括寶珠。

寶珠知道自己只是個僕傭之流，不管官人和三娘待她有多好，她始終得謹守本分，不能干預李綺節的婚事。不過，正因為李家對她有恩，她才把李綺節當成自己的妹妹一樣看待，自然而然會忍不住替李綺節盤算。

從孫家回來之後，她偷偷嘀咕了一陣，不敢說什麼掃興的話，只叮囑李綺節務必小心謹慎。用她的話說，楊九少爺，不，以後是孫公子了，他心機深沉，一肚子的壞水，明明攢了萬貫家財，竟然能夠瞞天過海，生生裝了好幾年的落魄少爺。他不止騙了楊家所有人，連整個瑤江縣的男男女女，都被他當成猴子一樣戲耍。

要不是寶珠親眼所見，她根本不相信孫府是一個十幾歲的少年郎憑藉自己一人之力掙的錢鈔買下來的。

李綺節聽完寶珠的一席話，不置可否。別人不知道楊天佑私底下在偷偷購置宅院田產，為自立門戶做準備，楊縣令身為一方父母官，又是楊天佑的生父，真能一點都不知情？他睜一隻眼閉一隻眼，無非是因為沒辦法調停嫡妻和庶子的矛盾，只能聽之任之，一面任金氏欺辱楊天佑，包庇她的刻薄陰狠；一面隨楊天佑自立自強，幫他遮掩。楊天佑的計畫能不費一點周折，順利得彷彿有如天助，難說不是楊縣令在背後推波助瀾。

李綺節不知道金氏如何，但明顯楊天佑不怎麼領楊縣令的情。楊縣令夾在妻子和兒子當中煎熬，到頭來妻子過得不痛快，兒子受了十幾年的罪，他自己更搖擺不定，兩邊不討好。

現在楊天佑可謂風光得意，沒了金氏這個掣肘，他一門心思理清和楊家的種種糾葛，爭取在李大伯和李乙面前留下一個好印象，為再次遣人上門說媒做準備。

而有一個人，正面臨和楊縣令一樣的尷尬處境，每天抓耳撓腮，兩面為難。

小黃鸝生了個大胖小子。

高大姐和楊表叔徵求過孟春芳的意見，決定把孫子接回家撫養，免得庶長孫流落在外。楊天保本是個優柔寡斷、拿不定主意的人，見父母和新婚妻子孟春芳都開了口，二話不說，直接奉母命將兒子送回楊家。

小黃鸝得知兒子被送走，大哭大鬧不止，扯住楊天保好一頓廝打，長指甲在楊天保臉上劃了好幾條血淋淋的傷口。

高大姐氣得七竅生煙：一個花娘竟然敢對她的寶貝兒子動手？

她立時指派人手，要把小黃鸝捆了賣到外地去。

楊天保憐惜小黃鸝才剛出月子沒多久，跪地求情，高大姐無動於衷。

最後還是孟春芳三言兩語勸住高大姐，成功澆滅高大姐的怒火，讓高大姐的臉色有陰轉晴後，她還非常大度地表示，可以把小黃鸝接到家中，讓她以侍妾的身分服侍楊天保，免得母子二人生生分離。

孟春芳如此通情達理，一再退讓，高大姐滿意至極的同時，越發看不上小黃鸝，但礙於長孫是從她肚皮裡爬出來的，讓母子生離確實有傷天理，思量過後，勉強同意小黃鸝進門。私下裡，她拉著孟春芳的手，再三向她保證，大孫子始終是庶出，以後不論他成器不成器，楊家絕不會分他一個大子兒。

說到這裡，她還順便把楊天佑這個活生生的例子拿出來做對比。楊縣令膝下沒有嫡子，楊天佑是他唯一的兒子又能如何？不能繼承家業，權當是養大一個姑娘而已。

渾然不知這樣比較，似乎有暗指孟春芳不賢的意思。

孟春芳不置可否，淡然道：「怎麼說都是天保的血脈，總不能讓天保為難。」

高大姐長嘆一口氣，兒媳婦太懂事，願意善待庶子，是他們楊家的福氣，但她這個做婆婆的，可容不下一個花娘出生的下賤胚子養大她的孫子。

她做了一個決定，要把庶子全盤託付給媳婦照管，以示對兒媳婦的信任和倚重。

楊家人來接小黃鸝入府時，小黃鸝本能覺得孟春芳沒安好心，也不想欠她人情，可兒子已經被送到楊家內院去了，她身為人母，眼看兒子處境堪憂，如何安得下心獨住在外面？沒了兒子，楊天保又能寵愛她到幾時？他和孟春芳新婚燕爾，情正濃時，已經好多天沒和她溫存過，她現在所依仗的，也只剩下一個兒子而已。

唯有搬進楊家內院，她才能見到自己的兒子，才能順理成章獲得一個良家妾的身分，不必暫居在外，居無定所，朝不保夕，哪怕楊天保終究會厭棄她，也不能丟開她不管。

而且，憑她的手段，失寵還早著呢！不止不會失寵，她甚至還能把正妻踩在腳底下！

小黃鸝懷揣一腔抱負，背起包袱行李，跟著楊家人搬進楊天保的院子。

孟春芳單獨給她指了間廂房居住，一應吃穿用度並不苛責，卻不許她接近楊福生——楊家孫輩的名字是早就取好的，天子輩的下一代便是福字輩。

孟春芳性子柔和，難得黑一次臉，讓楊家下人見識到了什麼是真真正正的鐵面無情。

楊福生不肯吃奶娘的奶水，在屋裡哇哇大哭。小黃鸝母子連心，聽到兒子哭泣，也在院子裡陪著抹眼淚。後來實在心疼不過，跪在門前向孟春芳磕頭，求她讓她們母子團圓，哪怕她只能把兒子養到滿周歲也行。

小黃鸝聲音甜，哭起來幽幽咽咽，滿含辛酸慘痛，勾得院子裡的丫頭眼圈都紅了，連偶爾經過的高大姐都有些不忍心。

孟春芳卻毫無憐憫之心，不准丫頭給小黃鸝開門。

妻妾兩個一個占了理，一個占了情，楊天保夾在中間，幫哪一個都不大合適，來來回回搖擺了一陣兒，他乾脆跑到書房裡研讀經文——惹不起，只能躲了。

周氏和寶珠在孫府看到楊天保時，他臉上的傷口已經好得差不多了，但面色仍然鬱鬱，顯然還在為小黃鸝和孟春芳之間的明爭暗鬥而糾結。

想到李綺節差一點嫁給楊天保，周氏心有餘悸道：「七娘可憐見的，這才出閣沒多久，就當了大娘。等她生下一兒半女，小妾生的那個早已經懂事了，庶子強過嫡子一頭，終究不是個事兒啊！」

李大伯哼哼道：「理他呢，橫豎和咱們三娘不相干！」

談到楊天保，話題自然而然會轉到楊天佑頭上去。

周氏奇道：「九郎以後就真姓孫了？」

「還能有假不成？」李大伯捋一捋花白的鬍鬚，眉頭輕擰，「他倒是精怪，曉得和武昌府的孫家人連宗，人家也肯認他。我前兒個在商會裡碰到孫家一個老太爺，他拉著我不放，替九郎說了不少好話。」

「孫家雖然不如楊家富貴，好在都是實誠人，沒什麼亂七八糟的腌臢事，和咱們家離得也近，往來方便。」周氏挽起磨得微微發毛的袖子，給李大伯倒了盞新茶，緩緩道：「他要早些脫出楊家，改和孫家連宗，二叔未必會婉拒他的求親。」

楊天佑雖然出身尷尬，但不論人品還是相貌都非常出眾，而且又能不聲不響攢下一筆鉅資，可見他很會持家過日子。

李大伯大大咧咧，沒有周氏那麼多的顧慮，嗤笑一聲，道：「九郎看著好說話，其實蔫壞蔫壞的，不管他有沒有脫出楊家，結果都一樣！」

在一片片荷葉徹底舒展開渾圓傘蓋，遮天蔽日般蓋住碧綠河水，在江面罩下一叢叢幽深淡影時節，改為母姓的孫天佑遣媒人到李乙跟前說合兩家親事。

媒人先把李綺節誇了又誇，然後說起孫天佑的諸多好處，各種討好吉祥的話說了一車又一車，直說得口乾舌燥，喉嚨都快冒煙了，才意猶未盡地停頓下來，吃口香花熟水，歇口氣，繼續用自己的三寸不爛之舌，為雇主賣力遊說。

李乙此時已經和李大伯通過氣，知道李綺節本人願意應承這門婚事，他雖然有心攔阻，但輾轉反側幾夜後，終究還是決定默許。三娘很少主動向他要求什麼，婚姻之事，還是順了她的意思吧。

雖說孫天佑離開父族的舉動太過輕率，但總比一直留在楊家當出氣筒要好，三娘本身是個不大講究禮法世俗的灑脫性子，嫁給他正合適，至少可以免了和難纏的公婆姑嫂打交道。

一旦成親，夫妻兩人要相伴一生過日子，議婚之前，門第出身很重要，但成婚之後就要看彼此的性情了。就算是門當戶對，從小耳鬢廝磨一起長大的表兄妹，成親以後也不一定保證能相敬如賓。一個心意相通、脾性投契的良人，可遇而不可求。

就像李乙自己，雖然和早逝的髮妻生了一兒一女，但兩人相處並沒有什麼情愛可言，更多的是攜手過日子的責任和按部就班。假使髮妻沒有早早撒手人寰，他們依舊會相濡以沫，互相扶持下去，但偶爾午夜夢迴，聽著枕邊人輕微的鼾聲，想起年少時的怦然心動，免不了還是會有些唏噓感慨。

如今三娘能夠遇到一個彼此都合心合意，年紀相當，品貌也相配的孫天佑，說不定正是冥冥之中自有定數。與其猶豫彷徨，不如放手讓他們自己掌舵。三娘不是阿貓阿狗，他不可能終日把她關在家裡，也不可能一意孤行，強行決定她的人生路。

媒人費盡口舌，終於盼得李乙點頭，當下喜得眉開眼笑，匆匆告辭離去。孫公子出手闊綽，許下的賞銀幾乎抵得上她一年的辛苦錢，她急著回去覆命，好趁機討賞錢。

不說孫天佑得了媒人轉交的信物之後如何的欣喜若狂，李大伯、周氏和李子恆等人得知李綺節果真再度訂親，如何的悵然若失，寶珠、進寶姊弟倆眼睜睜看著不老實的孫公子即將拐走三娘，如何的大失所望……

這些人的反應李綺節一概不在意，因為光是應付一個金家來客，就令她頭疼萬分。

來人是金薔薇的大丫頭竹葉。

有了金家試圖以勢壓人在先，金家和李家的關係說不上惡劣，至少也是尷尬，但竹葉堆著一臉誠懇恭敬的笑容上門，李綺節也不好太過冷淡，客客氣氣請她吃了碗茶，也不拐彎抹角了，放下茶盅，淡淡地道：「不知金家姊姊何故對我另眼相看？」

金雪松不認識她，第一次在江上遇見，兩船相撞時，他的怒氣全是衝著孟雲暉去的。第二次金雪松落水，得李家人搭救，她自始至終沒有露過面。金雪松連她的相貌都不記得，更不可能對她起什麼愛慕之念。金家真正看上她的人，是金薔薇。

讓李綺節哭笑不得的是，金薔薇應該也沒見過她。

大概是沒料到李綺節說話如此直接，竹葉愣了一下，方陪笑道：「三小姐蕙質蘭心，美名在外，我們小姐甚為喜愛小姐的人品，因想著小姐必定追求者眾，怕讓別人搶了先，才會急於為大公子求親。小姐行事果決，有時候難免失了分寸，多有得罪之處，還望三小姐看在我們小姐愛弟心切的分上，莫要往心裡去。」

這是賠罪來了？

李綺節有些驚訝，雖然孫天佑偷偷摸摸勸得長史夫人改了主意，但金家仍然是金長史在外面的左膀右臂，金薔薇用不著向她示好啊？

難道說，她一計不成，不走霸氣的陽謀路線，改使陰謀了？

事實上，金薔薇想和李綺節談談，面對面的那種。

竹葉再三表示只是尋常投契的小姊妹吃頓便飯，時間和地點都由李綺節來決定。

竹葉也不怕道出金家家醜，暗示金家宅院人多眼雜，不大方便。

見一見也好，徹底斷絕金薔薇的念頭，金家就不會纏著她不放了。

李綺節沉吟片刻，含笑道：「我素日仰慕金小姐的人品，恨不得與之結交，金小姐要是不嫌棄的話，不妨撥冗來我們家坐坐。」

竹葉想了想，有些為難，「按理說應該憑三小姐吩咐，不過近來家裡事務繁多，我們小姐等閒抽不出空，出門必須當天來回才行，出城怕是不大方便。」

李綺節暗道：這種時候，我也不想進城啊！

楊天佑搖身一變成了孫天佑，還耀武揚威和楊家打擂臺，她要是攪和進去，會再度成為流言中心，所以她才一直不進城，老老實實待在鄉下料理田地農耕之事，而且孫天佑那邊也給她遞口信，要她近日不要進城去，他故意把自己脫出楊家的事情送到風口浪尖上，小半是為了出氣，其實更深層的原因是轉移楊家人的注意力，現在縣城還沒人知道他們訂親的事。

不過只是和金薔薇喝杯茶吃頓飯，應該沒什麼問題，李綺節也想回家看看李子恆，順便要去花慶福家走一趟，便勉為其難答應下來，「那我在江邊的花家貨棧恭候金小姐。」

讓金薔薇去葫蘆巷的李家小樓也行，可隔壁就是孟家，孟雲暉似乎和金家有什麼嫌隙，兩邊不便碰面，再者那邊的街坊鄰居看到金家婆子幾次登門說親，已經在暗地裡嘀咕好久，這個時節金大小姐親自上門拜訪，不是正好把八卦往左鄰右舍的三姑六婆跟前送？

竹葉本是抱著試一試的態度來的，本以為要費一番功夫，見她答應下來，鬆了口氣，

「那便和三小姐約好了。」

……

金薔薇主掌金家內外事務，貴人事多，出門時還帶著印章、帳簿，在轎子裡也沒閒著，隨著顛簸的轎子翻看花名冊，等到了花家客棧前，她才放下冊子。

李綺節已等在花家貨棧，看著金薔薇在門前下轎子。她頭梳家常小髻，鬢邊零星簪幾朵花枝細葉珠花，穿一件自來舊麝香金四合如意雲紋窄袖對襟杭紗衫子，杏子黃暗花縷金百褶長裙。蓮步輕移間，耳墜子輕輕晃動，隨著初夏清晨灼爍的日光，變換出不同的璀璨色彩。

金薔薇年歲不大，臉蛋小巧精緻，正是娃娃臉的標準長相。

在李綺節看來，這位金大小姐明明生了張蘿莉臉，但她的眼神不見一絲少年人的天真，時刻繃緊的面龐下，彷彿藏著一位飽經風霜的老人。

她站在花家貨棧門前，環顧左右，眼光輕輕一掃，面帶審慎，舉手投足間帶著一股拒人於千里之外的冷淡防備。

李綺節注意到她身邊只帶了一個丫頭竹葉和一個曾上過李家門的婆子，心裡有些訝異，看金雪松前呼後擁、貴公子出巡的豪氣架勢，他姊姊倒是低調得很，雖然她身上穿的衣裳料子不一般，但自來舊是一種暗而不鮮的奢侈，看著不顯，而且她沒有和他弟弟那樣，把一堆價值不菲、寶光閃閃的金呀玉呀瑪瑙石呀全戴在頭上。

今天貨棧沒有開門，門扇只卸了兩扇，供夥計出入，店裡空蕩蕩的，除了聽候差遣的小夥計，只有李綺節和寶珠、進寶三人坐在臨江的圓桌前。

花娘子迎出門，客客氣氣地將金薔薇主僕一行請進店中。

等金薔薇走到近前，李綺節才站起身，眼眉帶笑，輕聲喚道：「勞動金家姊姊了。」

金薔薇抬起眼簾——她不止臉蛋蘿莉，身材也嬌小，雖然年長於李綺節，但身高只到李綺節的下巴處，「李家妹妹客氣了，本是我邀請妳的，我還沒向妳道擾呢！」

金薔薇年紀雖小，在外的名聲可不小，她和繼母田氏爭鋒相對多年，以性子陰鬱嚴厲、霸道狠毒聞名於瑤江縣。李綺節和金家人打交道期間，也覺得對方肯定是個說一不二、一意孤行、性格古怪的大小姐，及至今天親眼看到金薔薇，她不覺暗笑起來：這哪裡是位高高在上的大小姐，分明是個和自己一樣，面嫩心老的女娃娃。

彼此見過禮，花娘子送來幾盞銀針茶，煮茶的水是山泉水，點茶則用的是梔子花，輕輕掀開碗蓋一角，撲面便是一股淡淡的甜香，甜香中隱隱蘊一絲茶香。

金薔薇可能是趕著回府料理事情，也可能是直來直往慣了，不願浪費時間兜圈子，吃過茶，便以眼神示意竹葉和婆子退下。

聞弦歌而知雅意，李綺節也讓寶珠、進寶到隔間的櫃檯後面去守著。

「咱們倆年歲差不多，我就不虛客氣了。」待剩下二人獨對，金薔薇看向李綺節，她盯著人看時，眼底有雪亮的光芒閃動，「我托大，得妹妹一聲金姊姊，以後我喚妳三娘吧。」

李綺節從善如流，「金姊姊約我來，想是有話要說，姊姊直說便是。」

金薔薇面露讚賞之色，再細瞧對面的李綺節，笑眉笑眼，秋水橫波，杏面桃腮，鬢髮似漆。臨窗而倚，意態閒適，沐浴著窗格子間篩進來的晴朗日光，越顯嬌豔青春，宛如姣花軟玉一般。人都說三四分姿色，只需添一分媚態，便可抵得過六七分容顏，使豔者越豔，美者越美。即使容貌一無可取，內裡氣韻自成，便能令人神魂顛倒，思之不倦，甚至捨命相從。

唯一美中不足的，大概是她月華裙下的一雙天足。她姿容出眾，顧盼間又有一種自然流露、與生俱來的灑脫韻態，不僅美，還美得靈動。

難怪婆子總誇李家三娘生得顏色好，果然是個花容月貌，讓人一見心生喜歡的小娘子。

也難怪李家幾次三番推脫金家的求親，他們家吃穿不愁，李綺節又生得不凡，前去求親的人家想必數不勝數，李家自然不會輕易為金家的財勢折腰。

金薔薇暗自嘆口氣，大郎抵觸她的自作主張，李家一而再再而三婉拒提親，她不惜花費鉅資請動長史夫人，本以為要不了幾天就能和李家交換庚帖，不料長史夫人忽然變卦……一樁樁一件件，讓她不由得心生疑竇，到底是好事多磨，還是李家三娘和大郎的婚事並沒有姻緣籤上說的那麼好？

可和上輩子的種種比較一番，除了她救下的大郎以外，李綺節確實是唯一的變數。

金薔薇輕撫著碗沿，話鋒一轉，「今年的雨水格外多，不曉得是什麼緣故。」

李綺節等了半天，等到這麼一句莫名其妙的話，愣了愣，試探著道：「可不是，前兩天才聽人說，官府已經在召集民夫，預備提前挖掘洩洪溝渠，以免危及縣城。」

金薔薇長嘆一口氣，「氣候反常，總是多事之秋。」

李綺節乾巴巴應了一聲，金小姐把她叫來，就為了感嘆一下今年過於豐沛的雨水？

默然半晌，金薔薇又轉換題，「三娘，恕我冒昧，妳是不是曾和我弟弟見過面？」

李綺節點點頭，這沒什麼好隱瞞的，而且對方問的是不是見過，並沒有追問她是在什麼地方什麼時間見過金雪松。

「我弟弟才一落草，便沒了母親。」金薔薇打起苦情牌，「不久田氏就成了我們的繼母，她面慈心黑，我弟弟小時候吃過不少苦頭，如果不是我警醒，他未必能健康長大。」

事實上，前世弟弟很早就夭折了，真正吃苦頭的是她，而她明知弟弟死得不明不白，卻什麼都不能做，只能眼睜睜看著父親繼續寵愛田氏和她的女兒金晚香。

李綺節眼波微轉，藉著喝茶的動作，掩下眸中的驚訝之色：交淺言深，可是大忌，金薔薇第一次見她，話還沒說幾句，竟然毫不遮掩地把家醜講給她聽？

金薔薇沒有停頓，仍然在靜靜訴說：「我只有這麼一個親弟弟，難免會溺愛他。他被我慣壞了，行事沒有顧忌，又被外面一幫狐朋狗友攛掇著胡鬧，整天上竄下跳，沒個消停。」

「可是我知道，大郎心思單純，想法天真，脾氣來得快去得也快，只要假以時日嚴加管教，他肯定能明白事理，懂得市井世情。」金薔薇刻意加重語氣，「三娘，我可以向妳保證，只要我狠得下心，大郎會長進的。妳只需要等一段時日，就能看到他的進步。」

不愧是親姊姊，瞧人家這賣力推銷，簡直是鞠躬盡瘁，嘔心瀝血。

只可惜李綺節對金雪松會不會轉變沒有興趣，「金姊姊對令弟真是含辛茹苦，面面俱到，讓人不得不動容。」

金薔薇似有所感，眼光略微暗沉，等著李綺節的下文。

「不過，那和我這個外人沒什麼關係。」李綺節嫣然一笑，眼眉舒展，儘量不讓自己的口氣聽起來像是在譏諷對方，「實話和金姊姊說，我和金少爺氣場不和，相見兩厭。」

金雪松為了反抗這門婚事，謀劃著陷害她來達到讓金薔薇死心的目的，害她擔驚受怕了一段時日，不得不默許孫天佑的人保護自己，都這樣了，金薔薇還以為這門親事能成？

李綺節的理由顯然沒有動搖金薔薇的決心，後者眼眸低垂，苦笑一聲，蘿莉臉就是蘿莉臉，即使面色落寞淒苦，也有種小孩子故作傷春悲秋的感覺，「三娘，我冒昧問妳一句話，妳是不是已經心有所屬？」

話題轉得太突兀，不止是冒昧，而是失禮。

李綺節一時啞然，半晌沒有說話。

金薔薇站起身，向李綺節鄭重行了個全禮，「妹妹放心，這裡只有妳我二人，我金薔薇從來不是多口嚼舌的人，出了這個門，絕不會和外人透露半個字。今天我會有此一問，也是不希望自己無意間拆散一對有情人。我實話與妹妹說，要是妹妹並沒有意中人，我還會再次嘗試向李家求親，要是妹妹心中已有歸宿，那便算了，是我弟弟福薄。」

她說話的語氣很平淡，但字字出自真心。

江水從竹樓腳下緩緩流淌而過，水聲潺潺，倒映的水光反射在貨棧二樓的西牆上，斑影也如水波一般流曳。

李綺節心念電轉：金薔薇敢說出這樣的話，說明她的下一次嘗試，應該不止是嘗試那麼簡單，強娶都有可能。她已經打出長史夫人這張大牌了，為什麼還能篤定李家會應下金家的求親，難不成她背後還有別的招數？

金家果然交友甚廣。

她臉上的笑容漸漸淡去，片刻後，輕輕點了點頭——廢話，管她有沒有心上人，反正先承認了再說，不點頭的話，金薔薇不會死心的！

金薔薇得到答案，雖然失望，可似乎早就料到如此，很快收拾情緒，扯起嘴角，擠出一絲笑，「我們身為閨閣女子，禮法所限，難得能碰上一兩個知心人。既然妹妹已經心有所屬，那此前種種，都是我太過著相，還望妹妹體諒。」

李綺節淡笑一聲，不接金薔薇的話，她頭是點了，可不一定要嘴上承認啊！

「金少爺俊秀風流，日後必能覓得良緣。」

只要你放過我這朵自由自在的嬌花，一切都好說！

金薔薇澀然一笑，收起時時刻刻縈繞在心頭的提防和算計，努力向外散發自己的善意：

李綺節是那個與眾不同的變數，既不能把她和弟弟湊成一對，能和她交好也不錯。

放下金雪松一事，兩人都是不容於世的古怪性子，一時之間，倒有些惺惺相惜起來。

金薔薇是欣賞李綺節的自信和乾脆，而李綺節完全是看對方的蘿莉臉太過可愛，和她沉鬱執拗的性格反差太大，覺得對方有趣罷了。

忽然聽得咕咚一聲，窗戶外爆出一陣脆響，把兩人嚇了一跳。

卻是一隻白色飛鳥捕獵時暈頭轉向，不小心撞在窗外高掛的竹幌子上。白鳥搖了一陣腦袋，發出幾聲粗嘎嗚叫，很快重整旗鼓，張開尾端生了一圈黑色斑點的雙翅，利箭一樣俯衝進水面，俄而，叼著一隻不停撲騰的小魚鑽出水波，飛向遠方。

李綺節站在窗前，瞟了一眼樓下支起的木窗，一個穿雪青色圓領窄袖香雲紗袍衫的俊俏少年斜倚在窗臺前，長腿向下，半懸在窗外，勁瘦的身形舒展開，猶如山林中一隻吃飽獵物稍作休息的野豹，狐狸眼輕輕瞇著，薄唇輕啟，似笑非笑，一副吊兒郎當的混不吝模樣，不正是已經改姓孫的楊家九郎？

不知道他是什麼時候到的，聽到了多少她和金薔薇的談話。

說起來兩人已經很久沒見過面了，不論楊天佑還是孫天佑，對她來說其實都沒有區別，但新鮮出爐的孫公子顯然不這麼認為，他憋著一股勁兒，非要等把事情全部處理得妥妥當當的，才敢到她面前傾訴衷情，反正已經訂親，不怕她臨時反悔，而且阿翅一直跟在她身邊，有什麼動靜，他總能第一個知道。

金薔薇站在李綺節對面，沒有看到孫天佑，原還想和剛說到投契處的李綺節多聊聊，被飛鳥一打岔，想起家中的諸多事務，談性稍減。

待李綺節關上窗戶，兩人重新落座，說了一會兒閒話，金薔薇便藉著寶珠進來添茶的時候告辭離去。

她不愧是說一不二的金大小姐，見話已經說開，便不再拘泥，很快把金雪松的事揭過，含笑道：「三娘得空的話，常來我們家坐坐，我難得碰到一個說得上話的人。」

口氣不像個小姑娘，倒和周氏平時說話的樣子如出一轍。

一張蘿莉臉，偏偏是個老成持重的大姊姊。

李綺節亦笑道：「別人都嫌我古怪呢，多謝金姊姊擔待。」

冤家宜解不宜結，金家可不是他們能得罪起的。

寶珠收走茶碗，動作仍然麻利，但臉上表情凝固，滿眼都是不可置信的震驚之色，「金小姐怎麼突然這麼好說話了？」

先前金家三天兩頭造訪李家，軟硬皆施，綿裡藏針，藉著他們家的權勢向李家施壓，甚至連長史夫人都請動了，而且後頭似乎還有更大的倚仗，一度逼迫得李乙整夜睡不好覺，愁得髮鬢都染了幾絲霜白，渾然是一副不達目的不甘休的態勢，可今天這才吃杯茶的功夫，金家就放棄了？

李綺節眨眨眼睛，「興許是她見了妳家小姐，覺得她配不上自家弟弟，這才變卦了。」

寶珠低啐一口，笑罵道：「三娘，妳又哄我！」

不是她王婆賣瓜，自賣自誇，也不是她私心作怪，單單論模樣、人品，三娘可是縣城裡數一數二的美嬌娘，除了沒有纏腳以外，渾身上下就沒有一點可以指摘的地方。那些有意向李家求親的，親眼見了她們家三娘，原先猶猶豫豫的，肯定立馬下定決心發送聘禮，已經有六七成意思的，更是會喜不自勝，催促李家早日發嫁。金大小姐怎麼可能因為看不上三娘而改變主意？

一定是三娘把和孫公子訂親的事告訴金大小姐了。

寶珠覺得自己猜中了事實，一時間平日裡對孫天佑的嫌惡之心倒是淡了七八分。

女兒家嫁夫郎，家世背景是其次，最重要的是夫妻二人能不能相濡以沫，攜手共度一輩子。過日子可不是風花雪月那麼簡單，柴米油鹽醬醋茶，樁樁件件都離不得市井煙火氣。

孫公子死纏爛打這麼久，決心是十成十的，看他折騰得這麼歡實，只為了日後小夫妻倆能躲開楊家的糟心事，自自在在過日子，將來會是個體貼務實的好丈夫。先不論結果如何，至少他肯用心。

縣城裡的那些老少爺們，能不在外拈花惹草處處留情，便覺得自己是個難得的好官人，一回到家，下巴恨不得仰到天上去，等著妻子兒女圍上來服侍奉承，抖足一家之主的威風之餘，私底下還要嘀咕覺得自己虧了。至於那些偷雞摸狗、葷素不忌的浪蕩子們，或是那些對家事漠不關心，只曉得吃酒作樂的大官人，更是平常事，誰家都能找出幾個來，哪家婦人沒有一肚子的辛酸淚？

縱然是相敬如賓的模範夫妻大官人和周氏，也不曾看他們對彼此表露情意，更多的是老夫妻陪伴多年的默契和尊重，而且大官人年輕的時候也是納過典妾的。

誰能像孫公子一樣，為未過門的妻子花這麼多的心思？

三娘對孫公子的種種舉動，看似平靜以對，心裡未必沒有波動，不然也不會直接越過官人，先和大官人通氣。

大官人好說話，基本上只要三娘開口，他不僅不會反對，還會幫著勸說官人點頭。

寶珠的思緒越跑越遠，甚至已經開始謀劃等三娘出嫁後，她要怎麼規勸三娘，讓她偶爾也學著撒撒嬌，賣個俏什麼的。孫公子血氣方剛，正是情熱的時候，渾身使不完的勁兒，燒不完的熱情，當頭一盆雪水潑過去，也澆不滅的他的心火，可再沸騰的真心，也有冷淡下來的一天。三娘不能一直晾著孫公子，得學會以柔克剛，才能牢牢籠絡住孫公子。

想著想著，不知道是不是腦補到什麼了不得的閨房情趣，她臉上忽然飛過一陣嫣紅，不敢看李綺節，辮子一甩，吧嗒吧嗒跑開了。

這丫頭好好的，怎麼忽然鬧了個大紅臉？是不是有了自己的小心事啦？

李綺節一臉莫名所以。

金薔薇的偃旗息鼓，對旁觀的人看來，有些匪夷所思，於她來說，倒是很好理解。

她壓根兒沒提起自己和孫天佑訂親的事，因為她知道，如果金薔薇一意孤行，那麼提與不提，結果都是一樣的。

金薔薇還有更激烈更霸道的法子來逼迫李家點頭，但是她一直留著底牌，不敢做得太過分，因為她怕李綺節被逼嫁入金家後會遷怒到金雪松身上。

可就這樣輕易放棄，金薔薇又不甘心。

所以，她在下定決心前，先來試探李綺節是否心有所屬，如果沒有，金薔薇可能要孤注一擲，搬出背後的靠山來。與錯過李綺節相比，她寧願先將對自己有心結的弟媳娶進家門，然後慢慢軟化她。父母之命，媒妁之言，誰家夫妻不是先拜堂成親，再慢慢培養感情的？

可李綺節暗示自己心有所屬，金薔薇最後的底牌就沒什麼用了，興師動眾、傷筋動骨不說，還生生拆散一對有情人，將她強娶進門，不過害人害己而已。

金薔薇來勢洶洶，最後卻因為李綺節表示自己心有所屬，就毫不猶豫打消心中的念頭，果斷回頭，幾個月的努力全都付諸流水，她連眉頭都沒皺一下。

李綺節察言觀色間，大概猜出對方的想法，除了一開始的詫異，剩下的全是哭笑不得。

強迫李家時，金薔薇作風兇悍，沒有一點羞愧。放棄李綺節後，她言笑如常，彷彿之前對李乙的種種威逼利誘和她沒有一點關係。

楊天保竟然還抱怨李綺節心黑手狠，李綺節覺得，和金薔薇比起來，自己簡直是善解人意的聖人。

金姊姊，妳早點來問我，咱們倆不就什麼事兒都沒了嗎？

不過，假如金薔薇在派遣婆子上門之前先來問詢她，她會怎麼回答呢？

那時候她渾渾噩噩，並不知道自己幾個月後會放下心防，嘗試去接受一個明朝少年郎的傾慕。他沒有孟四哥的溫文內斂，沒有楊天保的清白出身，沒有小沙彌的風華氣度，沒有金雪松的顯赫家世，他在傳統的封建守舊思想浸潤中長大，不可能理解她的所思所想。

但是，那又如何？

她或許會猶豫退縮，卻不會一直逃避。

不論嫁給誰，她都有把握能把自己的小日子過得順風順水。不同的是，她是選擇和自家官人同床異夢，各過各的，還是互相扶持，心心相印。前者最為省心，在這個時代，夫妻能做到相敬如賓已經很不容易了。後者是帶毒的花苞，滋味甜美，但一個不小心，就會落得一個遍體鱗傷，心如死灰。

她放棄更保險的第一種過法，冒險選擇了第二條路，而一旦她下定決心，便不會搖擺不定，也不容許對方朝三暮四。如果孫天佑將來辜負她的信任，膽敢效仿楊天保或是楊縣令，就等著嘗嘗她的手段吧！

「寶珠。」李綺節揚聲叫寶珠進來添茶，「請表哥……」

她話說到一半，頓了片刻，既然已成了孫天佑，那現在便不能喚對方為表哥了，當下又改口道：「請孫公子上來。」

話音剛落，一把摺扇挑開竹簾。簾幕輕啟處，露出一張眉目英挺的臉。

竹簾上串了細碎的玲瓏珠子，日光落在搖曳的竹影間，流光溢彩，來人含著笑的目光卻比閃爍的珠光更亮更灼熱。

熱烈、直接，數日不見，他比從前更大膽，也更從容了。

彷彿豹子看到一隻肥美的獵物，明知對方已經成為自己的所有物，但並不急著下嘴，而是懶洋洋地逡巡左右，等著最佳時機。

這種被壓迫的感覺對李綺節來說有些陌生，不過倒不至於反感，只是被他一眨不眨地注視著，臉頰不由得漸漸發燙。

初夏的空氣暖而濕潤，挾裹著化不開的躁動之意。

來人自然不是丫頭寶珠，而是在樓下偷聽壁角的孫天佑。

「孫公子聽起來太生疏了，三娘以後喚我的表字吧。」

平民百姓之家，並沒有正式的加冠禮或者及笄禮，男子成婚，便默認算是成年，小娘子出嫁前一天，是約定俗成的及笄儀式。

李綺節並不忸怩，「不知表哥的表字是什麼？」

孫天佑走到桌前，收起摺扇，蘸取茶水，帶了薄繭的指腹在桌上寫下兩個字。一撇一捺，寫得一絲不苟。

他早年也是上過學的，字跡工整，筆劃間自成一股瀟灑走勢。

「桐章，我的表字是桐章。我沒有師長，和父兄斷絕關係，從此孤家寡人一個，表字是請廟裡的大和尚取的，以後只有三娘能這麼喚我。」

他揚起一張笑臉，酒窩裡滿溢著甜蜜的情意。

李綺節心下了然，這麼說，孫天佑是掛到孫家木字一輩上的。

寶珠重新篩茶進房，茶盤裡盛著兩個官窯白地紅彩蓋碗，茶杯金貴，但裡頭卻是普普通通的泡橘茶。

孫天佑看到茶水裡的果子蜜餞，面不改色，幾口飲盡。前幾天他已經以孫九郎的身分，鄭重其事拜訪李乙，吃過李家的女婿茶，此刻正是志得意滿、欣喜若狂的時候，別說是一碗泡橘茶，就算寶珠呈上來一碗涮鍋水，他也甘之如飴。

寶珠朝李綺節使眼色，她故意不上好茶，不是要讓孫天佑難堪，而是想試探他的態度。孫天佑的反應顯然還算合格，因為寶珠一臉竊笑，目帶詼諧。

李綺節示意寶珠退下，孫天佑現在是她的未婚小官人，還是個願意縱容她所有不容於世的舉動和想法的開明人士，那她便可以大大方方卸下在外人面前的心防，自自在在做一個隨心所欲的李三娘，不必像之前那樣對他冷淡疏離。反正要和他相濡以沫一輩子，與其若即若離，相互防備，不如索性大方自然一點，正好可以多培養一下感情，免得成親後還得磕磕絆絆磨合溝通。

她自小心大，想對誰好，就不會故意保留。

幼時她能包容楊天保的種種，現在對孫天佑，自然只有好上加好。

孫天佑最會察言觀色，李綺節的態度還沒有完全轉變過來，他已能隱隱約約窺出她的軟化，當下更是喜不自勝，然後開始得寸進尺，狐狸眼輕輕一挑，有種說不出的風流魅惑，「三娘，妳叫我一聲桐章試試。」

誘哄的語氣，怎麼聽這麼膩歪，李綺節頭皮發麻，差點起一身雞皮疙瘩，當下把八寶攢盒往孫天佑跟前一推，冷哼一聲，「孫天佑，我請你吃果子吧！」
她的口氣凶巴巴的，孫天佑卻覺渾身舒暢，輕笑一聲，酒窩皺起，拈了一枚鮮菱角，剝出雪白的菱果，放在一旁的白瓷小碟子裡，很快積了滿滿一大碟，推到李綺節跟前，搭訕著道：「金家最近大批購置香料、紙紮、布匹、油蠟，金小姐忙裡忙外，等閒不出門，今天她特意約妳見面，有沒有為難妳？」
李綺節眉心微皺，瞇起眼睛，覷眼看向孫天佑，對方滿臉擔憂，表情誠摯，等著她回答的同時，手裡還在繼續給她剝菱角。
裝什麼相？你剛才明明都偷聽到了好嗎？
孫天佑眼巴巴盯著她，耐心等候。
李綺節眼波流轉，很快回過味來，孫天佑旁敲側擊，無非是想聽她親口承認，她心有所屬的對象正是他孫天佑。
想通這一關節，她不由莞爾，把孫天佑剝好的菱角扔進嘴裡，清甜的汁水在唇齒間浸潤開來，「那倒沒有，金姊姊只是和我說了些家常話而已，我們小娘子之間嚼舌頭的私房話，就不說給你聽了。」
孫天佑哪會輕易放棄，眼珠子骨碌碌轉了個圈，迂迴道：「金小姐咄咄逼人，不達目的不甘休，我看她還會捲土重來。」
李綺節默然不語：呵呵！想詐我？沒門！
畢竟是未婚的年輕男女，即使雙方已經訂親，也得避嫌，不能關起門拉小手說情話。簾子捲起半邊，掛在綴了流蘇的銅勾上，站在簾下，廳堂內外一目了然，花娘子始終沒走，寶珠還時不時進房添茶水、送點心。

人多眼雜的，孫天佑覺得自己有一肚子的話，但不好照實說出，只得拖拖拉拉說了些閒話家常，試圖多留李綺節一會兒。

意中人就在眼前，卻不能光明正大和她親近，他心裡越發焦躁，想著是不是該以自己自立門戶，急需成家立業為藉口，暗示未來岳父早日送三娘出閣。

在那之前，得先解決大舅哥李子恆的親事。

孫天佑腦海裡轉了無數個念頭，暗暗做了個決定：半年之內，必須把大舅哥的終身大事給包圓了！

李綺節渾然不知對面的少年郎不動聲色間，已經把她未來大嫂子的人選給定下了，「我聽說你把江灘那二十畝地又買回去了？」

說起來，那二十畝地原來是朱家的，後來輾轉賣到孫天佑手裡，為此孫天佑還和李家嫡支一派起了摩擦。後來李綺節將地買到自己手裡，藉以利誘李家嫡支，然後藉著球場那邊的生意，神不知鬼不覺把李家嫡支的幾個叔公引進陷阱裡，讓他們窩裡鬥，二十畝地來來回回易主，最後竟然又回到孫天佑名下了。

她還是前幾天從花慶福的信中看到這個消息的。

孫天佑臉色微沉，他收起笑容時，不止神情冷冽，連周身的氣質都隨之一變，和方才笑咪咪等著李綺節誇讚的模樣判若兩人，「那次是我一時失手。」

他說得囫圇，李綺節卻明白他話裡未盡的深意。

想必他和楊縣令已經知道李家嫡支對付楊家的真實目的到底是什麼。當時他故意裝出一副驚慌失措的樣子，而他的父親楊縣令袖手旁觀。

楊家身分敏感，沒辦法和老百姓當面扯皮，而是刻意示弱，以防打草驚蛇，所以楊縣令才會任憑李綺節出面調停。

她當時就有些納悶，以孫天佑的心機手段，怎麼可能會被李家嫡支輕易算計。他跑前跑後，彷彿真的六神無主，天天任勞任怨地為她奔忙，說不定只是為了麻痹李家嫡支。

又或許，還帶著故意接近她的心思。

「三娘，那些事我只知道個大概。」孫天佑的目光暗沉，「我不告訴妳，不是想故意瞞著妳，而是牽涉太大，連我父親都說不出所以然，我更不知道該怎麼說起。而且，從我離開楊家的那一刻起，那些事都成了過眼雲煙，不會再和我有什麼牽連。」

孫天佑不說，李綺節也能猜出七八分，無非是官場上的事。

楊縣令的官職雖然小得可憐，但他早年交遊甚廣，官位又來得有些蹊蹺，上頭肯定有人照應。在這個年頭，黨爭雖然不像後面幾朝那麼嚴峻，甚至幾度鬧到發動朝廷政變的地步，但官員們因為出身和師從關係抱團，是很自然而然的事情。誰不抱團，就會被其他黨派孤立，淪為喪家之犬。為了自保，也為了有更好的前程，只能選擇投靠其中一派。

孟雲暉之所以拋棄生父生母，改認孟舉人為父，還不是在為將來鋪路。他的先生育人無數，子弟和學生有不少在朝中為官，孟雲暉想要搭上先生的關係，就必須事事聽從先生。一個才剛剛考功名，並沒有在朝堂嶄露頭角的秀才公，都得提前找好自己的靠山，認清自己的屬從。楊縣令身為一方父母官，在結交同僚、討好上峰時，更是免不了常常受到別人的拉攏或是打擊，除非選定陣營，否則一時半刻不能消停。

李家嫡支有一支遠親在朝中為官，聽說領的是給事中的職位，他們家對楊家下手，必定是那個給事中大人下的指令。瑤江縣只是個偏院小縣城，和南直隸、北直隸都有千里之遙，不知道楊縣令怎麼會被那位給事中給盯上了。

想到這裡，李綺節雙眉一挑，盯著孫天佑看了半晌。

楊縣令雖縱容嫡妻虐待庶子，但不會狠心到對孫天佑不聞不問的地步，然而孫天佑脫出楊家以來，楊縣令卻像沒生養過這個兒子，不僅一毛不拔，絲毫不關心他流落在外能不能自給自足，還勒令府裡幕僚、聽差，銷毀他的戶籍文書，真的是因為惱怒兒子觸怒金氏嗎？

會不會是楊縣令捉摸不透自己到底招惹了什麼麻煩，所以故意釜底抽薪，和孫天佑聯合演一齣願打願挨的家庭倫理大戲，以保證將來事發，不會牽連到兒子身上？

如果果真如此，那倒是用心良苦了。

孫天佑被李綺節灼灼的目光注視著，以為她對自己情意深厚，不小心真情流露，立即轉憂為喜，柔聲道：「三娘，我過幾天去武昌府一趟，妳有什麼想吃的想玩的，跟我說一聲，我親自買給妳。」

他有滿腔情意，卻不知道該怎麼抒發，除了日思夜想惦記著她之外，只能俗套而粗魯地買這買那給她，讓她不用費一點心思，不用皺一下眉頭。他孫天佑的媳婦，就該無憂無慮，永遠笑口常開。

雖然被當成小孩一樣哄，但有個人時時刻刻惦念著自己，總歸不是壞事，何況對方只是個懵裡懵懂的毛頭小子，拙劣的討好底下，是一顆赤誠的真心。

李綺節心頭一暖，剛才的懷疑如潮水一般，頃刻褪得乾乾淨淨，也許楊縣令所謀深遠，但孫天佑肯定不知情，他在自己面前沒有保留。

伍之章　殷勤小意訴情衷

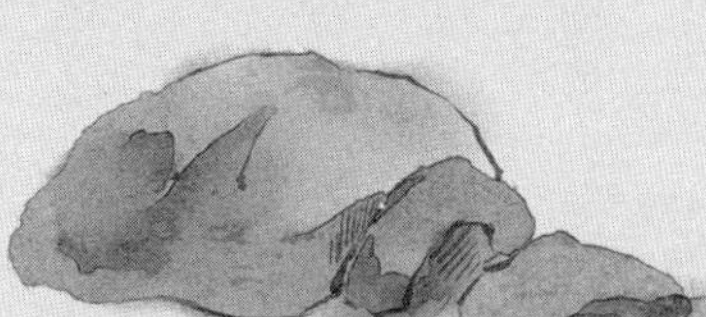

仲夏時節，喜事上門，縣裡找李乙說親的媒婆陡然多了起來。

李乙不明就裡，還以為大兒子忽然得了哪家閨秀青眼，心中歡喜，特意請大嫂子周氏代李子恆相看人家。

周氏忙著為李綺節張羅嫁妝，成套的大家具、布匹料子、首飾器物都是提前備好的，鎖在李家庫房裡，無須操心，但其他零零碎碎的東西只能臨時置辦，一樣樣加起來，也得費不少心思。天氣熱，田地裡事務多，長工、短工們天天在地裡勞作，家裡要為長工們準備一天三頓的吃食，雖說有婆子、丫頭使力，但離不了拿主意的掌事人。

李綺節被李乙拘在鄉下，美其名曰讓她專心備嫁，也不得閒。好在孫天佑光棍一個，她不必為該給婆家長輩送什麼禮物而操心，只需要全心全意準備孫天佑的行頭就成。

說起來，左不過是衣衫鞋襪、頭巾荷包之類的貼身物件。不用她親自動手，討來孫天佑的尺寸，讓丫頭們裁布扯線，等她們做得七七八八時，她再隨意縫上一兩針，便算是她親手做的。以她本人的繡工，真讓她待在閨房裡繡花描針，她半個月也繡不出一隻完整的鴨子。

李乙見嫂子騰不出空，少不了自己親自上陣。李綺節倒是願意為哥哥的親事出謀劃策，奈何李乙壓根兒不聽他的。

生怕李乙給哥哥找的媳婦不靠譜，李綺節忙讓進寶給李子恆遞信，讓他回李家村一趟。

進寶跑了一趟縣城，回來時道：「大郎一心撲在蹴鞠上，連跟我說句話的功夫都沒有，不肯回呢！」

李綺節聞言眉心一皺，「就跟哥哥說，我多日不見他，怪想他的，讓他回來住幾天。」

進寶答應一聲，第二天再坐船去縣城，仍舊是無功而返，搓著黑乎乎的雙手，一臉愧疚地道：「三娘，不瞞妳說，我覺得大郎玩瘋了！」

寶珠嗔怪地瞪進寶一眼，「胡說八道什麼呢？是不是這幾天西瓜吃多了，嗓子發甜，連話都不會說了？」

進寶訕訕道：「我這不是怕大郎把心玩野了嗎？」

李綺節拍案而起，把正鬥嘴的姊弟倆嚇了一跳，「我明天親自去請他！」

渡口水流湍急，下船的時候，一群穿短衫麻褲的農人挑著一擔擔菱角蓮藕、荷花藕尖上前，爭相推銷自家菜蔬。

李綺節讓寶珠買了十文錢的蓮蓬，進寶趕著牛車上路，幾人一路吃著蓮蓬，一路閒話，不多時就到了球場前。

幾個月過去，這裡比剛建造的時候要熱鬧多了，不過來來往往的多是夥計、工匠，而非看球賽的鄉民。

花慶福曾幾度為球場的生意而著急上火，甚至顧不上含蓄，直接找李綺節追問她的計畫和打算，名為關心，實際上是勸她早日把這塊食之無用，棄之可惜的土地給賣了。

任花慶福怎麼勸說警告，李綺節始終風雨不動。蹴鞠是朝廷明文禁止的娛樂活動，違者甚至可能會被砍掉雙腿，自家玩一玩不要緊，但士兵、官員、差役都不敢明目張膽說自己喜愛蹴鞠。她想發展這項傳統的體育運動，必須先為自己找到一個頂天立地的大靠山，扯虎皮，拉大旗，她的虎皮還沒扯到手呢！

不過，縣城裡的商戶倒是個個離人精差不多了，她還沒抬出大佛來，他們已經窺出後頭的商機，就像聞著甜香的蜜蜂，一窩蜂湧上來等著占好處，如今球場周圍的地皮幾乎已經全被各家商戶租賃，即使球場始終沒有大動作，每個月來此地看戲順便趕集的老百姓也越來越多，儼然成為縣城外最熱鬧的一處小市鎮。

球場的大看臺仍然每天上演雜劇或者漁鼓戲，門票依舊免費，只需要繳茶水錢。隨著演義故事慢慢流傳，不止閒漢、老人們每天等著球場開門，連學館的書生文人也慕名前來觀看曲目，講評唱詞，並為此撰寫文章——當然是李綺節暗中命人收買好的部分讀書人，她不懂自我行銷，但打廣告、吹牛皮誰都會。

當縣裡人人都在談論球場上演的戲目，其他人就算不愛看戲，為了顯示自己並未落伍，也得抽空來瞧一瞧。看了上半場，休息半個時辰，在球場周圍的小麵館、小食肆裡吃頓飯，接著看下半場，午後才是每天一場的球賽，由雇傭的蹴鞠藝人們表演。

球賽看的人多，但球賽的生財由官府和野路子的人掌控，和李綺節不相干，她也不願插手其中，只當作不知道。到目前為止，租賃周邊商鋪和前來看戲的各位顧客才是球場收入的大頭。而球場的戲目之所以如此吸引人，不是因為幾個藝人師傅是什麼名角兒，很大的原因在於題材故事。

明朝也是有廣電總局的，永樂年間，官府正式頒佈禁令，嚴格限制各地戲班子演習曲目的題材和形式。從內容上來說，不許涉及朝廷政事、宮廷紛爭。從人物上來說，藝人不得扮演歷代帝王、忠臣先賢，違者仗打一百。

一時之間，戲臺上除了題材絕對安全的仙人鬼怪、神話傳說，就只剩下千篇一律的孝子賢孫、節烈英婦等教化戲，還有以勸人為善為目的的老套戲碼。內容空洞，題材單一，完全不能和當初風格多樣、嬉笑怒罵、反應市井民情、披露社會黑暗現實的戲目相比。

北戲影響深遠，曾是官方戲曲的代表，後來逐漸被南戲所取代，與永樂年間題材的限制關係很大。

李綺節問過老師傅，讓他們另闢蹊徑，官府不讓唱的咱不唱，但生活世情、家長裡短可以唱啊。別小看宅門裡的瑣碎，只要故事能在逗人開會大小的同時還觸動人心、發人深省，都能搬上臺嘛！

當然，最後肯定以誤會解除、壞人幡然醒悟、好人財名雙收的大團圓闔家歡為結尾。

這種時候，找那些飽讀聖賢書的書生是不頂事的，只能從流傳的市井小說文人中挑選編劇。他們一般文筆老辣，知道老百姓最愛看什麼，而且相對落魄，來者不拒，什麼都敢寫，什麼都願意寫，不會扭扭捏捏，瞻前顧後。

由他們寫好劇本，再讓熟知朝廷禁令的文書潤色，在縣衙那頭打好招呼，上上下下打點妥當，戲目便正式搬上舞臺了。

李綺節沒有想到，最受歡迎的新戲目，不是在史上流行上千年並且永遠不曾褪色的落魄才子考中狀元，報仇雪恨，抱得美人歸的屌絲逆襲爽文模式，而是破案劇。

是的，雖然藝人們不能扮演朝廷官員，但是神仙鬼怪也能破案啊，而且每個案件結尾都會歌功頌德、勸導老百姓向善，嚴格掌控尺度，只差沒把官府頒布的規定直接塞到老百姓嘴巴裡去了，所以講破案的戲目沒有被禁。

尤其是那些案件曲折，往往連著半個月都唱不完的戲，每唱到精彩處，更是引得縣裡人人趨之若鶩，巴不得吃住都在球場周邊，只為了先睹為快——這是個思想還較為淳樸保守的年代，沒有什麼惡意劇透，故弄玄虛才是主流。想知道真相，請往球場一觀！

老師傅們得了賞錢之後，思如泉湧，在吸收南方戲曲優點的同時，又接連嘗試著開發了其他曲目。李綺節什麼都不懂，乾脆任他們隨意發揮，只要主題積極不觸犯官府底線就成。

花慶福也是看球場每天排演的戲曲越來越受歡迎，這才偃旗息鼓，沒再多問什麼。等李綺節命他打通王府的路子，他大概猜到她的意圖，雖然不大抱希望，但還是鼓足幹勁去奔忙走動。球賽沒人看不要緊，他興奮的是李綺節向他展示的另一樣東西。

一路走走停停，很快到了轉角處，守在路口的小童看到李綺節一行人，連忙引著他們往另一條人煙稀少的岔路走，「東家還沒回呢，球場現今是花大郎主事。」

花慶福遠在武昌府，長子花大郎留在家替他看顧生意。

見到花大郎時，他正急得團團轉，雙手插在腰間，板著臉訓斥幾個穿麻鞋的小童。李綺節走到他跟前老半天，他才反應過來，臉上閃過一絲心虛，「三娘，妳怎麼來了？」聲音一下子低了七八度，「妳曉得大郎摔傷了？」

進寶瞪大眼睛，「大郎受傷了？我怎麼沒看出來？」

李綺節嘖嘖兩聲，李子恆學精乖了，竟然會隱瞞自己的傷情。記得以前他在外頭和人打架，腦殼被碎瓦片打傷了一小塊，血流如注，連衣襟都染黑了一大片，他一點都不在意，回到家裡第一件事不是清洗傷口，而是得意洋洋地向她展示自己的傷口。

她沉吟片刻，問道：「傷得重不重？」

花大郎連忙搖頭，「不重不重，就是扭到腳，走路沒什麼妨礙。老師傅們怕一時養不好，以後不好下場，所以讓他最好不要下地走動。他怕嚇著你們，才瞞著不說的。」

既然傷得不重，李綺節便不多問，男子漢大丈夫，誰沒個磕磕碰碰的時候？何況她這個哥哥天生一把力氣，不喜歡沾手鋪子裡的活計，唯有在球場上奔跑衝鋒才能激發他的潛能，最大發揮他的長處。

蹴鞠藝人是上不了檯面的，可李子恆志向在此，李綺節能做的，就是助他一臂之力，恢復蹴鞠的昔日榮光，讓蹴鞠藝人成為受人尊重嚮往的職業。就算野望最終不能實現，也要試上一試，再論其他。

李子恆在內廳和師傅排演比賽時的陣法，聽說李綺節親自來找他，有些慌亂。這幾天他是坐在椅子上讓人推著走的，進寶來見他時，他只要坐著和他說話就成，所以沒有露餡兒，但自己的親妹妹來了，他總不能一直坐著不起身吧？

一旁的小童安慰他道：「少爺別急，小姐通情達理，眼界開明，知道您受傷，心疼還來不及，想必不會追究其他。」

李子恆翻了個白眼：他就是不想讓妹妹擔心啊！

然而，不等老師傅們避嫌離開，小童進來道：「少爺，小姐又回去了！」

「三娘走了？」李子恆疑心妹妹在詐自己，不敢相信。耐心等了足足一刻鐘，才敢讓小童推著他去見花大郎，「三娘怎麼說走就走了？她不是來找我的？」

花大郎面不改色，嘿嘿一笑，「大郎放心養傷便是，三娘這回來，主要是想向我交代幾樣要緊事，還要進城去一趟，順便給你送幾件換洗衣裳，衣裳我讓人送到你房裡去了。」

他頓了一下，拍拍自己的腦袋，「對了，三娘讓我給你帶句話，說你要是沒時間回家，寫封信給她也成。」

李子恆長長吁出一口氣，「你認得的字比我多，你幫我寫吧！」

出了球場，寶珠皺眉道：「明明曉得大郎在扯謊，咱們就這麼走了？」

李綺節把銀絲紗帷帽戴在頭上，這種素色輕紗輕盈透風，垂懸下來，狀如垂絲，既能遮擋炎炎烈日，遮掩容貌，還涼快，「少年意氣，何必戳穿他？」

李子恆一時三刻定不下心，找他商量也沒用，反正李乙那邊的人選還沒定下來，等她一家一家打聽好對方的人品性情，再讓李子恆自己選好了。

於是，一行人仍是回了渡口，雇船回家。

進寶在外面看守老牛和板車，寶珠和李綺節坐在船艙裡躲避日曬。水面上熱氣蒸騰，波光粼粼的浪濤挾裹著灼人的細碎日光，南風帶來的暑氣夾雜著濕潤的水氣，撲在臉上，烘得人骨頭發軟，醺然欲醉——江邊人家的酷暑，熱也熱得纏綿，讓人喘不過氣。

欸乃聲聲，船很快行到李家村前，遠遠能看到岸邊停泊著數條烏篷船。酷熱難耐，船伕們三三兩兩躺在岸邊的樹蔭下休憩，每個人頭上都戴了一頂斗大的綠色寬簷帽子，像是忽然冒出一叢叢芋頭。

等船離得近了，李綺節才看清那帽子的材質，原來是他們用從河裡摘取的荷葉編的。

噗通幾聲，有人耐不住熱，跳進江水。

寶珠連忙擋在李綺節跟前，不讓她看見那些脫得只剩下汗衫褂子的船伕村人。

然而，這噗通聲有些奇怪，岸邊有人連聲呼喊，更多的人則在交頭接耳看熱鬧。

難不成有人想不開，特地跑到人來人往的渡口尋死？

李綺節掀開帷帽一角，看到岸邊有幾個熟悉的人影，眉峰微蹙，「讓船伕先別靠岸，咱們從另外一個方向走。」

本想避開爭端，不想還是迎面撞上了。

寶珠看著在水中不停掙扎的朱盼睇，心裡有些不忍，不由移開目光，看向了李綺節，「三娘，妳看……」

朱盼睇是朱家大娘子，李綺節的死對頭，鄉里有關她的流言蜚語，基本上都是從朱盼睇嘴裡傳出去的。兩人相見兩相厭，只差沒豁出臉皮打一架。

李綺節示意進寶下水救人，「過去搭把手。」

人命關天的時候，可不能意氣用事，尤其是鄉里鄉親的，岸邊還圍著數十個看熱鬧的婆娘媳婦，她們看她見死不救，嘴唇上下那麼一哆嗦，轉眼就能傳得沸沸揚揚，到時候一人一口唾沫，也夠她受的。

而且，朱盼睇固然可惡，還不至於到罪大惡極的地步。

進寶脫了鞋襪，噗通一聲跳下水。

寶珠守著進寶的衣裳，一眨不眨地盯著皺起層層波浪的水面，面帶擔憂。別看船快靠岸了，近岸處的水底還是很深的，一眼望不到底，竹竿插下去，只能撈起一把濕漉漉的水草或是菱角藤。

朱盼睇顯然快支持不住了，上上下下撲騰了幾下，很快消失在江面上。

看她努力往回游的模樣，似乎並不是想不開跑來跳江尋死，可自始至終並沒有聽到她呼救的聲音，岸邊倒是有幾個漢子想下水救人，不知為什麼被旁邊的人給攔住了。

進寶雖是北方人，但很小就隨鄉里人一起流落到湖廣地區，算是在水邊長大的，不必人教，便練就一身鳧水本領，很快游到朱盼睇身邊，把她往岸邊拖拽。

寶珠吁出一口氣，催促船家趕緊靠岸。

下船時，已有一堆人圍在一邊指指點點。

朱盼睇披頭散髮，看不清臉色，趴在地上乾嘔。瘦弱的脊背拱得高高的，咳喘半天，嘔出一肚子黑水。

一個頭包布巾、身穿藍布襖裙的小腳婦人衝出人群，一巴掌搧在她臉上，發出的脆響聲甚至壓過了眾人的竊竊私語。

婦人喘口氣，扶著自己細瘦的腰肢，罵罵咧咧道：「妳是想逼死妳娘啊！」

幾個婦人連忙上前攔著，「孩子還小，朱娘子有話好好和她說，別把人嚇壞了。」

進寶機靈，把朱盼睇送到岸上時沒有跟著上去，仍舊回到水裡，游到李綺節他們的烏篷船前，翻身爬上船，穿上鞋襪，再利利索索下船。

眾人的注意力都放在老阿姑、朱娘子和朱盼睇身上，沒人關心救人的是誰。

李綺節不願多事，直接領著進寶和寶珠回家，走到半路上還能聽到岸邊尖利的叫罵聲。是朱娘子和老阿姑在罵朱盼睇。

李綺節默默嘆息，曾幾何時，朱娘子是個再溫柔賢慧不過的老實人，說話細聲細氣，偶爾聲音稍微拔高一點，臉上便漲紅一大片。如今的她，臉硬心酸，粗俗不堪，打罵起自己的女兒一點都不留情，儼然成為第二個刻薄尖酸的老阿姑。

進寶一路上搖頭晃腦，試圖在進門前把半濕的頭髮甩乾一點，口中說道：「朱盼睇懷裡抱著一個女娃娃呢！」

寶珠唏噓兩聲：「作孽喲！」

幾人回到家中，劉婆子和丫頭聽到鈴響，趕出來奉承迎接。

見進寶濕答答的模樣，劉婆子眉頭一皺，「是不是貪玩游水去了？小心太太說你！」

瑤江縣依山傍水，村郭城鎮周邊處處是河流湖泊環繞。小孩子夏天貪涼，喜歡在水邊嬉戲，沒有大人看管，難免疏於提防，於是乎，大江裡幾乎每年都要葬送幾條冤枉性命。

周氏曾經嚴厲警告過家裡的小廝夥計，不許他們隨便下水游泳，違者要罰工錢的。

進寶連忙把頭搖成波浪鼓一般，指指渡口的方向，「剛才朱盼睇掉水裡頭去了，我幫著撈人，才下水的。」

劉婆子哎喲一聲，聲音陡然拔高了好幾度，「人沒事吧？」

寶珠冷笑一聲，「人倒是沒事兒，就是老阿姑和朱娘子瞧著怨氣挺大的。」

劉婆子哀嘆，一邊吩咐丫頭去取掛在水井裡頭晾著的半個西瓜，一邊向面帶疑問的李綺節解釋道：「朱家上個月又添了個丫頭，他們家大郎連地裡頭還沒長出來的收成都提前賭輸了，哪有錢養娃？老阿姑嫌棄多了個女娃娃，前幾天就嚷嚷著要扔到江裡頭去餵魚，他們家大娘子厲害，守著妹妹，不讓人碰。今天一早大娘子上山打豬草去，老阿姑和朱娘子趁她不在家，偷偷摸摸把女娃娃抱出去扔了，大娘子回來看見妹妹沒了，提著鐮刀就追過去了……」

劉婆子年紀大了，說起話來不分頭尾輕重，起了個頭之後就念念叨叨，一氣說到底，連喘氣的功夫都沒有。

等寶珠服侍李綺節摘了帷帽，洗了臉，淨過手，換下半濕的紗衣裳，坐在蔭涼的石桌前喝香花熟水時，劉婆子的嘴巴還沒停：「自己的骨肉，哪能說扔就扔？好歹是一條人命！」

寶珠附和一句：「可不是這麼說。」

她手裡替李綺節打扇，眼神往旁邊一掃，使眼色給旁邊的丫頭。

丫頭會意，上前攙住劉婆子，笑嘻嘻道：「阿嬸，灶房裡的綠豆湯咕嘟咕嘟冒泡了，是不是該加糖啦？」

糖和油是精貴東西，每天的用量是有定數的，一般只拿當天的量，其餘都鎖在櫃子裡，不輕易拿出來。鑰匙在周氏手裡，只有要用的時候，劉婆子才會去拿鑰匙開羅櫃取用。

劉婆子想起爐子上的綠豆湯，一拍腦袋，道：「我去拿鑰匙！」

寶珠朝李綺節擠擠眼睛，「總算走了！」

李綺節接過她手上的湘竹柄團扇，笑而不語。

劉婆子囉裡囉嗦，說了這麼多朱家的瑣碎，無非是想拐著彎替朱盼睇賣個好。周氏近來已經不再親自管家務上的事了，家裡勢必還要再添丫頭。朱盼睇聽說後，一心想到李家尋個差事：一來，李家簽的是活契，她不用賣身給大戶人家當奴才；二來，到李家幫工，她能夠就近照顧家裡的幾個妹妹；三來，李家和朱家是多年的近鄰，不管是周氏，還是家裡的下人，都不會真把她當丫頭看。她不僅不用幹粗活，說不定還能天天領賞錢呢！

朱盼睇越想越覺得李家的差事千好萬好，當即捨下臉皮，親自求到周氏跟前。

周氏還真有些意動，劉婆子等人憐惜朱盼睇姊妹的處境，更是幫著說了一車又一車的好話，連李昭節都撒嬌發癡，說想要朱家幾個姊姊給她作伴。

最後事情傳到李綺節耳朵裡，她二話不說，當場就駁回了。

笑話，招進來一個朱盼睇，後邊一扯四五個朱家小娘子，一個個眼巴巴守在門外，他們家是管還是不管？管吧，心裡窩氣；不管，朱家幾個小娘子坐在李家門前哭天抹淚的，鄉裡人還不得戳他們家脊樑骨？

等朱盼睇在李家扎下根，再往後，說不定連老阿姑和朱娘子都要跟著占李家的便宜，而且他們家後面還有一個吃喝嫖賭的朱大郎，那更是不能沾惹的。

李綺節現今管著家裡庶務，周氏有心讓她在下人跟前立威，一般事體都交給她拿主意，只要她處理得當，周氏都無條件支持，哪怕有時候她考慮不周到，只要不太出格，周氏也不會反對，還會替她描補。

她堅決不允許管家雇朱盼睇幫工，周氏自然不會同她唱反調。

朱盼睇的算盤打得順順當當，卻在李綺節跟前碰了釘子，只能偃旗息鼓，另謀出路。

劉婆子、曹氏等人私下裡嘆息良久，覺得李綺節對朱盼睇似乎太無情了，她們當然不會說李綺節是公報私仇，故意使性子為難朱盼睇，但嘀咕還是難免的。

這不，劉婆子找著機會，就要在李綺節跟前把朱家的種種辛酸可憐事拿出來念叨一遍，盼著她能回心轉意，重新考慮接納朱盼睇。

丫頭提起吊籃，取出涼津津的西瓜，剖成薄薄的小片，盛在葵口白瓷碟子裡，送到李綺節跟前。鮮紅的瓜瓤裡浸了水，咬起來有點綿綿的，不過依然很甜。

微風吹拂著廊簷前幾棵蓊鬱的老樹，樹影婆娑，濃蔭曳地。細碎的日光斑影落在肩頭髮梢，像某種調皮的小獸。李綺節咬下一口瓜瓤，輕輕搖動團扇，環顧一圈，眼風四下一掃，大熱的天，她的眼神像摻了冰淩，寒光閃爍。

原本探頭探腦，偷偷打量她神色的丫頭們嚇得一顫，連忙垂首侍立，不敢吱聲。

李綺節淡笑一聲，收回眼神，招呼寶珠和進寶一起吃西瓜。

朱盼睇能夠鼓起勇氣反抗重男輕女、刻薄冷酷的祖母和母親，能不畏生死，跳進河去救她的小妹妹，確實令人敬佩，也值得別人的同情。

但，那又如何？

朱盼睇姊妹的不幸，是朱大郎、老阿姑和朱娘子造成的，與他們李家有什麼相干？

誰同情誰去幫忙好了，反正李綺節不會允許朱家人和李家扯上關係。

遠的不說，李家之前對朱娘子如何？吃食、點心、衣物、藥丸，一樣樣送過去，朱家幾個小娘子都是喝李家的米湯長大的。

然而，朱娘子是怎麼報答他們的？

一旦他們李家不肯給便宜他們占，立馬翻臉不認人。婆媳兩個四處碎嘴，說李家人忘恩負義，看不起他們這些窮鄰居。朱盼睇姊妹不分場合嘲笑李綺節，朱娘子可曾管過一回？

這一家子都是記仇不記恩的性子，犯不著為了一點點同情心，徒惹一身騷。

朱家鬧了一場，鄰里街坊看不過去，東家一把米，西家一捆柴，湊了一擔油米菜蔬，送到朱家院裡。李綺節也意思意思捨了幾條大肥魚，用肥闊的棕櫚葉紮著，兩個婆子合力才拎得動，特意揀個人多的時候，當著村裡人的面送到朱家。

老阿姑看到魚，頓時笑得合不攏嘴，不等婆子開口，上前劈手奪過肥魚，踮著小腳跑進灶房，往水缸裡一扔，生怕李家婆子反悔。

周氏原先想送幾升陳米，李綺節給攔了，改送魚，反正家裡魚多，送到縣裡賣不出好價錢，留在家實在吃不完，夏日濕熱，又不能做醃魚，正好送出去博個好名聲。

接下來幾天，朱家天天燉魚湯。她家老阿姑摳索，連魚鱗、魚鰓都要留著，魚頭、魚腸更是捨不得扔，一條魚能反反覆覆燉上一整天，大半個村子都能聞到鮮美的香味，引得李家豢養的母貓阿金天天趴在牆頭上往隔壁張望。

阿金是隻純色的黃色土貓。俗話說，金絲難得母，鐵色難得公。黃貓大多是公的，純黑色的多數是母的，純黃色的金絲母貓，可遇而不可求。

阿金是孫天佑從南邊買來的，據說得來不易。剛送到李家時，李大伯和周氏稀罕了好一陣子，丫頭們更是熱情高漲，爭著搶著給牠餵食。冷淡如李昭節，都屏棄矜持，三天兩頭往李綺節的院子裡跑，只為了能逗一逗阿金。

唯有正牌鏟屎官李綺節的反應最為平靜，她喜歡看別人逗貓玩，偶爾興致好時，也願意摸摸小貓的腦袋，給牠撓撓下巴，卻沒有養貓養狗的閒情。對她來說，寵物貓狗就和小孩子一樣，只能敬而遠之。

阿金不愧為名貴品種的貓，頗通人性，李綺節不大愛管牠，牠也不和這個名義上的主人親近，專愛找李大伯和周氏撒嬌。

李大伯人高馬大，幾十歲的人了，鬍子一大把，威嚴起來連李乙都怕他，竟然拿一隻小貓咪沒轍。李綺節某天去後院納涼，無意間撞見自家大伯撩著嶄新的湖羅袍子，以一個十分不雅觀的姿勢，趴在臺階上，和阿金對視，嘴裡學著貓的叫聲，「咪咪咪咪」個不停，而阿金雙瞳瞇起，滿臉冷漠，傲嬌地踩著貓步離開。

李綺節……

周氏就更別提了，每到飯點，第一句話就是提醒寶鵲：「別忘了餵阿金。」

阿金吃的可比周氏和李大伯本人講究多了，頓頓都是米飯，配上魚湯和炸得酥脆的小魚乾，或是燉煮的乾淨魚肉、雞絲肉。丫頭們都說阿金前世肯定是受了很多罪，這一世專是為享福來的。

結果，阿金偏偏不愛吃魚湯泡飯，獨愛打野食。丫頭盛在瓷碗裡的飯，香噴噴軟嫩嫩，連婆子看了都嘸口水，牠卻慢騰騰挪到走廊前，紆尊降貴嗅上幾口，轉頭就走。不一會兒，不知道從誰家叼來剩菜剩飯，美滋滋吃完，然後蹲在只動了幾口的魚湯泡飯旁邊舔爪子。

朱家的魚湯腥味濃，一飄幾里遠，阿金就愛那味，整日趴在牆頭苦盼，不肯挪地兒。

寶珠笑罵道：「果然是隻小畜生，不知好歹！」

朱家的魚湯是單為老阿姑、朱大郎和朱家小郎君燉的，朱盼睇姊妹幾個一口都撈不著，更別提阿金這隻別人家養的貓崽了，牠估計到朱家探過幾回，被老阿姑追著打了一頓，自此不敢再往朱家跑，只敢守在牆頭流口水。

李綺節看阿金天天眼饞朱家的魚湯，浪費自家糧食，皺眉道：「別給牠拌雞絲肉，拿灶房不要的魚尾巴、魚頭煎碗湯泡飯，看牠吃不吃。再不吃，餓幾頓就好了。」

阿金不愛吃食，還不是因為家裡的丫頭天天給牠開小灶，肉條撕得細細的，隔一會兒餵一口，隔一會兒再餵一口，一隻貓能有多大的胃口？家裡這麼多丫頭，加上一看到貓就往外散發愛心的李大伯，十幾個人輪番餵下來，阿金沒被撐死，已經是幸而又幸了。

餓牠兩頓，保管胃口大開。

寶珠連忙左右看看，見丫頭們坐在院子外面的樹蔭底下做針線，悄聲道：「三娘，阿金好歹是孫少爺送來的呢！」

這是在暗示她對阿金不夠用心。

阿金雖然只是一隻貓，卻是孫天佑特意送給她的禮物，意義不凡，如果孫天佑發現她對阿金的態度可有可無，難保不會暗生芥蒂。

李綺節暗暗翻了個白眼：她什麼時候表露出自己有喜歡養阿貓阿狗的閒情雅致？先前那幾對兔子就算了，至少能送到灶房烹飪成飯食，現在孫天佑又不聲不響送來一隻嬌慣的貓太太給她養，還不如送隻小狗呢，起碼可以看家護院。

寶珠看出李綺節的不情願，笑嘆一口氣，走到她跟前，在她額頭上輕輕點了一下，「虧得前幾日官人還誇三娘聰明，我看啊，三娘您根本還沒開竅！孫少爺每回往咱們家送禮，哪一次不是照著您平日的喜好送的？為什麼這一次單單要送您一隻貓呢？」

李綺節忍不住腹誹：她以前還覺得寶珠不開竅，沒想到在寶珠丫頭眼裡，真正不開竅的人是她李三娘。

孫天佑為什麼送隻貓給她，當然不單純是怕她閨中煩悶，給她養著解悶兒，而是讓她看到阿金時，立馬能想到送貓的人身上。最好阿金能時時刻刻在她跟前晃悠，然後她就能一天想他幾十次……

難怪他送兔子不成，又鍥而不捨地送貓。

李綺節不由失笑：孫天佑的打算恐怕得落空了，她兩世為人，始終和貓不親近，阿金從不到她跟前撒嬌。就算阿金像纏周氏那樣扒著她的裙角不放，她也不會想到孫天佑身上。

她笑歸笑，想起上次見孫天佑時那雙眸子裡的神采，心裡亦有幾分動容，「罷了，近來天氣怪熱的，讓人給孫府送幾把扇子去。」

感情需要雙方共同維繫，才能走得更穩更久，剃頭擔子一頭熱，終究不是事。既然她願意敞開心扉，何不多給孫天佑一點信心？雖然以他那副滾刀肉的樂天性子，絕不可能傷懷抑鬱、患得患失，但她已然應下婚約，總得表現出自己的態度來，才對得起他的種種深情。

這樣一想，李綺節忽然眼皮一跳：總覺得孫天佑有故意裝可憐，以博周氏和寶珠同情的可能。不然一向看他不順眼的寶珠最近怎麼總是替他說話？而且連李乙都覺得她對未來女婿太疏離了，不惜放下架子，幾次三番明示暗示她閨女家雖然要注重名聲，但也不能太含蓄，讓她務必親手給孫天佑做幾件貼身物件。

「即使做得不好，到底是妳自己做的，比丫頭做的不同。」

李乙說完這話時，窘迫尷尬，頭頂冒煙，臉上漲得通紅，別說耳根子、脖子跟著紅了一大片，腳底都熱得出汗了。

難為他之前一直做嚴父，臨到唯一的閨女要出閣，又得做一回慈母，擔心女兒在女婿跟前不討巧，只能厚著臉皮，苦口婆心教閨女怎麼討好未來的丈夫。

李綺節輕嘆一口氣，李乙看似溫和，實則迂腐守舊，真固執起來鐵石心腸，以致於她直到現在都不敢向父親坦白自己和花慶福合夥做生意的事，但他的一片拳拳愛女之心，發自肺腑，一點都不摻假。

「只送扇子嗎？」

寶珠掀起袖子，把鑲邊袖口攏在玉鐲子裡，擼得高高的，露出大半截雪白胳膊，進進出出，四處翻箱倒櫃，想找出李綺節往年收藏的扇子。

丫頭們聽到屋裡搬弄羅櫃桌椅的響動聲，搭訕著進房，見狀也挽起袖子，幫她一塊找。

羅櫃、畫箱、多寶格、架子床後頭的四件櫃都找過了，一把扇子都沒找著，平日裡用的幾把扇子是李大伯特意從茶商手裡購得的，鑲包銀，象牙柄，價值不菲，可那是李綺節貼身用的東西，不能拿出去送人。

丫頭小聲道：「是不是收到庫房裡去了？」

整個李家村的人都曉得周氏在為李綺節張羅嫁妝，他們李家錢鈔掙得多，但兄弟兩個都勤儉，至今還住著老宅，沒買大宅子，平時更是捨不得花用，家裡的積蓄日後都要落到一個大郎、幾個小娘子身上。李綺節的陪嫁，光是綢緞布匹、珠寶首飾，大件小件，堆了滿滿一庫房。箱子疊箱子，一直堆到屋頂樑柱下。管家婆子登帳記錄嫁妝單子的時候，才一上午，已經眼花繚亂，晃頭暈腦，幾個婆子互相監管，足足費了幾天幾夜的功夫才把單子整理好。

東西多，有時候忙起來顧不上看管，一轉眼就不知道擱到哪兒去了。

寶珠搖了搖頭，「我前幾天明明還看到了……」想了想，怕自己記錯了，叫來小丫頭道：「去問問曹嬸子，她記得那幾口箱子是裝什麼的。」

最後，還是李綺節狐疑道：「扇子不是妳收起來的嗎？」

寶珠哎喲一聲，拍拍自己的腦袋，「瞧我這記性，在屏風後頭呢！」

她跑到屏風後頭，打開一口衣箱子，扒開半匹蒲桃青絹布，底下赫然擱著一把把樣式精美，小巧精緻的扇子。

團扇、摺扇、羽毛扇、夾紗扇，形狀有海棠形、元寶形、圓月形、菱形的，木柄有湘竹柄、玉石柄、紅酸枝柄、檀木柄，掛墜有金的、銀的、碧玉珠子的、瑪瑙的、松石的、白玉環的，扇面有山梅鳥雀的，有竹林溪山的……零零總總幾十把，各種各樣的都有。

其中最為名貴的一柄扇子，扇面是緙絲二喬玉蘭圖，木柄倒是普通的湘妃竹柄。

自古便有深宮棄妃和不得志的大臣以扇子自比，訴說君王無情。其實扇子在民間的象徵並不淒涼，送扇子是表示關心之意，夏秋季節尤其風行互贈扇子。瑤江縣湖泊眾多，水邊人家長年受各類蚊蟲滋擾，春、夏、秋三季悶熱難耐，送扇子就更普遍了。

這半箱扇子都是往年各家長輩送給李綺節的贈禮，看著花團錦簇，件件精美，實則很多都不實用——實用她也捨不得用，不小心刮掉一個口子，值好多錢哩！

李綺節走到箱子前，翻翻揀揀半天，最後選出四把花樣最簡單的扇子，兩柄羽毛扇、兩柄泥金摺扇，「別的人我不放心，妳去跟進寶說一聲，讓他跑一趟縣城。」

「啪」一聲，寶珠笑著拍手，「我替孫少爺說了這麼多好話，這趟好差事確實是得讓進寶去，賞錢就該我們姊弟倆得！」

雖然這時候不是正經節氣，送禮無須講究，但單單送兩把扇子未免太扎眼，仍是要回過周氏，以李家的名義送到孫府才合適。

李昭節夜裡睏覺時貪涼，偷偷把身上的麻紗小褂子給脫了，第二天早上起來頭重腳輕，勉強吃完早飯，一轉眼吐了個乾乾淨淨，曹氏只得煮蓮實香飲子給她喝。

周氏又是心疼又是急躁，命人去請鄉裡的婆子來為李昭節刮痧。聽進寶說李綺節要給孫府送禮，幫著添了幾樣祛濕解膩的點心果子，又斟酌著加了一擔鮮藕、一擔西瓜、幾條肥魚和幾大盒灶房現炸的金黃荷花餅。末了，讓寶鵲取來一個荷包，皺眉道：「先去孫家，送完東西，順便去一趟恩濟堂，請劉大夫來一趟。」

進寶應下，進城後徑直找到孫府。剛走到巷子頭，迎面見一個頭戴烏綾巾，身穿圓領窄袖袍的少年公子，騎著一匹油光水潤的黑馬，身後跟著兩個短衫僕從，遙遙行來。

少年面容俊朗，神色冷峻，眼神淡然，時不時掃過兩邊的街巷攤販，不知在謀算什麼，渾然不似在李綺節面前的嬉皮笑臉。偶爾有幾個戴瓜皮帽的掌櫃湊上前和他打招呼，他只微微頷首，虛應幾聲，隱隱有些不耐。掌櫃們仍舊陪笑和他說話，直到黑馬走遠了，才轉身回各自的店鋪。

進寶呆了一下，下意識擦擦眼睛，才敢確定馬上的錦羅公子確實是李家的未來姑爺孫天佑，心裡不由泛起嘀咕：孫少爺怎麼像變了個人似的？還是這才是孫少爺的真面目？回頭一定得提醒三娘……

正巧孫天佑驅馬走到近前，目光落到進寶身上，狐狸眼微微上挑，像摻了瑤江水，流光閃爍。不知道為什麼，進寶忽然覺得心頭一凜，像是被狠狠攥了一下。

「這不是進寶嗎？」

跟在黑馬尾巴後面的阿滿笑著走上前，「今天怎麼進城來了？」說著，看一眼孫天佑，促狹道：「莫不是三小姐有事吩咐我們少爺？」

孫天佑認出進寶，眼底登時現出幾分喜色，身上的寒涼之氣霎時淡了七八分，俐落地下得馬來，隨手把鞭子往阿滿懷裡一扔，「三娘讓你來的？」

語氣一如既往的柔和，每一個字都帶著明晃晃的笑意，與方才的冷漠傲慢判若兩人。變臉的速度這麼快，將來一定不好相與！

進寶指指後頭幾個挑伕，不動聲色道：「太太讓送些果蔬給少爺。」

孫天佑調頭往回走，阿滿小聲提醒他：「少爺，金少爺在館子裡等著您呢，您可別誤了時辰，這頭有我呀！」

「早著呢！」孫天佑領著進寶回府，一邊吩咐道：「以前都是我等他，今天讓他等等我，讓阿翅先過去照應著。」

「金少爺又不是五少爺，脾氣大著，萬一惹惱他怎麼辦？」

金少爺可是金家的嫡支兒郎，怠慢不得。

孫天佑掃了阿滿一眼，嗤笑一聲，「他惱他的，本少爺沒功夫和他掰扯。」

阿滿氣得頓足：剛才一個勁兒催他收拾好東西，說是立刻要走，這會兒又不急了？

挑伕們把幾擔瓜果菜蔬送到內院，領了賞錢，閒坐在樹下納涼，婆子很快送來酸梅湯，給眾人潤口。

進寶把裝扇子的木匣送到孫天佑跟前，「這裡頭是兩把扇子，給少爺閒時把玩。」

孫天佑接過木匣，沒先打開，含笑道：「三娘在家做什麼呢？」

進寶垂著眼睛，「跟著太太料理家務。」

阿滿送來一個捧盒，孫天佑道：「天熱得慌，鄉下蚊子毒蟲多，盒子裡的幾瓶丸藥是驅蟲用的，碾碎之後撒在窗前屋角，比熏艾草輕省，還不用弄得煙熏火燎的，味道也淡雅。先讓三娘用著試試，要是管用，回頭我再讓人送些去。」

進寶答應一聲，暗暗道，臨水的房子蚊蟲多，家裡每天都要熏艾草，不然滿屋的蚊蟲，能把蚊帳頂出一個窟窿來。不過煙熏之後，屋子裡不僅氣味大、悶熱，還有些嗆人，只能等戌時過後煙氣散了才能進去睏覺。三娘受不住熏草，每晚挨到亥時味道散盡才能睡下。要不是周氏堅決不答應，她可能已經讓人把架子床搬到院子裡，就在樹底下露天睏覺。孫少爺倒是細心，曉得三娘夜裡睡不好，特意搜羅驅蚊的丸藥給她使。

這麼一想，頓時把剛才的戒心給拋在腦後了：只要孫少爺待三娘好，管他在外人面前是什麼臉孔，總之，肯踏實過日子就成。

進寶急著去恩濟堂請大夫，草草和孫天佑對答幾句，便告辭要走。

阿滿已經讓人把挑伕的擔子重新裝滿了，幾個大籮筐紮紮實實，盛得滿滿當當的，比來時還要重些。

聽說進寶要即刻趕去恩濟堂，孫天佑當即變色，眼神掃過進寶，讓後者忍不住打了個顫兒，連忙出聲解釋：「四小姐夜裡著涼，太太讓請大夫給四小姐看診。」

孫天佑點點頭，眼裡的擔憂盡散，「那我就不多留你了，讓阿滿陪著你一起回去。」

阿滿這一跟，從恩濟堂一直跟到渡口。進寶以為阿滿送他上船之後就會走，便客氣道：「難為你一路幫著打點，船要開了，請回吧。」

誰知阿滿一腳踏上船板，硬擠到他身旁，摟著他的肩膀，笑嘻嘻道：「咱們兩家以後就是一家人了，客氣啥？我比你大幾個月，以後你就叫我一聲阿滿哥吧！」

進寶：……

旁邊一聲咳嗽，「進寶？」

進寶輕輕掙開阿滿，回過頭，一個身穿青藍色細布襴衫的少年站在船頭，似乎是不認得阿滿，看他二人結伴同行，神色有些疑惑。

進寶垂下頭，「孟少爺。」

孟雲暉輕咳兩聲，蒼白的臉上沁出些微薄紅，「你這是從哪裡來？」說話間，目光時不時掃過阿滿。

「我剛從縣裡來，家裡四小姐有恙，太太讓去恩濟堂請大夫。」進寶記得官人的吩咐，沒提孫天佑。

然而，孟雲暉和孫天佑曾經有過節，一眼便認出阿滿是對方最為信重的伴當，見進寶刻意隱下孫家，他心裡一沉，剛才他們兩個怎麼說來著，以後是一家人？

心頭湧上一陣難言的失落，嘴裡隱隱有些發苦。江上風平浪靜，渡船走得很平穩，他卻覺得耳邊風聲凜冽，一時暈頭轉向，幾乎站不住，踉蹌了兩步，扶著船舷，才將將站穩。

他知道金雪松一直記恨著自己，所以前段時日儘量避免和李家有什麼往來，免得金雪松為難李綺節。他一直提心吊膽，生怕李家扛不住金家的權勢，應下金家的求親，在得知金家大小姐終於鬆口，不再對李家施壓時，他暗暗鬆了口氣……可該來的終究還是要來，不是金雪松，還有可能是別人。

他雙手握拳，指尖感覺到血管的顫動，先生的規勸和警告浮上心頭：一個鄉野出身的小娘子罷了，和前程比起來，孰輕孰重？

他選了前程，就像堂叔暗示過後，毅然決然選擇拋卻慈父老母，認堂叔為父時那般果決乾脆，躊躇只是一剎那。他沒有顯赫的出身，沒有萬貫的家財，除了能讓先生和堂叔看得上的才華以外，他一無所有，想要出人頭地，他只能心無旁騖，一步一步往上爬。

掌心傳來一陣銳痛，皮膚裂開處，滲出幾滴殷紅血珠。

進寶唬了一跳，小廝也嚇得臉色發白，小心翼翼扶住他，「少爺！」

阿滿淡笑一聲，「孟少爺是不是暈船？可巧我帶了暈船的藥丸，請孟少爺用些。」

孟雲暉雖然神思不屬，但哪裡看不出阿滿的試探，不由苦笑著搖搖頭。

小廝代為答道：「少爺從不暈船的，想是這幾天感染了風寒，才會如此。」

話音剛落，孟雲暉復又咳嗽起來。

「外邊風大，少爺還是進船艙坐著吧。」

進寶和小廝一道把孟雲暉送到船艙裡休息。船上備有涼茶，進寶找劉大夫討來丸藥，化開來讓孟雲暉服下，私下裡找到小廝，問道：「孟少爺病成這樣，理應在家修養才是，怎麼還在外頭奔波？」

這種能把人曬得頭昏眼花的燥熱天，要不是為了幫三娘送扇子，連他也不樂意出門，何況孟雲暉那樣的秀才老爺。

小廝嘆了口氣，他常跟李家人走動，也不遮遮掩掩，直接道：「少爺病了，偏巧小姐回家省親，太太說怕少爺把病氣過到小姐和小郎身上，讓我伺候少爺回鄉下宅子裡養病。」

說是養病，可孟娘子根本沒請大夫，別說藥方子，連常用的幾味藥材都沒買，只把孟雲暉往門外一推，打發他們回鄉下，等他什麼時候病好了才准回家。

進寶冷哼一聲，想了想，輕聲道：「正好劉大夫要給四小姐看診，待會兒你們先別回去，跟著我一道回家得了，順道讓劉大夫給孟少爺看看。」

小廝知道孟雲暉不愛給人添麻煩，偶爾缺衣少食，能忍就忍，從不求別人，有些猶豫。

進寶一巴掌拍向小廝，把小廝拍得趔趄，「生病可不是鬧著玩的，四少爺的臉色不好看，我要是沒看見還好，既看見了，哪能就讓四少爺這麼乾熬著？回頭官人曉得，也得罵我。」

「行，我去勸勸少爺。」

進寶和小廝說著話，阿滿在一邊冷眼旁觀了一陣，背過身去，悄悄打量孟雲暉，看對方似乎真的病得暈暈乎乎，不像是在裝怪，心裡暗暗道，得趕緊跟少爺通個氣，好不容易才盼得李三娘點頭，可不能再出岔子了。

湯藥是現熬的，揭開蓋子，撲面一股難聞的腥氣，李昭節皺著眉頭，小手把青花瓷碗使勁兒往外推。

曹氏柔聲勸道：「吃了藥病就好了。」

李昭節咬著嘴巴，眼巴巴看向周氏。

周氏亦放軟聲音，「四娘乖，藥裡擱了薑糖，一點都不苦。」

藥匙送到唇邊，李昭節喝了一口，小臉立刻皺成一團，「苦！」

連勸帶哄，一刻鐘過去了，她才只勉強喝下小半碗，說什麼都不肯再張嘴了。

「算了，能吃多少是多少。」周氏揮手讓寶鵲撤去藥碗，「以後可不許再掀被子脫衣裳，瞧瞧，病懨懨的，受罪的還不是妳自個兒？」

李昭節躺在薄被裡，悶不吭聲，閉起眼睛裝睡。

曹氏陪笑道：「怪我不當心，一時沒看住，讓四娘把褂子給脫了。」

李綺節抱著打瞌睡的李九冬進房，「四娘吃過藥了？讓曹嬸子在這看著吧，伯娘也該回房歇會兒，聽寶珠說您還沒吃飯。」

午飯本該一起吃的，因為李昭節生病，周氏大半天時間都待在這邊院子裡，灶房的婆子知道她沒心思用飯，特意把她的飯菜溫在灶上，等她傳話時再送。

「五娘吃過了？」

李九冬輕輕蹬腿，鬧著要下地，李綺節俯身，把她放到羅漢床上，解下她的衣帶，讓她睡在簟席上。劉大夫說李昭節只是有些著涼，吃兩劑藥就能好全，不必單挪出去養病，羅漢床和裡頭的架子床又有屏風隔斷，姊妹倆只需分床睡，不用刻意分開。

「吃了。灶房有酸筍熬的魚湯，豆腐燉得嫩嘟嘟的，四娘想不想吃？」

李昭節沒應聲，等周氏起身走了，才睜開眼睛，輕輕掃李綺節一眼。

這就是想吃的意思了。

李綺節讓婆子去灶房端飯，看李九冬睡得滿頭汗，叫一個丫頭守在羅漢床前給她打扇，李九冬在夢中發出一聲舒服的嘆息，翻了個身，很快睡熟了。

待飯菜送到房裡，曹氏洗了手，拿魚湯泡了半碗米飯，親自餵李昭節吃飯，李昭節卻不肯張嘴，連眼睛都不肯睜開。

曹氏端著飯碗勺子，臉上堆笑，「誤了三小姐歇晌。」

李綺節回過味來，估摸著自己待在房裡，李昭節可能不自在，便留下寶珠照看熟睡的李九冬，「妳在這看著，我去前頭轉轉。」

李昭節眼看著李綺節走遠了，一指灶房的方向，「我想吃油麵筋。」

看她終於肯吃飯了，曹氏徐徐吐出一口氣。

李大伯剛吃完飯，手裡捏著一張藥方子，站在廳堂門口，吩咐下人去縣裡抓藥。

李綺節聽了半晌，奇道：「四娘的藥不是齊全了嗎？」

劉大夫出診時聽進寶說了李昭節的病症，來時帶了常用的藥材，加上家裡常備的幾樣丸藥，不必再去藥鋪買。

李大伯一捋鬍鬚，「這是給四郎買的，咱們家剛好要送劉大夫回城，順道讓他們把四郎的藥抓了，免得孟家人瞎忙活。」

下人道：「張姑奶奶這幾天有點不好，三少爺那邊……」

李大伯皺眉道：「怎麼不早說？管家在前院請劉大夫吃酒，等飯席散了，叫人先來回我一聲，我親自領劉大夫過去。」

下人連聲應答，接過藥方，躬身退下。

李綺節眉頭輕蹙：李家沒有三少爺，下人說的張姑奶奶，應當是張十八娘，那三少爺，是小沙彌？

想起周氏這一陣話裡話外透出的意思，她暫且掩下疑惑，沒有問出口。

李大伯見她神情有些異樣，躊躇片刻，笑道：「三娘，以後家裡添一個哥哥好不好？」

● ● ●

四月初四後，改穿紗衣，枕頭、衾被、桌簾、帷幕換成竹枕、竹蓆、薄被、紗布，房裡的紗帳門簾也全都撤去，換成了竹簾。白天四面窗前竹簾低垂，只捲起一半，擋住日曬的同時，能讓南風吹進房裡。

轉眼，滿院油碧青翠，暑熱未褪，竹簾在日光下曬了幾個月，已經有些發黃，襯著窗前一簇簇繁花綠枝，稍顯寂寥。

黃貓阿金趴在廊前濃蔭裡呼呼大睡，呼嚕聲大得出奇。

李綺節被阿金的呼嚕聲吵得心煩意亂，恨不得堵上耳朵，在竹枕上翻了個身，竹蓆發出細碎的簌簌聲響，「把門窗關上。」

丫頭小聲道：「怪熱的，門窗關上的話，風吹不進來。」

本來就熱得透不過氣，沒有涼風吹拂，幾息功夫就能悶出一身汗水。

李綺節嘆口氣，繼續在阿金高亢的呼嚕聲中輾轉反側，想起送貓的孫天佑，有些咬牙切齒：好好的，送什麼貓？天天圍著別人撒嬌賣癡，對她這個主人愛理不理，睡覺打呼跟打雷一樣，又不能看家護院捉老鼠，還不如送兔子呢！

白天沒睡足，整個下午她都蔫蔫的，想著家裡以後要多一個三哥哥，以後自己再不能用李三郎的身分出去唬人，越發魂不守舍，連晚飯都沒怎麼吃，只用了幾瓣西瓜便回房洗漱。

沐浴過後，換上清涼透氣的紗衫紗褲，歪在羅漢床上看帳本，忽然又覺得腹中飢餓。

寶珠打開糖果盒子，拈出幾根糖麻花，「我去調碗藕粉來？」

李綺節把花瓣形的香茶桂花餅揉來揉去，揉得滿手糖粉，搖搖頭，「想吃點鹹的。」

寶珠蓋上盒子，笑道：「我去灶房看看。」

天氣熱，吃食經不住放，剩飯擱一宿就餿了，婆子整治菜蔬是可著人口做的，沒吃完的米飯蓋在罐子裡，預備做成甜米糟，櫥櫃裡只有幾樣涼菜。

婆子道：「灶上有酸筍湯，我切點肉絲，給三小姐下碗麵，擱幾個雞蛋？」

李昭節病中胃口不好，愛吃酸筍湯泡飯，灶房裡特特給她燉了一罐湯。

別人看不出，寶珠天天跟著李綺節，白天又得幫著照應李九冬，哪能看不出李昭節院子裡的丫頭對自家小姐的防備，「湯放著吧，淘點米，我給三娘炒碗菜飯。」

炒飯不是拿剩飯炒，而是先把肉、菜、醬一鍋炒熟了，直接撒上泡好的米，一鍋燜煮，等煮得半乾再翻炒。炒好的菜飯加上暮春時醃漬的酸梅，香滑爽口，鹹香中隱隱有絲酸甜，極是開胃。盛夏時節酷暑難耐，周氏、李綺節和李昭節姊妹倆胃口不好，吃不下飯，唯有現炒的菜飯能吃上一兩碗。

寶珠在襖裙外面加了件罩衫，燒熱油鍋，婆子洗好菜蔬肉絲，在一旁幫她打下手。

炒好菜飯，開罈取出兩個鹽蛋切開來，盛了一碟子，加上風乾醬瓜、桂花腐乳、復炸一次的炸荷花餅，湊了四樣小菜。

丫頭精乖，知道李綺節平時愛吃蝦，不聲不響剝了一簍子蝦仁。寶珠看看天色還不算晚，又炒了一盤蝦仁拌莧菜。

炒菜飯和幾樣小菜裝了一大捧盒，送到房裡。捲起的竹簾後燃著油燈，燈光搖曳，一個丫頭在牆角撒驅蚊的香丸，藥丸碾碎之後有股淡淡的香氣，比艾草好聞多了。一個丫頭在擦洗架子床上鋪設的竹蓆和腳踏，水裡摻了蒸花露，也能驅蚊。

李綺節倚在枕上，烏黑的髮絲散開來，鋪了半邊羅漢床，低頭翻看孫天佑送來的盒子。盒子裡是一套穿紅著綠的小瓷人，個個只有手指大小，雕琢得玲瓏精緻，連髮絲上捲的絨繩都看得一清二楚。

丫頭們都說小瓷人是照著李綺節的模樣捏的，寶珠不這麼覺得，但為了哄李綺節高興，她一口咬定瓷人娃娃的眼眉和李綺節的一模一樣。

除了瓷人以外，還有幾把扇子，團扇、絹扇、羅扇、紙扇都有，另有幾副彩旗和棋盤，是南邊流行的時新玩法。

丫頭為李綺節挽起長髮，衣襟前鋪一張帕子，服侍她用飯。

寶珠手執一把粽葉蒲扇，坐在腳踏上給李綺節扇風。

李綺節夾起一枚蝦仁，「這套瓷人，拿八個送去給四娘和五娘。」

寶珠應了一聲，把丫頭們趕出房，「三娘，以後張家少爺就成咱們家三少爺啦？」

李大伯和周氏沒有明說，但家裡的下人婆子早已經議論紛紛。李大伯和周氏已經和張氏商量好，連過繼文書都辦妥貼了，因為小沙彌還在孝中，所以才沒辦酒。

事情一開始是從曹氏那邊傳出來的，她愛八卦，而且八卦得很有水準，從不說假話，她嘴裡說出來的消息，一般都有八分真，而且經過周氏默許。

張氏的病時好時壞，小沙彌沒有族人扶持，身分敏感，不好和同窗結交。李家為他延請的先生原本只為授課而來，不願多管閒事，但他剛好和孟雲暉的蒙師剛好是同科，而且實在愛惜小沙彌的人品才華，經過深思熟慮後，讓自家婦人勸張氏早早為小沙彌打算。張氏輾轉打聽到孟雲暉的事，就動了心思。

小沙彌原本就姓李，過繼到李大伯膝下，連姓都不用改，正好還能回報李大伯和周氏的恩情，順便堵住村裡的閒言碎語。

張氏不用開口，只透出一點想頭，周氏和李大伯便喜出望外，樂得合不攏嘴。

在周氏嘗試讓寶鵲給李大伯做妾之後，李大伯就起了過繼一個兒郎的念頭，只可惜族中人煙凋落，找不到合適的人選，隨便找一個遠親，又怕對方不安好心，招進來一個禍患，這才耽擱下來。小沙彌人品出眾，能過繼到他膝下，他夜裡做夢都能笑醒。

李綺節想起李大伯白天對自己說的話，筷子輕輕磕在碗沿上，「阿爺和大哥過幾天回來，等行過拜禮，記得要改口。」

寶珠暗暗納罕，以後得管張家少爺叫李三少爺？

李大伯和周氏翻遍曆書，定下吉日，讓人去縣城裡送信。李乙和李子恆接到口信，一前一後抵達李家村，父子倆先在房裡說了會兒私房話，才到李大伯和周氏跟前道喜。

李綺節一眼瞟到李子恆腳步略有些蹣跚，知道他腳傷還沒好全，不知該笑還是該嘆。

李子恆剛被李乙狠狠揍了一頓，說話甕聲甕氣的，「三郎的名字怎麼沒按排行取？」

小沙彌的大名記在李家族譜上：李南宣。張氏的父親曾為他取名「泰宣」，按理，小沙彌應該順著李子恆，取名李子宣，張氏甚至說連宣字都不用保留，讓李大伯給小沙彌取一個新名字。李大伯沒答應，私底下問過小沙彌，從他父親為他取的名字和泰宣兩個中，各摘一個字，就成了李南宣。

李乙可能還不解氣，一巴掌抽向李子恆，「三郎的名字是你大伯取的，你多嘴什麼？」

李子恆噘起嘴巴，委屈地悶哼一聲，不敢說話了。

李大伯領著李南宣拜過祖宗，命人撤去香案，把李子恆和李綺節叫到廳堂，讓兄妹幾個彼此見禮。

畢竟是正日子，李南宣今天穿得很正式，頭著生紗巾，穿一身交領寬袖絹直身。他身材高瘦，一襲寬袍錦衣，越顯風度翩然，姿容丰俊，站在廳前，向李子恆拱手，「大哥。」

李子恆被李乙狠抽了幾下，疼得齜牙咧嘴，只能草草回禮，不過仍舊堆了一臉笑，親切地喚道：「三弟。」

李綺節順勢行了半個萬福，「三哥。」

李南宣看著她歪髻上簪的一朵淺色絨花，不知想到什麼，薄唇輕抿，忽然微微一笑。

從搬進李家隔壁的小院子以來，他從來沒有笑過，這一笑，猶如雲開雨霽，月華初上，霎時間鳥語花香，天地間一派盎然春光。

這一抹能令滿院繁花黯然失色的淺笑稍縱即逝，快得李綺節差點以為自己看到的幻象。他垂下眼眸，聲音有如玉石相擊，又清又亮，但語調清緩柔和：「三妹。」

兩人都行三，不過一個是郎君，一個是娘子。李綺節憶起以前打著李三郎的名號在外邊遊逛的事，不由噗嗤一笑。

她笑得突兀，李子恆、李乙和李大伯忍不住看向她，唯有李南宣眼眸低垂，沒有吭聲。

而此刻瑤江縣城的孫府，院子裡栽了兩叢芭蕉，芭蕉葉片肥厚，被日光一曬，彷彿隨時能淌下幾滴綠蠟油。

孫天佑打芭蕉叢邊走過，手裡揮舞著一把繪漁舟垂釣圖的灑金川扇，搖曳的樹影落在他眼底，映出斑駁的陰影，「憑空多出一個大舅子，算不算喜事一樁？」

阿滿渾渾噩噩地點點頭，想了想，又搖搖頭，「不、不算吧？」

「理他呢！正愁沒藉口去李家，備禮，我親自去世伯跟前賠罪！」

阿滿瞪大眼睛：賠什麼罪？

聽說孫天佑上門請罪，李綺節同樣莫名其妙，好好的，請什麼罪？

寶珠吃吃笑道：「孫少爺說大官人過繼三少爺，論理他該前來道賀的，如今遲了好幾天才來，可不是有罪過嗎？」

周氏放下一瓣西瓜皮，拿帕子擦擦嘴角，失笑道：「難為他大熱天的跑這一趟，待會兒請他進來坐坐。」

寶珠眼珠一轉，「縱是太太不去請孫少爺，人家也會進來瞧上兩眼。」

說罷，捂嘴輕笑。

周氏意味深長地看李綺節一眼，轉頭和一旁的曹氏相視一笑。

丫頭們也跟著笑，彷彿周氏和寶珠合說了一個天底下最好笑的笑話。

李綺節淡笑一聲，「得了，曉得妳們是在打趣我，等著看我的笑話。我偏不讓妳們如意，孫表哥在哪兒呢？我親自去請他進來。」

周氏膝下有了兒子，在心頭壓了多年的心病一朝痊癒，李昭節的病也好了，正是高興的時候，沒攔她，「帶著丫頭過去，雖說都是自家人，也不能莽撞。」

寶珠連忙跟上，小丫頭撐起一把綢傘，主僕三人繞過月洞門，一徑走到前院後邊的夾道裡。李綺節站在北窗下側耳細聽，廳堂裡的說笑聲此起彼伏，除了李大伯、孫天佑，依稀還有李南宣的聲音。

李乙和李子恆回縣裡去了，李南宣現在的身分是長房嗣子，家裡來了客人，他必須出面迎客，再不能和先前一樣，一頭扎進書堆裡，半天不挪窩。

他天性沉靜，少有開口的時候，大半時間是李大伯和孫天佑在對話。偶爾孫天佑主動問詢他，他才開口答上幾句，但答得敷衍，每句話絕不超過五個字。

寶珠低笑，「大郎沒能給孫少爺一個下馬威，沒想到三郎這麼好的性子，竟然把下馬威給補上了，不曉得能不能唬住孫少爺。」

新姑爺上門，大舅子必須給對方冷臉看，以示對自家閨女的看重。訂親之後，孫天佑頭回上門時，李子恆把這個規矩忘了個底朝天，還親手給未來妹婿斟茶。寶珠當時氣得牙癢癢的，只恨不得出去掀翻茶桌。

李綺節沒吭聲，以孫天佑的臉皮厚度來看，李家暫時沒有人能唬得住他，何況是文質彬彬的李南宣？

院牆底下忽然響起一聲嬌滴滴的竊笑，「這是奇了，青天白日的，打傘做什麼？」

話音落處，丫頭們簇擁著一個嬌小玲瓏的美婦人走進院子。

夾道是通向內院的必經之路，避無可避，李綺節輕咳一聲，「張嫂子來了。外面怪熱的，快到裡頭坐著歇會兒。」

張大少奶奶說話嬌滴滴的，走路嬌滴滴的，人也打扮得嬌滴滴的。張桂花跟在她身後，因為生得高的緣故，她和嬌小的嫂子張大少奶奶站在一處時，顯得有些突兀。她依舊木著一張臉，渾身上下每一處毛孔無時不刻不在昭示著「高嶺之花」四個字。明明她穿了一身嬌豔的海棠紅褸，卻因為主人氣質清冷，衣衫也紅得冷冽，像落雪時節的寒梅。

別人冷，是僵冷，寡淡無味。她冷，卻是冷豔，別有一種淡到極致才見風骨的韻致。

丫頭收起綢紙傘，進去通報。

張桂花長到這麼大，攏共只出過一次門，自那以後依舊深居簡出，安安心心做宅女。李綺節沒想到張大少奶奶會突然帶著張桂花來訪，忙打起精神，同她二人寒暄。

前者笑咪咪和她說話，後者淡淡掃了她一眼，就算是和她打過招呼了。

美人嘛，多少會有點脾氣。像李南宣那樣美得不自知還態度親和的，屬於鳳毛麟角。

到正院時，周氏迎了出來，曹氏讓丫頭去叫李昭節和李九冬，寶鵲去灶房準備待客的茶點。大熱的天，再心靈手巧的婦人也做不出滴酥鮑螺，劉婆子曉得周氏最恨在張大少奶奶跟前掉價，連忙放下手頭的差事，按著李綺節教過的法子打發雞蛋，預備做烤蛋糕。

烤蛋糕做好送到正院，張大少奶奶吃了幾塊，誇讚間試探著問起做法，周氏隨口敷衍了幾句，只說是廚娘自己琢磨出來的，言談中不無得意。

說了一些居家過日子的閒話，用過香飲子，李昭節和李九冬把近日做的針線拿出來給張大少奶奶看，眾人品評了一番。眼看要到吃中飯的光景，周氏順勢留張大少奶奶吃飯，張大少奶奶連忙推辭，帶著張桂花告辭回家。

從頭至尾，張桂花一個字都沒說。

李綺節好笑道：「真是奇了，這麼熱的天，張嫂子就是來說幾句閒話？」

周氏也摸不著頭腦，張大少奶奶等閒不會上門，上門肯定是有什麼高興的事想跟外人顯擺顯擺，今天卻絕口沒提她自己，只提了幾件鄉里的瑣碎事。

「或許是張老太爺又想一齣是一齣的，她推脫不了，出來躲閒。」

張老太爺架子大，一家老小吃飯，不許媳婦坐著同吃，一定要媳婦站在一旁伺候，可他是公公，避嫌不和媳婦同桌吃飯，張大少奶奶的婆婆早逝，又不用伺候他，根本沒有站著的必要。饒是如此，張大少奶奶該站還是得站，有時還得親自下廚給老太爺熬雞湯。如今天熱，灶房裡一天到晚燒柴燒爐子，像個大蒸籠，喘口氣都熱得受不了，所以一到忙時，張大少奶奶就找藉口出門訪客，能躲一時是一時。

周氏嘆息一聲，「難為她，還是大戶人家出來的呢！她嘴上不說，我看她手上都起繭子了，富戶家的千金小姐，哪裡做得粗活？」

不像她們這些小戶出身的，自小便幫著做家務，就是李綺節，雖有寶珠服侍，也會幾樣灶上的活計。做得好不好是其次，至少要能上手。張大少奶奶一看就是沒幹過粗活兒的，嫁到張家來，沒受過婆婆的罪，硬是被小氣吝嗇的公公指使得團團轉。

她回頭吩咐寶鵲：「送兩個西瓜過去給張家。」

寶鵲不知在想什麼，半天沒吭聲，周氏又說了一遍，她才回過神，「曉得了。」

午間的飯擺在側廳，那邊臨著水，周圍栽了幾棵幾十年樹齡的老樹，卸下四面格窗，南風吹拂，格外幽涼，李大伯平時就在側廳歇晌。

僕從們把一張落地大屏風搬到廳裡，裡外各擺了兩桌飯。外面一桌是李大伯、李南宣和孫天佑，裡面沒放椅子，鋪設竹蓆，只擺了張矮桌，女眷們圍坐在簟蓆上用飯。

矮桌上的菜色也簡單，涼拌孔明菜、酸醋雪藕片、蔥油煎麵筋、冬日做的酒糟醃鯉魚，及一碟切開的鴨蛋，一人跟前一碗水晶八寶飯——今天的正餐是冷食。

屏風只是隔斷用的，並不能真的遮住對面的全部光景，李綺節側過身子，瞟了一眼李大伯他們那一桌，除了多出幾樣醃肉、花生之外，也是一人一碗花花綠綠的水晶八寶飯。

她不由搖頭失笑：看來大伯和伯娘真沒把孫天佑當外人，大熱天，家裡人還真不耐煩吃大魚大肉，水晶飯拿來待客有些失禮，可盛暑天吃這個最對胃口。

屏風後頭一聲低沉輕笑，孫天佑似乎察覺到她的目光，眼眉微挑，揚起一臉笑，頰邊綻出一個甜絲絲的酒窩。

多日不見，他的臉龐稜角越發鮮明，眉眼漸漸勾勒出沉穩的氣質。不說話時有些高深莫測，唯有笑起來的時候，依稀還是那個身披蓑衣，大大方方在湖上縱情高歌的俊朗少年。

李綺節忍不住勾起嘴角。

孫天佑臉上的笑越發張揚，連李大伯和李南宣都注意到了。他絲毫沒有掩飾的意思，仍舊含笑望著李綺節。

李綺節不覺得有什麼，大大方方任孫天佑看，不過餘光往旁邊掃過時，發現周氏、寶珠和曹氏似乎都在忍笑，丫頭們也忍俊不禁。厚顏如她，臉上也不由得騰起一陣嫣紅，收回目光，低頭扒飯。

孫天佑難得看她露出害羞情態，明明知道以她的性子，這一低頭，肯定是惱多於羞，心裡還是覺得又憐又愛，同時很有些不滿：自己的媳婦，為什麼不能正大光明多看幾眼？回頭得遣媒人上門催催，年底就是好日子，親事宜早不宜遲。

陸之章

月下乞巧賀芳辰

前幾個月雨水連綿，水位暴漲，焦月之後，雨水明顯減少，進入下旬，接連幾日都是大晴天。李大伯和周氏翻開曆書研究了一會兒，決定趁著好日頭曝衣、曬書。

衣裳一箱箱抬到院子裡晾曬，架子、樹枝上掛得滿滿的，花紅柳綠，姹紫嫣紅，一院子樟腦陳味，空氣中粉塵浮動。

曬書就更簡單了，李大伯附庸風雅，平時只看筆記小說，正經的經文書籍基本上沒翻開過，買回來是什麼樣，拿出來還是什麼樣。書匣子一個個搬到外院打開來曬，等傍晚再一本本收進匣子裡，不認字的丫頭也能按著筆劃數排好順序。

李綺節特意叮囑寶珠，不許丫頭們翻動李南宣的書本和筆墨文具。

寶珠道：「我曉得呢，讀書人非常講究，不愛讓別人碰他們的東西，三少爺的書案是松柏收拾的。」

松柏是周氏為李南宣添置的書僮，他的丫頭叫結香，周氏就給書僮取了個名字叫松柏。下人們私底下說：「松柏長壽，三少爺早慧單薄，不是福壽之相，太太這是盼三少爺能夠像松柏一樣健壯。」

松柏人如其名，生得高高壯壯的，拳頭一捏，比蒲扇還大，不像個書童，更像個跟著少爺公子逞兇鬥惡的打手。難得他老實忠厚，跟著李南宣進進出出，手腳俐落，做事周到，短短半個月，把結香都給比下去了。

李綺節抬頭，透過交叉的樹枝，看到幾縷明晃晃的日光，「三哥的衣箱交給結香，書箱讓松柏照管。要是落雨的話，先收書，再收衣裳。」

連曬幾天，秋冬兩季的大衣裳全曝曬了一遍。丫頭們整理箱籠時，發現幾件蕉葛衣裳讓蟲蛀了，報到周氏跟前，周氏連道可惜，請來縣裡的裁縫為家裡人量體裁衣，預備做新衣。

舊衣交給家裡的婆子縫補，留著平時家常穿。其實縣裡有回收舊衣的布店，男女老少的舊衣裳都收，甚至連貼身穿戴過的小衣、鞋襪、帽巾也要。舊衣賣到店裡也能換一筆錢鈔，周氏捨不得，寧願把舊衣縫縫補補接著穿，等到實在破得不能穿了，還能做成被罩或桌布。

裁縫和李家相熟，知道李大伯、周氏等人的尺寸，平時家裡裁剪衣裳，只需要把尺頭送到他家就行。這回周氏特地把他請到家裡，主要是為李昭節和李九冬量尺寸，兩人正是竄個子的年紀，幾個月不見就變了個樣兒，衣裳年年都要做新的。另外就是給李南宣量身，雖說他還在孝中，但既成了李家人，李大伯和周氏怎麼著也得給他添上四季新衣心裡才舒坦。

外邊是裁縫忙活，裡邊女眷的尺寸是裁縫娘子量的。周氏想起孫天佑送到李家的幾匹雲錦，請裁縫娘子幫著出主意，雲錦價高，家裡幾個婆子不敢動手剪裁，怕糟蹋好尺頭。

裁縫娘子摸摸雲錦，笑道：「尺頭是好尺頭，禮衣的料子也沒這麼好，做衣裳可惜了。府上結親的是哪戶人家，好大的手筆！三小姐一看便是個有福的，日後想必福氣更大呢！」

說的是討好的話，意思卻很明白，像李家這樣的人家，平時來往的都是普通老百姓，雲錦對他們來說沒什麼用處，禮衣袍服她們不能穿，裁成家常衣裳穿不出去，也太可惜。不像大戶人家的小姐，什麼時候該穿什麼衣裳都是定例，雲錦、蜀錦、宮綢，一樣不能少，出一趟門見客，要換三四套衣服。

裁縫娘子也是深知李大伯和周氏平素節儉，知道他們不是爭榮誇耀之人才敢暗暗相勸。

周氏聽懂裁縫娘子的暗示，嘆了口氣。

曹氏抿嘴笑道：「太太不必發愁，現在做不了衣裳，誰知以後不能裁？不如全給三小姐陪嫁過去，留著以後給姑爺、小公子裁方巾和禮衣。」

方巾和禮衣不是人人都能穿戴的，曹氏的話暗指以後孫天佑必有出息，就算不能光宗耀祖，還有以後的兒子，反正家裡不缺錢鈔，李綺節又是有成算的，遲早能供出一個官老爺。

周氏轉憂為喜，同時暗道自己竟然著相了。李家從沒想過要和官宦人家結親，大腳的官太太會被其他官太太嘲笑，三娘嫁過去肯定要受氣。他們家只求姑爺知根知底、人品靠得住、模樣不差，能踏踏實實過日子，便沒其他奢望了，誰管他能不能做官？

楊縣令是個官老爺，縣令夫人穿金戴銀，吃喝不愁，可瞧瞧這些年楊家傳出的風聲，她哪一天享過清福？

想到這，周氏又暗自慶幸，還好孫天佑改了姓氏，脫離楊家，不然單單一個金氏壓在頭頂，他們家絕不會同意這樁婚事。

不過，縱然改了姓，孫天佑始終是楊縣令的親子，萬一他也是個風流種子，以後到處沾花惹草，豈不是誤了三娘？

周氏的臉色一時陰，一時晴，一時惱怒，一時擔憂，短短幾瞬間，變了又變，嚇得裁縫娘子和曹氏面面相覷，不敢說話。

夜裡，周氏和李大伯訴委屈：「我曉得九郎心誠，可人人都說有其父必有其子，誰知他以後會不會犯和楊縣令一樣的毛病？」

李大伯搖著蒲扇，哈哈大笑，「九郎不是那樣的人，他身邊連個親近的丫頭都沒有，正經著呢！而且，他親口跟我和二弟保證過，將來絕不會納妾！」

周氏觸動心事，愣了半晌，咬著唇不說話。

李大伯輕嘆一口氣，手中的蒲扇換了個方向，給周氏送去幾絲涼風，「我曉得妳的心事，妳放心，九郎不是哄人玩的，二弟收著他親筆寫的誓書，不然二弟當初怎麼會鬆口？」

蚊子在咫尺之間的帳外嗡鳴，明明蚊帳掩得嚴嚴實實的，周氏還是覺得彷彿被叮了一口，胳膊有些發癢，伸手去抓，不小心抓到李大伯裸露的臂膀，曾經肌肉飽滿，能一手扛一麻袋稻穀，如今也只剩一把枯瘦老骨。他們夫妻二人相濡以沫幾十年，酸甜苦辣都嘗盡了，膝下總算有了一子二女，也不枉夫妻一場。

李大伯繼續搖著蒲扇，攬住周氏，把人往懷裡摟，柔聲道：「以後的事誰也說不準，三娘心裡明白著呢，與其擔心這擔心那，還不如先把眼前顧好。我看他們情投意合，以後肯定過得和和美美，妳別多想了，早點睡吧。」

悶熱得厲害，兩人摟在一起睡，像貼著暖爐，更是難熬，可周氏還是靠在李大伯懷裡，閉上眼睛，漸漸沉入夢鄉：兒孫自有兒孫福，他們能做的就是好生看顧兒女們，讓他們能走得平一些穩一些，不被彎路迷花眼睛。說到底，日子總得他們自己去過，誰也不能代替誰。

裁縫家幾個繡娘連夜趕製，衣裳很快裁好了，送到李家。除了襖裙衫袍以外，剩下的布料尺頭也沒浪費，做成鞋面、襪子、方巾、包頭，還有一盒各式各樣的堆紗花。

李綺節領著寶珠，把衣裳送到各人房裡。

到正院時，周氏正和幾個小丫頭在小間裡熨衣服，銅熨斗燒得滾燙，周氏怕燙壞納繡衣襟，動作小心翼翼的，「挑幾個包頭送去給十八娘，她受不得風。」

李綺節依言挑出幾個顏色老成、花色簡單的包頭，想著丫頭說張氏這幾天能起身了，正好可以順道過去探望，便讓寶珠裝了一簍鮮桃，出了李家門，往張家小院走去。

後院原有小門相接，為了避嫌，小門被封住了，即使李南宣搬到李家，小門也沒重開。出入小院，必須從前門走。

走到前院時，聽得笑鬧聲，丫頭們提著籃子，拿著小銀剪圍在葡萄架下，搶著摘葡萄。

葡萄還沒熟透，不過家裡女眷們都愛吃微帶酸味的葡萄，熟爛了的反而沒人喜歡，這時節正是吃葡萄的好時候。

丫頭拎起一串葡萄，在牆角的大水缸裡舀一瓢清水，淅淅瀝瀝潑在葡萄串上，沖乾淨，送到李綺節跟前。

寶珠揪下幾顆水靈靈的葡萄，「三娘嘗嘗好吃不好吃。」

李綺節吃了兩顆，酸中帶甜，澀味很淡。家裡的葡萄苗是特意從北邊菜戶家買的，結出的葡萄比本地的葡萄厚實飽滿，味道也滑潤甘甜些。

她隨手翻出一條軟帕，包起兩串葡萄，雙手捧著，「正好送些給十八姨。」

小院裡冷冷清清，牆角的樟樹底下支著藥爐，結香蹲在藥爐前扇風，天氣熱，她一直在不停擦汗。屋子裡有窸窸窣窣的說話聲，張氏從不見外人，今天周氏沒來看她，裡頭的人只可能是李南宣。

李綺節怕打擾母子倆說體己話，腳步放慢了些，「結香，十八姨好些了嗎？」

結香放下蒲扇，起身迎上前，「多謝三小姐惦記，前些天換了副藥方子，吃著還好，夜裡睡得安穩些，不像之前那樣，一到半夜就咳嗽。」

屋裡的說話聲微微一滯，李南宣迎面走了出來，「三娘來了。」

因是家中，他頭上只籠著粽絲網巾，著素面盤領窄袖單袍，緩步走到李綺節跟前，眼眸低垂，視線落在她手裡捧著的葡萄上。

「三哥。」李綺節笑道：「這是家裡種的葡萄，我嘗過了，甜絲絲的，不酸。」

微風拂過，吹動樟樹枝葉，颯颯作響，恍若落雨繽紛。

李南宣沒說話，接過葡萄，臉上露出細微的笑容。

結香跑進屋裡篩茶，張氏過的是居士生活，家裡沒有好茶葉，她便盛了幾盞解暑的鹵梅水，端著托盤走到廳堂，卻見張氏倚在門沿邊，雙眼盯著門外，臉色恍惚，已是癡了。

她順著張氏的視線看去，李南宣和李綺節對面站著。少爺英姿蘊藉，俊朗如雲端皎月，三小姐語笑嫣然，顧盼間光彩照人，本是天造地設的一對，偏偏夫人心中執念太盛，生生推卻了一門好姻緣。

她嘆了口氣，那個清高涼薄的李家根本不把少爺當人看，在家短短幾個月，除了鄙視辱罵，少爺什麼都沒撈著。離他們家遠遠的，少爺才能過得開心快活。為什麼夫人非逼著少爺去謀求功名討好那個李家，認祖歸宗有那麼重要嗎？

想起官人臨死前的悲憤沉鬱，她把差點說出口的責怪之語盡數吞了回去。官人留給少爺的，只有「死不瞑目」四個字，夫人在庵堂裡苦熬十幾年，剛剛守得雲開見月明，盼得一家團聚，又親眼看著官人含恨而死。為官人完成夙願，是她這一輩子僅剩的指望。三小姐已經和孫少爺訂親，聽寶珠說孫少爺對三小姐很上心，事已至此，她再替少爺惋惜有什麼用？

還不如好好服侍少爺和夫人，待少爺金榜題名之時，把那些曾經欺負少爺的宗族們狠狠斥罵一頓，讓他們見識一下什麼是伶牙利嘴。

等李綺節進門時，張氏已經坐回榻上，淡笑道：「嫂子在忙什麼呢？」

「伯娘在整理秋日要穿的衣裳，怕收在箱子裡霉壞了。」

李綺節讓寶珠取出包好的抹額、包頭，「等下月初，天氣該轉涼了，十八姨不如到我們家轉轉，左右只幾步路，方便得很，大夫也說您得多走動走動。」

「難為嫂子想著我，等我好了一定去。」

說了會兒閒話，李綺節告辭離去。

結香服侍張氏吃完藥，挑了一顆鮮桃，「桃養人，夫人要不要用一個？」

張氏漱過口，把苦澀的茶水吐進痰盒裡，嘴裡仍是苦澀，「一個我吃不完，切一半就行，妳拿幾個自己吃。三郎呢？給他送幾個過去。」

「少爺回那邊的書房去了。」結香切開一半桃子，拿匙子刮下桃肉，盛在粗瓷果碟裡。張氏牙口不好，平時吃水果，果肉都是刮成末吃的，「少爺如今是李家正經少爺，三小姐送來的桃子哪能少了他？我昨天才替少爺收拾房子，鮮果點心多著呢，不用特意送過去。」

是啊，三郎現在是周嫂子家的三少爺，衣裳鞋襪、書本文具、吃的喝的，都有周嫂子想著。她這個體弱多病的生母，與兒子相處的時日還不如丫頭結香。從前她沒有盡過撫養的責任，以後也幫不上忙。李家送來一簍鮮桃，她又巴巴地往三郎房裡送，完全是多此一舉。

張氏在輕輕嘆息一聲，接過結香遞來的匙子，看到李南宣和李綺節站在一處時，心頭陡然浮起的那絲悔意漸漸化作一陣悵惘，慢慢淡去。

把三郎送到李家，一來能夠回報周嫂子的恩德，二來給兒子一個乾淨出身，三來兒子能夠恢復本姓，四來他有了立身的根本，以後才能用心讀書，早日實現先夫的遺願。

如此一舉多得的好事，能夠讓他們母子二人遇見已經是莫大造化了，哪能再奢求其他？三娘自有她的姻緣歸宿，三郎不能被任何事絆住腳步，他只能一心一意投身學業，努力完成他亡父的遺志。

進入瓜月後，淅淅瀝瀝落了幾場雨，天氣涼快了些許，蚊蟲仍舊多如繁星，每到傍晚，院子裡便籠上一層黑霧，蚊子的嗡鳴聲差點蓋過遠處的蛙鳴蟲噪。

周氏的娘家侄子周大郎到李家探親，周娘子讓他挑了一擔野金瓜來，給李綺節姊妹幾人吃。野金瓜長在山野裡，滋味不如西瓜甜，瓜皮又厚，勝在瓜肉清香，脾胃寒涼的人也能夠多吃幾瓣。

寶珠走到廊沿底下，咋舌道：「滿滿兩籮筐金瓜，老沉著，難為表少爺一路挑了來。」

李綺節領著李昭節、李九冬姊妹倆納涼，廊下鋪設簟蓆，幾人或坐或臥，昏昏欲睡，丫頭在一旁打扇。

「大表哥來做什麼？」李綺節推開倚著的竹枕，讓丫頭給她換一個新的來。竹枕靠了半天，熱乎乎黏答答的，得時時用井水擦洗晾乾，兩個輪換著用。至於冰盆什麼的，他們家還真用不起——用得起也捨不得。

周老爹和周娘子怕給周氏添麻煩，很少主動登門，尤其是這樣的炎夏天，頂著大日頭走山路，半個時辰就能把人曬脫皮。

寶珠看一眼寶鵲，壓低聲音道：「怕是為報喜來的。」

周大郎上門，寶鵲不想和他打照面，早早就避到後院來，正為李昭節打扇。聽到寶珠的話，她臉色有點不好看，輕輕別開頭去，雙手微微發顫。

寶鵲拒絕周氏後，周氏讓周娘子自己相看，從隔壁村給周大郎挑了一個媳婦，模樣不如寶鵲漂亮，性子也不討巧，不過幹活很利索。彩禮是李大伯和周氏幫著置辦的，小夫妻倆成親大半年了，前幾天傳出喜信，周大郎特意來李家報喜。

李綺節心中一動，站起身，讓寶珠取來菱花銅鏡和髮梳，挽起髮髻，換了件對襟單衫，找到周氏跟前，周大郎已經被婆子領著洗漱去了。

「表嫂有了身孕，伯娘不如把大表哥和表嫂接到家裡來住。」

周氏正因侄媳婦有孕而滿臉喜色，聞言有些意動，不過想起家中房屋不多，眉頭輕輕一皺，猶豫道：「家裡住不下。」

「讓大表哥住我哥哥的屋子不就得了。」

「那哪行？妳表哥住不要緊，還有妳表嫂啊！」

不能讓兄弟妯娌住未成親表兄弟的屋子。

周氏想了想，「來回路上免不了折騰，還是過幾天我回娘家一趟。」

「我看，家裡的屋子不僅不夠住，還得重新修葺一下。伯娘，咱們把隔壁院子買下來吧。」李綺節眨眨眼睛，「如今家裡添了一個三哥，他愛清靜，用功的時候更是經不得吵嚷，讓他單獨一個院子都使得。偏偏家裡住不開，客人來了，還得現挪屋子。以後再添丁進口，總不能讓兄弟妯娌擠一個院子吧？別的不說，擾了三哥讀書怎麼辦？」

李家隔壁是朱家，另一邊是戶黃姓人家。黃家兒子南下販賣茶葉、絲布，長年跑船，後來發了大財，把一家老小都接到武昌府，只留下一個老親看守空屋子。今年那老親去世了，黃家人沒打算回鄉，想把宅院賣了，託了中人幫忙找買主。因為是年久失修的老房子，晴天漏風，雨天漏雨，風一吹瓦片掉一地，是貨真價實的危房，又因在鄉下，暫時乏人問津。

李綺節早就想給家中蓋幾間新房，李大伯和李乙堅決不答應，兄弟二人篤信陰陽學說，認為老宅不能輕易改造，以免破了風水。

老房子不能改，新買的院子總能重新修吧？

只要說動周氏，李大伯那邊基本算是解決，再和李乙撒撒嬌，新房就有啦！

周氏一時拿不定主意，「等官人回來，我問問他的意思。」

以前家中只有小娘子，夫婦二人又節儉，從未起過蓋新房的念頭，如今多了個兒子，確實得考慮買房子，不然等大郎成婚，新媳婦搬進來，豈不是要和小叔子住對門？

李綺節見周氏把話聽進去了，也不忙著趁熱打鐵，把寶珠叫到跟前，讓她親自領著人去灑掃房屋，準備給周大郎使喚的鋪蓋傢伙。

夜裡李大伯回家，得知喜信也很高興，讓灶房整治了一桌酒菜，拉著周大郎吃酒，鬧到戌時才安歇，李南宣也陪著坐了一會兒。

李家派人去接大郎媳婦，李綺節原以為周娘子也會跟來，特意把自己院子的幾間空房收拾出來，預備給兩人住。

誰想周娘子怕給女兒添麻煩，堅持只讓孫媳婦獨自一人過來。小鍾氏夫唱婦隨，挑了一擔山果子到李家，把李家派去接人的僕從嚇了一跳，生怕她有個好歹傷到身子，爭著去接扁擔，小鍾氏直搖手，「我們村裡人整天山裡鑽地裡爬的，什麼活兒幹不得？又不是主子娘娘！才一擔山果，輕飄飄的，不妨事！」

人到了李家，小鍾氏放下扁擔，看到灶房角落裡堆著的柴薪，二話不說，要幫著劈柴，劉婆子趕忙給攔了，領著她去正院見周氏，路上看到一筐筐晾曬的乾菜，小鍾氏直搖頭，「要換笸籮攤開來曬才行，用筐曬，底下的曬不透，夜裡經了露水，菜要爛的。」說著，兩手一抄，把最上頭的乾菜翻到底下，把筐底的乾菜搭在筐沿外邊。

丫頭們又是惶恐又是好笑，不敢露出心思，好不容易把人送到周氏房裡，這才敢笑出聲來，互相擠擠眼睛，「太太的侄媳婦是個儉省的！」

寶鵲避嫌，周氏身旁沒人伺候，李綺節暫時讓寶珠頂了寶鵲的差事，留她在正院聽差，寶鵲則換到她院裡做活兒。

丫頭們知道周氏曾想把寶鵲許配給周大郎，聽說小鍾氏鬧出不少笑話，有幾個嘴碎的便特意找到她面前，一樁一樁學給她聽。

幾個小丫頭是李家剛買進來的新人，爺們兒跟前用不著她們，小娘子年紀還小，李綺節房裡的幾個丫頭已經定下人選，插不進手，唯有周氏房裡還有幾個位置。這幾個丫頭心思活絡，想藉著和寶鵲一起取笑小鍾氏，在她跟前賣個好，為以後鋪路。

寶鵲聽小丫頭們把小鍾氏說得一無是處，當場拉下臉，冷笑幾聲，拂袖而去。

小丫頭們面面相覷，「這是怎麼著？」

第二天，李綺節散著頭髮，在棗樹下刷牙，喚寶鵲給她取牙粉來，寶鵲站著不動，她皺眉又叫了一聲，寶鵲才像如夢初醒，慌忙去拿牙粉、牙杯。

梳頭時，寶鵲也魂不守舍，幾次把篦子掉在地上，還不小心把裝髮油的小瓷缸打翻了。

李綺節放下銅鏡，回頭看了寶鵲一眼，寶鵲雙眼發紅，噗通一聲跪在地上。

李家規矩不多，僕從很少需要下跪磕頭。寶鵲雖然看不上周大郎，但服侍周氏從沒出過什麼岔子，在家裡算是很有臉面的大丫頭，別說是跟主子下跪，周氏連一句重話都沒對她說過。她忽然這麼一跪，李綺節不由得嘆口氣，「妳放心，那些小丫頭剛到咱們家，不曉得咱們家以前是什麼光景，才敢這麼輕視表嫂。與妳不相干，伯娘平日最疼妳，不會遷怒妳。」

兩年前，周氏還自己動手種菜、養雞鴨，李家那時候只有七八個僕人，其餘的都是雇的短工和長工，主僕都是過慣苦日子的，李家有窮苦親戚上門，下人只有感嘆憐惜的，誰敢取笑？如今周氏年紀大了，不再親自做活兒，吃穿漸漸講究起來，加上為李綺節預備嫁妝，手頭的帳目出出入入，自然而然透出真實家底。家裡新添置的一批丫頭、婆子見家裡富貴，周氏待下人寬和，眼界也高了，再看到周大郎和小鍾氏這樣的窮親戚上門，竟明裡暗裡笑話，還故意套小鍾氏的話，給小鍾氏難堪。

小鍾氏平日只和村裡的婦人們打交道，哪裡懂得小丫頭們的那些手段，被丫頭們耍弄，還不自知，以為她們待她很熱情呢！

也是小丫頭們太不知天高地厚，小鍾氏是周氏的侄媳婦，她們為難小鍾氏，不就是打周氏的臉嗎？周氏這會兒隱忍不發，不是心慈手軟，肯定是暗地裡讓劉婆子盯著，想一次把那些心眼多的全引出來，再來個釜底抽薪。

寶鵲深知周氏的為人，一直避讓著不和小鍾氏碰面，丫頭們取笑小鍾氏，她抬腳就走，可因為她曾經拒絕過周大郎，丫頭們只要提起小鍾氏，三句話就會提到她，不管她怎麼撇清自己都沒用。丫頭們精乖著呢，怕以後周氏會責怪，故意以寶鵲的名義去欺負小鍾氏，寶鵲簡直是有苦說不出。

李綺節語氣柔和，完全是拿她當自己人看待，寶鵲想起從前的種種，心中一酸，本來不想哭的，淚水卻不知不覺爬滿兩腮，「三娘，我曉得，寶珠她們瞧不起我……」

話說到一半，忽然嗚咽起來。

李綺節小的時候，寶珠和寶鵲都帶過她，寶鵲的心事，她大概能明白。寶鵲是因為家貧才被父母賣掉，她窮怕了，所以一心想攀高枝，只要能過好日子，她寧願給人當奴才。

周氏一直對寶鵲有愧疚，不忍把她送到別人家去當小妾，想多留她幾年，等她慢慢轉過彎來，再給她說門親事。前些時日張大少奶奶來李家串門，言談間提起想給張大官人買個小丫頭，只是一時沒找到好的人選。張老太爺不喜歡外地人，張家的丫頭都是在瑤江縣附近鄉村買的。寶鵲當時聽了一耳朵，很願意去張家伺候張大官人，周氏沒答應。張大官人的名聲不大好聽，別看張大少奶奶整天嬌滴滴的，走路都要人攙著，整治丫頭的手段厲害著呢！

「妳可想清楚了？」李綺節摘下鬢邊兩枝金玉梅花，換上一根石榴紋銀簪。她今天穿的衣裳是松花色，和金玉梅花的顏色有些相沖，「一旦伯娘把妳送到張家，以後妳是好是歹，只能自己受著，我們家是絕不會多嘴的。」

寶鵲拿袖子抹眼淚，沒說話，只磕了一個頭。

李綺節回眸，看著寶鵲漆黑的髮頂。

罷了，人各有志，強求不得！

周大郎和小鍾氏還住在李家，這時候送寶鵲出門，不說下人們會怎麼想，周氏頭一個不答應。寶鵲自己卻巴不得早一日開臉，早早就收拾了包袱，只等張家來抬人。

張大少奶奶早就相中寶鵲，特意打發人先給寶鵲送來幾件衣裳和首飾，不是什麼貴重東西，主要是為了顯示她賢良大度。

周氏攔不住寶鵲，傷心了一場。李綺節溫言解勸，費了不少口舌，最後把李昭節和李九冬叫到房裡，姊妹三人一起裝乖賣巧，才讓周氏破涕而笑。

半個月後，周大郎和小鍾氏告辭回家，又過了三天，張家一抬小轎把寶鵲接走了。

家裡的丫頭們有不齒的，有羨慕的，有嫉妒的，有單純看熱鬧的，議論紛紛好幾天。

這一日清早，李綺節吃過飯，讓寶珠把家裡的丫頭、婆子都叫到院子裡，她有話要說。

丫頭們早在廊沿底下鋪設簟蓆小几，一邊的矮桌上放了幾個小瓷缸，缸裡盛著葡萄、西瓜、香瓜和梨子，俱是從井裡的吊籃中剛取出來的，帶著絲絲涼氣。

竹簾子捲起半邊，廊前幽涼昏暗，李綺節坐在簟蓆上，斜倚著一個空心的竹枕，寶珠手執大蒲扇，坐在角落裡給她打扇。

丫頭、婆子們頂著大日頭站了半天，又熱又渴，看著小几上水靈靈的鮮果，直嚥口水。

李綺節始終不發話，有等得不耐煩的，忍不住竊竊私語。

「三小姐把咱們叫過來做什麼？」

「誰曉得？怪熱的，讓我們乾站這麼久，真作孽！」

「太太呢？」

寶珠聽著眾人的議論，輕哼一聲，繼續搖動蒲扇。

這些人不過是打量著三娘年紀小，李家又是窮苦人出身，沒有正經奴役過僕從，所以故意說這些話想嚇住三娘。真是人心不足蛇吞象，以為太太寬和，她們就真的能無法無天了？三娘才不會被幾個下人唬住！

李綺節抬眼環顧一圈，她是未出閣的小娘子，自管家以來，凡事都先問過周氏的意見，才讓寶珠出去傳話，很少在眾人面前發怒。丫頭們見慣了她平時笑嘻嘻的模樣，乍看到她面無表情，眉宇間隱含薄怒，知道她心情不好，不由一凜，連忙埋下頭去，再不敢吱聲。

滿院的說話聲漸漸平息下來。

李綺節處置丫頭的手段很簡單，把幾個鬧騰得最厲害的賣了，餘下的敲打一遍，表現最好的撥到周氏房裡伺候。寶鵲走了，周氏跟前大丫頭的位置空缺，剩下的丫頭為了當太太身邊第一得用的大丫頭，還不得擠破頭去討好周氏？

接下來幾個月，家裡應該能清靜不少，其餘婆子、丫頭看到那幾個最喜歡到處挑撥是非的丫頭的下場，誰敢再多嘴嚼舌？

處置了幾個上竄下跳的，剩下的少說能老實到年底。如果以後她們好了瘡疤忘了疼，又惹事生非，再賣幾個就是。

他們家從不搓磨下人，李大伯和周氏不是刻薄人，李綺節更不願輕易踐踏別人的尊嚴，尤其是今年家中添了不少新僕人，她還特意接管了家務，暗中改了些老規矩。她待李家的下人就和對鋪子裡的夥計一樣，只要丫頭們能老老實實當差，別的她從不多管。

瑤江縣一般的人家雇傭奴僕，如果是雇工，月錢是提前說好的，每月發放或者一個季度一結，而買的下人完全是私人勞力，各家只需要管下人一年四季的衣裳和每天的伙食，逢年過節才賞些米糧肉布，從沒有發放月銀一說。

李家的下人不管是雇工還是簽了賣身契的奴僕，一律有月錢。規矩寬鬆，幹的活也很輕省，不用她們一天到晚站在房裡聽差，打罵更是從來沒有。

這樣厚待，有像劉婆子、曹氏一樣感慨自己運氣好，碰到好主家的，也縱出了一批眼高手低、挑肥揀瘦的。

李綺節私下裡思量一番，決定不再猶豫，直接從根子上下手。人心難測，主子稍微弱勢一點，就會被下人騎到頭上逞威風。她懶得一步步去收服下人，恩威並施是大家族管家媳婦的必備法則，他們家暫時用不著，簡單粗暴的手段見效更快。

名單是分別從曹氏和劉婆子那裡打聽來的，兩邊一比較，確定不會冤枉人。

世家大族馴服下人時，必須考慮周全，步步為營，李綺節沒這個顧慮。他們李家才幾口人？下人才多少個？別說收拾幾個丫頭，就是把一院子的下人全賣了，也不至於傷筋動骨，俐俐落落懲治就成。

世家大族的下人奴僕是世世代代的家生子，幾輩子互通婚姻，關係錯綜複雜，牽一髮而動全身，而且這些下人往往比主子的消息更靈通，主子不知道的，他們門兒清。下人們彼此串聯，連主子都得忍氣吞聲。處置一個小廝，很可能因為小廝是某某大奶奶身邊婆子的外孫而得罪那位大奶奶，或者剛要挪動幾個丫頭，後腳人家的姨媽舅媽已經求到老祖宗跟前去。

大宅門的管家媳婦難做，不僅得時時刻刻提防著各房的明槍暗箭，還得和下人們鬥智鬥勇，一不小心就可能鑽進下人婆子的套子裡，裡裡外外討不到好，還落得滿身埋怨。

李家不同，一來，家裡人口簡單，關係和睦，管家的人不必礙手礙腳。二來，他們家的下人都是從人牙子家買的，除了寶珠、進寶這樣的姊弟倆，剩下的很少沾親帶故，縱使一時聯合起來，也翻不了天去。三來，下人的身家性命都握在主子手裡，主子一旦動了真火，他們除了苦苦哀求以外，又能如何？

人牙子早就得了李綺節的吩咐，一大早到了李家，坐在院子外和劉婆子、曹氏說閒話，等她乾脆俐落地打發掉幾個丫頭後，立刻站起身，拍拍衣裙，帶著一批新丫頭走進院子，任由她挑選。

下人們見狀，知道李綺節不是一時意氣，而是早就謀劃好了，只等著丫頭們自己作死，要不怎麼連人牙子都找好了？

那些逃過一劫的，越想越覺得慶幸。有幾個嘴頭不好，被遣去幹粗活的丫頭，一開始還不甘心，等到人牙子進來，當場嚇得面如死灰，雙股發顫，要不是身邊有人攙扶，早就軟倒在地了：她們見識過人牙子的手段，賣掉的人再被送回去，除了那些腌臢地兒，還能有什麼好的去處？

三小姐瞧著脾性溫和，說話時總是眉眼帶笑，身邊的丫頭可以直呼她的小名，原以為是個好欺負的，沒想到她真動起手來，竟然如此狠辣！

自此，李家新買來的這批丫頭徹底變規矩了，她們不得不認清自己的身分和處境，奴僕終歸是奴僕。李家確實是普通的富戶，主婦周氏也確實沒見過什麼世面，是窮苦人出身，可主子就是主子，容不得她們一直放肆下去。她們只是與人為奴的可憐人，生死都捏在別人手上，還是規規矩矩當差吧，只盼能早日攢夠贖身的銀錢，才能在人前挺起脊樑。

李綺節處置完丫頭，家裡的氣氛為之一肅。幾天後，周氏很快從丫頭中挑出一個穩重的來代替寶鵲。寶珠說那丫頭名叫寶釵，今年十三歲。

李綺節聽到寶釵兩個字，頓時一個激靈，想笑又不敢笑。她正喝茶呢，急急嚥下一口香花熟水，因為驚訝，差點嗆著自己，「怎麼叫了這麼個名兒？」

寶珠一臉莫名，「這名兒不好嗎？」

李綺節輕咳一聲，有些心虛，「挺好的。」

寶釵生了一張細瘦的瓜子臉，細眉眼，迎著日光看人的時候，眼皮耷拉，像睜不開眼睛似的。她不多話，誠然又是一個悶葫蘆。

七月流火，轉眼到了天氣轉涼的時候，寶釵提醒周氏，家中該預備巧果和巧芽了。

李大伯嫌棄家裡早前備下的那張拔步床樣式不夠喜慶，特意託人到南邊尋摸合適的描金拔步床給李綺節當陪嫁。貨船走一趟蘇州府，南下的時候滿滿一船新絲、茶葉，回來的時候換成一艙當地的布匹、家具。帳目在李大伯手上，家裡另造了一份冊子，這些事李綺節不便多問，只能由周氏親自照管。

周氏這幾天忙著打發寶鵲出門、對嫁妝單子、給李昭節姊妹尋女先生，事情湊到一處，把乞巧給忘了。

乞巧拜禮需要家中翁姑出面主持，李綺節雖然管著家務，但畢竟是未嫁的小娘子，祭禮的一應事宜還是得由周氏張羅。

周氏算算日子，這時候泡七穀發豆芽已經晚了，當下急得直跺腳，「快讓灶房預備發巧芽的生花盆兒，多發幾盆放著。」

寶釵道：「生花盆兒幾天前已經備下了，豆芽已經發了一指高，丫頭天天看著，一天換三遍淨水。巧果還沒炸，灶房的劉嬸問太太幾時開油鍋。」

「把曆書拿來。」

寶釵取來曆書，周氏翻了翻，「後天開炸吧。」

乞巧那天正好是李綺節的生辰，這是她在李家度過的最後一個生辰，李乙和李子恆屆時肯定都要歸家，炸巧果得提前備好，不然到時候絕對忙不過來。

「讓劉婆子的男人去縣裡一趟，置辦些瓜果菜蔬回來，還有貨棧裡賣的松糖、瓜條兒，一樣秤個兩斤。」

周氏嘆了口氣，李大伯早就說過今年要開宴為李綺節慶生，她竟給忘得一乾二淨。乞巧有四樣講究，巧芽、巧果、巧飯、巧瓜，巧芽和巧果做起來最麻煩，尤其是巧芽，得提前十天就開始泡豆穀，準備好這兩樣，剩下的巧飯和巧瓜只需要乞巧當天準備就成。現在只能把乞巧交給婆子去操心，她得把精力放在為李綺節籌辦生日上。

寶珠這天去灶房提熱水，看到劉婆子在擦洗模子，奇道：「劉嬸，家裡要炸油鍋啦？」模子是用木頭打的，用來製作各種麵點，長年鎖在櫃子裡，只有重陽或者過年時蒸花糕才會拿出來用。

「明天炸巧果。」劉婆子答應一聲，把擦乾淨的模子攤在窗下晾曬，一套攏共有八樣，菱形、圓月形、拐棍形、尖角形、荷花形、梅花形、菊花形，還有最樸素的長條形，「對了，三娘喜歡什麼形狀的果子？我明天多做幾個。」

「多做幾個菊花的，每一朵瓣上點一枚紅糖，撒上桂花蜜，好吃又好看。」

寶珠回到房裡，和李綺節說起炸巧果的事，「我去看看巧芽發得怎麼樣了，去年咱們的巧芽發得不好，今年一定要超過去年的。」

不就是發豆芽嗎？最後能吃就行，管它發成什麼樣。

李綺節無可無不可，手裡拈著一根細如鬚髮的毛針，漫不經心在一張繡帕上戳來戳去。前一陣子李乙回家，看她竟然一點針線活兒都不做，全部推給丫頭們忙活，很不高興，當著周氏的面發話，勒令她拾起針線功夫。嫁衣可以交給繡娘們縫製，繡帕必須由她親自做。

李乙平時很少動怒，偶爾變臉也是故意裝深沉居多，真生起氣來，李綺節也不敢正面和他相扛。她當然可以選擇把李乙的話當成耳旁風，左耳進右耳出，可一想到自己要出閣了，而李乙鬢邊霜色越濃，漸漸露出老態，那點陽奉陰違的小心思，轉瞬消失得乾乾淨淨。

然而，決心好下，真做起來才曉得其中艱難。最近閒暇時，她基本上都圍著針線活兒打轉，看丫頭們平時飛針走線，一刻鐘就能繡出一叢鮮活的蘭草，她哼哧哼哧半天，只能繡半片歪歪扭扭的葉子。

連寶珠都不好意思違心誇她手巧。

「尺有所短，寸有所長。」李綺節長嘆一口氣，放下小笸籮，揉揉酸疼的指尖。才一轉眼的功夫，手上已經被毛針戳出好幾個血點了，「還是拿算盤來吧，我算會兒帳目。這幾樣活計妳替我做了，別讓人瞧見。」

寶珠抿嘴一笑，接過笸籮，把繞成一團的絲線解開，一樣樣理順，「就說您是白費事嘛，不會針線活兒怎麼了？咱們家又不要自己裁衣裳。」

看李綺節眉頭微蹙，她想了想，手裡的絲線在食指大小的小竹筒上繞了一圈又一圈，很快團出一個小線圈，「三娘不必憂愁，孫少爺那邊想來也不缺做活計的丫頭，以後外面衣裳交給別人，孫少爺的貼身物件我替妳做，絕不讓其他人沾手。」

李綺節輕笑一聲，「哪裡就至於如此？」

她不是在為針線活兒發愁，幾件衣裳罷了，誰做都一樣，難不成她不會做針線，孫天佑就嫌棄她了？

寶珠手熟，很快咬線頭收針，酉時末天還沒黑透時，她已經著手繡第三張絲帕了。丫頭燃起油燈，李綺節催寶珠放下針線，「又不急著用它，別把眼睛熬壞了。」

寶珠嗔了一句：「三娘！」

別人家待嫁的小娘子，巴不得整天不出門，繡嫁衣的繡嫁衣，做鞋子的做鞋子，大紅的袖衫、花團錦簇的霞帔、鑲金飾翠的鳳冠、衣領裙角的花枝藤蔓……一點都不假他人之手。

不是家家戶戶都窮到必須新娘子自己動手裁衣，而是小娘子們藉著一針一線，打發掉出閣前煎熬的日日夜夜，一點一點消減對家人的不捨離情，把心中那份難以言說的忐忑和恐懼，化作一腔期盼，全部繡進禮衣中。絲絲縷縷的經緯間，揉雜小娘子們對未來的美好冀望。

李綺節倒好，清算嫁妝的時候精神百倍，縫製嫁衣就直打瞌睡。不僅不自己動手做，連樣式衣料都不關心，後來乾脆把嫁衣禮冠一股腦兒拋給繡娘們忙活，問都懶得問一聲。

哪有這樣沒心沒肺的新嫁娘？不知道的，還以為李綺節對婚事不滿，無心出嫁呢！

寶珠只能慶幸，好在孫少爺現今打著孫家公子的名頭在外邊走動，家裡沒有長輩，不然事情傳到孫家，三娘還沒進門，就得烙下一個「懶惰」的壞名聲。

想那孟七娘溫柔賢慧，乖巧順從，嫁到楊家還沒一年，已經傳出婆媳不和的齟齬來，虧得孟七娘大度，每次回娘家都只說高大姐的好處，從不抱怨。如果當初嫁給楊五郎的人是三娘，以她的脾氣，早和高大姐鬧起來了。

寶珠把毛針扎在一團棉花上，手指拂過繡帕上的紋路，難得的素色熟羅，觸感像綿軟的雲絮，熟羅是孫少爺送來的。按洪武年間的規矩，平民百姓不能穿熟羅的衣裳，但現在民間老百姓生活富裕，吃穿上開始講究起來，絲羅錦綢從不避忌，熟羅自然也不再是忌諱。

楊五郎早已經是陳年往事，三娘以後要嫁的人是孫少爺。孫少爺實在，隔三差五就派人往李家送禮。不是什麼名貴東西，不過是些吃的喝的玩的，鎮上就能買到，難得的是，他肯為三娘費心。

寶珠冷眼旁觀了一陣，可以篤定孫少爺確確實實是對三娘有情，才會對婚事這般上心。大大小小的事都親自過問，一次次讓人傳話過來，詢問三娘的意見，以後儼然會把三娘捧在手心裡嬌寵珍愛。

不知不覺間，寶珠早已經把孫天佑出身上的那一點瑕疵拋諸腦後，現在她只盼孫少爺和三娘成親以後，能夠和和美美、安安穩穩過一輩子。

可李綺節言談間很少表露對親事的嚮往或是懼怕，訂親前她從不著急，訂親後她也沒陡然放鬆，始終平靜從容，完全不像個待嫁的新娘子，態度甚至可以說是有些漫不經心，讓寶珠不由得暗暗提心吊膽：三娘到底在想什麼呢？

如果李綺節知道寶珠一直在懷疑她可能對婚事不滿，肯定會哭笑不得：若嫁的是別人，她可能真會憂心忡忡，但既然已經明白孫天佑的心意，自己也下定決心要和對方共度一生，為什麼還要浪費時間和心力去患得患失？成親以後要糾結的事情還多著呢，婚禮不過是磨合的開始罷了。

而且，這個時代的婚禮，新娘子從頭到尾不用在賓客面前露臉，婚服衣冠和整個流程必須符合禮制，不能自由發揮，只需要按著規矩來就行。她見識過幾場婚宴，除了單純看熱鬧的賓客女眷，對新人來說，整個過程只能用枯燥乏味四個字來形容，唯有宴席散後，夫妻倆才能單獨相對，所以她才樂得輕鬆：婚事什麼的，自有長輩們操勞，加上還有一個像打了雞血似的孫天佑在前頭忙裡忙外，根本沒有她的用武之地，她只需要管好自己的私人財務，把嫁妝一樣一樣理清了就行。

抓緊時間享受最後的單身時光，才是她的要緊事啊！

可惜孫天佑很沒有眼力，無時不刻不想彰顯他的存在感，以提醒李綺節她很快就要嫁給對方。整天差人往李家送東西就算了，這天他竟然連藉口都懶得找，厚著臉皮登門蹭飯。

離年底越近，李大伯越覺得孫天佑面目可憎，極是礙眼，大刀闊斧坐在堂屋正中，沉著臉問他為什麼到李家村來。

孫天佑語氣真誠，態度恭敬，但所有人都看得出來他在睜著眼睛說瞎話，「今天侄兒去鎮上收貨，原本打算趕在落城門前返回縣裡，誰知走在路上時，船底突然漏水了，因怕打濕船艙裡的貨物，只能先靠岸休整，現在夥計們還在渡口卸貨呢！」

似乎怕李大伯不信，他特意側過身，露出半截濕答答的衣襬。

說的是倒楣事兒，語氣裡的歡快卻怎麼都掩不住。

李大伯冷哼一聲，周氏則嚇了一跳：三娘生辰在即，九郎肯定是故意找藉口來李家盤桓的，但他又不像是在說假話……難道說，他為了留宿李家，故意把一艘船給鑿破了？

那可是一艘大船啊，不是光禿禿幾片舢板小漁舟！

真真是青春正好的少年郎，行事沒有顧忌，只曉得憑心意放肆！

周氏先是覺得不可思議，然後是一陣好笑，接著不免嘆息。嘆息之餘，又隱隱有些說不清道不明的悵惘。對於女兒家來說，婚姻就像一場豪賭，賭注是小娘子們的一生，不論賭局輸贏，她們除了默默承受之外，沒有其他選擇，所以女人們必須賢良淑德，恪守三從四德，才能保證自己地位穩固。兩情相悅的婚姻，可遇而不可求。

孫天佑或許有失分寸，但少年人情正濃時，做出什麼驚人的舉動來都不足為奇。有情，總比無情好。

年底就是婚期，按照規矩，新人最好迴避些時日，可正逢七夕，馬上就是李綺節的正生日，總不能真把孫天佑往外邊趕吧？

孫天佑知道周氏在猶豫，淡淡一笑，坐著喝茶。

看他這副架勢，多半趕也趕不走。

周氏和李大伯小聲商量了一會兒，李大伯翻了個白眼，不滿地輕嗤一聲，說道：「罷了，讓人收拾屋子去。」

李乙父子倆趕在七夕前一天歸家，看到孫天佑也在，父子倆同時皺起眉頭，隨即想到李綺節的生日正好是七夕，孫天佑應該是特意來送生辰禮的，李大伯又在一旁勸了幾句，李乙才沒說什麼。

孫天佑、李子恆和李南宣住一間院子，孫天佑帶來的夥計暫時沒地方安置，白天在李家大灶吃飯，夜裡帶著鋪蓋去李家長工家借宿。

周氏入秋後要接周大郎和小鍾氏來家住，李大伯想把自己的書房騰出來給李南宣用，下人們的僕人房漏雨，屋頂的瓦片得找個老師傅撿一撿……林林總總加在一塊兒，周氏想起李綺節那天提的話頭，和李大伯商量道：「家裡是不是該起幾間新屋子？日後總不好讓大郎和三郎擠在一塊兒。」

李大伯道：「我正想著呢，隔壁黃家要賣房子，明天我和二弟過去看看。」

第二天，李大伯和李乙吃過早飯，去黃家走了一趟。李子恆作為長孫，當然得跟著，李南宣沒去。孫天佑換了身簇新衣裳，硬是裝作沒看見李乙鐵青的臉色，也跟了去。

去的時候，李乙沉著臉，看孫天佑的眼神像摻了寒刀子，回來時他臉色好看不少，對孫天佑的態度明顯軟和了兩分。至於李大伯，一口一個九郎，那親熱勁兒，只差沒摟著孫天佑親一口了。

李子恆不等李綺節開口詢問，便主動向她報告孫天佑的一舉一動：「九郎把價格壓低了三成，中人也是他找的，他認得縣衙的差役，說是等文書、契約辦好，只收咱們二兩銀。」

他豎起兩根手指，「二兩銀啊！」

買房置地除了買賣雙方的銀錢交易，縣衙還要收取一筆高昂的手續費和稅錢。鄉下地廣人稀，大多是自己買地建房。縣裡人家蓋房不便，但依舊很少買房，大多選擇租賃房屋，或者暗中交易。有可能房子換了四五個主人，在縣衙的記錄裡，房主還是第一個主人。因為去縣裡辦契書，手續費和其他各種繁瑣的費用加起來很可能是一筆驚人的花費。

二兩銀的手續費，大概只夠請縣衙的小吏們吃一頓酒。

難怪連李乙都和顏悅色起來，這可是省了一大筆錢鈔。

李綺節：……

果然，對節儉的李大伯和李乙兄弟倆來說，長相、口才、人品、出身，全是虛的，唯有會持家、能掙錢，才能哄他們高興。這不，孫天佑不過替他們省下一筆嚼用，兄弟倆立刻就對他另眼相看了。

家裡存的銀兩不夠，李大伯取出印章銀票，讓人去縣裡的寶莊兌銀子。李乙不放心，堅持要親自去，李子恆、孫天佑跟著幫忙跑腿。正好那個代黃家處理賣房事宜的親戚也住在縣裡，一天忙活下來，李家很快把契書拿到手。

因為忙著買房的事兒，巧果沒來得及做，只能等到七夕當天開炸。

難得開一次油鍋，怕浪費柴火、菜油，周氏讓劉婆子順便做些其他鹹甜丸子。於是，除了炸巧果，還炸了一斤芝麻丸子、兩斤油麻花。天氣炎熱，家裡人都不愛吃油膩的東西，肉丸、魚丸又不經放，就沒做。藕夾、桂花茭白夾倒是做了些，另外還炸了一盤油炸豬油皮、一盤油炸荷花瓣。這兩樣東西口感香脆，咬起來嘎吱響，小孩子們最喜歡，是專給李昭節和李九冬做的。

李綺節想起張氏和李南宣仍在茹素，讓進寶坐船去鎮上買回幾大塊豆腐和油皮，丫頭準備好野菜、冬菇、黑木耳和山藥，拌了一大碗素餡，炸了一鍋菜餡的菇皮卷，炸好的卷子再上蒸籠蒸，最後淋一層香濃的芡汁，皮酥餡糯，幾乎人人都愛吃。

乞巧的巧果炸好了，家裡的丫頭、婆子都能分到幾個。

有周氏發話在先，劉婆子揉麵的時候，很捨得放糖，炸出來的巧果脆甜香酥。丫頭們平時哪裡能放開吃糖，巧果一出鍋，立時哄搶一空。

當然，吃得最香的，當屬大郎李子恆。他還嫌巧果不夠甜，從罐子裡挖出一大勺桂花蜜澆在巧果上，拌勻之後，一口接一口往嘴裡送。

按理說李子恆不是腦力型人才，為什麼會這麼耆甜呢？

李綺節看著大哥面不改色地吞下一匙釀蜂蜜，牙齒有些發酸。

「這些巧果不合妳的口味？」

孫天佑把五彩葵花型攢盒往她跟前輕輕推了一下。

石桌上瓜果、點心齊備，另有一大盅冒著絲絲涼氣的香飲子。人人跟前一個大碗公。李子恆喝的是甘豆湯，孫天佑的是沉香熟水，李南宣的是竹葉熟水。而李昭節和李九冬也愛甜口，但曹氏不敢讓她們飲寒性的涼茶，兩人喝的是薑蜜水。

唯有李綺節面前的瓷碗裡盛的是一碗白開水，溫熱的，碗沿熱氣氤氳。

如孫天佑所說，她確實不愛吃巧果，不過到底是應節食物，總得吃一點才算過了節，所以她特意讓寶珠給她倒一碗熱茶來。配著熱水，她才能把甜膩的點心嚥下肚。

孫天佑把攢盒往前推的時候，悄悄調換了一下角度，送到李綺節跟前的，剛好是比巧果的甜味淡些的雲片糕，旁邊一格是玫瑰酥餅和金華酥餅。

這兩樣是李綺節平時愛吃的，她微微挑眉，面露詫異。

孫天佑嘴角輕揚，含笑注視著她，目光中隱含期待。

李綺節臉上騰地一陣燒熱，畢竟不是私下獨處，樹下、月洞門前、廊沿底下站著好幾個丫頭呢，尤其是兩個哥哥和兩個妹妹就坐在她身旁。

孫天佑的視線仍然凝在她身上，李子恆已經齜牙咧嘴，瞪他好幾眼了。

李綺節垂下眼眸，周氏特意讓她把一家兄弟姊妹叫到一處，就是為了讓孫天佑的到訪顯得更名正言順，同時兄弟姊妹們一處玩樂，可以避免他們兩人尷尬。然而，孫天佑太自來熟了，完全沒有因為李子恆他們在場而稍微收斂拘謹。

怪他太輕狂吧，他又發乎自然，完全不像是刻意的。

躊躇間，站在她背後的寶珠忽然伸出手，拿起長竹筷，夾起一片雲片糕，放在她面前的小碟子上。

筷子磕在碗沿上的聲響驚醒了李綺節，她輕吁一口氣，掩飾性地端起茶碗喝茶。

李昭節和李九冬默默啃著甜果子，目光時不時掃過孫天佑：聽說三姊姊將來要嫁給這位遠房表哥，姊妹倆這兩天幾乎時時刻刻盯著他看。

李子恆不滿地哼了一聲，「三郎，鎮上要舉辦詩會，五郎發帖子給你，你怎麼不去？」

七夕夜裡也有燈會，而且十分熱鬧。

七月是鬼月，尤其是盂蘭盆齋會之後的月中到下旬，每到日落時分，家家戶戶都要關門閉戶，無事絕不開門，連家畜貓狗都拘在屋子裡，不許隨意走動。七月初沒這個講究，但越到月中，夜裡的氣氛越陰森，所以七夕這天是整個七月最後一個可以在天黑後出門遊逛的機會。每年這個時節，鎮上、村裡的人幾乎全家出動，划著小船去鎮上賞燈會。

另外，七夕是除了上巳節之外，另外一個年輕男女可以傾訴衷情的佳節，不過僅限於夫妻之間或是已經訂親的男女。上巳節可以山歌相和，互表情意，七夕則只有夫妻間會互贈節禮，但閨中情意不足為外人道。七夕的主要形式便成了乞巧，是未嫁小娘子們的專屬節日。

逢此佳節，本地的文人、書生們照例在江邊閣樓舉辦文會，名為聯詩對句，其實就是互相吹捧罷了。李南宣還未考取功名，便能接到邀請的帖子，可見縣裡的文人們多半已經認可了他的才學。

這對於李大伯和李乙來說，當然是一樁大喜事，不是周氏攔著，兄弟倆早就差人去縣裡給李南宣置辦參加文會的行頭了。

李南宣倒是沉得住氣，婉言謝絕楊天保的邀請，言說身上有恙，要留在家中溫習功課。

李子恆實在不想看孫天佑含情脈脈地撩撥自己的妹妹，只能把話題岔到別的地方，剛好李大伯這兩天張口閉口就是文會，他便隨口問了一句。

李南宣眼眉低垂，濃睫在眼窩處罩下淡淡的青影，輕聲道：「先生說我不擅對詩，需得多練練，來年再去便是。」

李綺節不動聲色，右腳往前一伸，在李子恆的腳尖上踩了一下。

真是哪壺不開提哪壺，李南宣雖然成了李家子，但李大伯和周氏早就說過，他可以繼續為親父服喪，孝中哪能赴喜宴？尤其是那種烏煙瘴氣、互相攀比的文會，去了也只是浪費時間，還不如留在家裡吃香甜軟糯的乞巧飯。巧芽已經發了兩寸高，劉婆子她們夜裡還要做巧湯，家裡人人都要喝一碗。

李子恆被李綺節踩了一腳，忽然福至心靈，想起李南宣似乎還在堅持喝稀飯，臉上漲得通紅。他摸摸腦袋，夾了幾枚巧果到李南宣的碟子裡：巧果是素油炸的，應該不要緊吧？

孫天佑把兄妹二人的動作看在眼裡，餘光掃過面容俊秀的李南宣，笑容漸漸淡了下來。想到李南宣現在的身分，孫天佑很快把掠過心頭的那點不快收斂起來。

因為是李綺節的生日，灶房煮了一大鍋壽麵。本地沒有壽麵必須一根一碗之說，但必須是煮熟之後晾乾再下水的麵。雪白的麵條、晶瑩的大骨湯，碗底臥幾個嫩嘟嘟的荷包蛋，蔥苗菜碼一樣不加，簡單俐落。

家裡人人都要吃一碗，算是陪壽星李綺節過生日。

生辰和節日撞在一起就是這點不好，不能擺宴，也不好特意撇開節日，單給她慶生。以往幾年，李綺節的生日也過得很簡單，有時候甚至連壽麵都沒有，只是一套新衣裳就打發過去了。倒不是李乙對她不上心，而是本地規矩如此：除了滿月酒，瑤江縣很少有人家為家中兒女舉辦百日宴、周歲宴，因為兒女的生辰代表著母親的辛苦，所以生日這天，家中不僅不會為兒女賀壽，還會諄諄教導兒女，必須孝順母親，以慰慈母養育之恩。有些特別講究的老人，還會在兒女生日這天特意準備一根棍棒，讓壽星吃幾棍「殺威棒」——老人們認為，小兒生日必須挨打挨罵，才能銘記父母恩德，健康長大——當然不是真打，只是在背上輕輕敲幾下。

如果是長輩過壽，便要大辦特辦，孝子賢孫們別管離家多遠，事務多繁忙，都得齊聚一堂，為長輩賀壽。李綺節現在年紀還小，屬於必須吃幾根殺威棒的年齡，沒有勞動長輩為她操持生日宴的道理，今年一家人湊在一起陪她吃壽麵，已經算是慎重了。

其實，對她來說，生日過不過還真不要緊。與舉辦一場熱鬧嘈雜的壽宴比起來，她更享受一家人圍坐在一起說說笑笑的溫馨氛圍。

周氏卻覺得委屈了大侄女，因為畢竟是李綺節在娘家過的最後一個生日。她原本想請親戚們來家裡湊幾桌酒，外面不需要講究，裡頭女眷們總得熱鬧一回，才不至於讓李綺節的生日過得冷冷清清，但李乙回家後，堅決不同意請親戚上門，還想去祠堂請棍棒，讓李綺節生受「棍禮」，以告誡她將來嫁人後務必賢良持家，相夫教子。李大伯和周氏堅決不同意，李乙才罷了。這麼一鬧騰，棍棒雖然沒請出來，但慶生的計畫也泡湯了，最後只有一頓壽麵。

李子恆沒能勸阻阿爺，也覺得對不住李綺節，所以這天始終耐著性子陪在妹妹身邊，吃巧果、打鞦韆、捶彈丸、玩蹴鞠、打雙陸，玩到月上柳梢，依然一副興致勃勃的模樣。

最後，周氏讓寶釵過來傳話，要領姊妹三人去庭前乞巧，李子恆才帶著李南宣和孫天佑兩人離開。

丫頭在庭前擺好香案，陳設瓜果，熏香灑水，發了十多天的巧芽一盆盆擺在院前，預備給李綺節三人挑巧芽。

瓜果有八種，分別是白藕、紅菱、蓮蓬、荸薺，香瓜、葡萄、西瓜，最後一樣是荔枝。往年李家拜月沒有荔枝，除了前面七種，剩下一種通常是雪梨或是紅棗。

荔枝是南邊的品種，採摘以後必須盡快食用，才能嘗到豐腴滋味，過不了三五日，就色香味俱失。千里專送荔枝不是楊貴妃的專屬，早從漢代起，就有往長安專送荔枝的舊例。為了保證送到天子案前的荔枝口感新鮮，從南到北，沿路驛站一站站以最快的跑馬接替運送，等走完全程，不知跑死多少人馬。

千年以後，荔枝仍然地位尊貴，價值高昂。專送通道只為權貴服務，達官貴人們只需要張一張口，就能吃到最鮮美的新鮮荔枝，而民間百姓幾乎沒有機會一嘗珍饈美味。商運的荔枝不少，仍然供不應求，船隻從南方行到武昌府，剛駛進渡口，還沒卸完貨，船上的荔枝已經被當地的富戶搶購一空。一般的平頭老百姓，別說是吃荔枝，連味兒都聞不到。

拜月祭祀不是孝敬財神爺，心意到了就行，準備幾樣常見瓜果盡夠了。周氏素來勤儉，哪捨得費鈔去買荔枝來供奉？這時節荔枝的掛果季早過了，價格比春夏時貴了兩倍不止。

盤裡的荔枝色澤豔麗，據說是南方名品，名叫「雲霞紅」，是孫天佑前天上門時送的，不知他從何處搜羅而來。當時家裡人人都分得一盤，周氏覺得稀罕，特意讓人去張家求來一盆冰，留下一盤荔枝祭月，所以今年李家的瓜果供奉和往年略有不同。

等李綺節姊妹幾人焚香祭拜過後，曹氏取來一個木盒，盒中是準備好的蜘蛛。將蜘蛛放置在瓜盤之中，等蜘蛛在瓜果上結網，就是「得巧」。

焚香之後，小娘子們照例要比一比各自的針線功夫。

李昭節和李九冬年紀不大，志氣不小，為了拔得頭籌，已經在私底下偷偷練習了半個多月。姊妹倆拿針拈線的姿勢一亮出來，就把李綺節驚得脊背一涼：比不過寶珠、寶鵲、寶釵這些丫頭，還能說是情有可緣，現在連兩個妹妹都把她甩到身後，李乙又得念叨不停了。

月色澄澈，不必點燈，也能看清院前一棵棵筆直矗立的玉蘭樹。橢圓形的葉片在流淌的月華中靜靜舒展，淡黃色流螢在層層疊疊的雪白花瓣間閃爍著點點幽光。

小娘子們在院子裡乞巧，丫頭們的歡笑聲此起彼伏，偶爾傳出爆笑聲，隔著院子都能聽出笑聲當中的歡快恣意。七夕是夫妻節，也是少女們可以放下憂愁，大大方方為自己尋求福佑的節日。在家從父，出嫁從夫，夫死從子，對女人們來說，一生光陰，除了最初幾年的爛漫天真，餘下便是一生辛勞，處處拘束。一年大大小小的節日喜宴，各類宴飲集會，大多都是內院婦人們操持料理。對其他人來說，節日的熱鬧只在當天，但婦人們往往得為一個節日默默辛苦半個多月。節日前忙，節日後還要忙。最辛勞的是婦人們，可節日的中心從來都不是她們，唯有乞巧，未嫁少女們和已婚的婦人們才能歡聚一堂，盡情歡笑。

阿滿把燒完的艾草團子扔到了牆角，關上窗戶，回頭打量孫天佑，眼神頗有些恨鐵不成鋼的意味，「那邊都安排好了，少爺，您怎麼一點動靜都沒有？」

孫天佑斜倚在羅漢床前，衣襟半敞，露出胸前一片麥色肌膚，狐狸眼斜斜上挑，神情微帶戲謔，「傻小子！」

這個時候他還沒動身，自然是計畫取消的意思，阿滿竟然毫無知覺。

他一邊說話，一邊不停抹汗，實在熱得不行，隨手從簟席蓆上抓起一把乾粽葉製成的大蒲扇，呼啦呼啦搖起來。剛剛和李子恆結伴回房，被對方拉著在院子裡比劃了幾下，退讓間受了對方幾個不輕不重的拳頭，沒受傷，卻熱出一身汗。

「分明是少爺您膽子小，不敢對三小姐張口，還硬說我傻！」

阿滿很不滿，氣呼呼地一甩手，出門去灶房提熱水。

等洗澡水準備好，他依舊板著臉，「少爺，香湯預備好了，泡湯吧！」

孫天佑丟下蒲扇，幾下扯掉袍衫，身子浸入溫水中，舒服地吁口氣，但很快他就笑不出來了，他指著漂浮在水面的碎花，「哪裡來的？」

金黃兩色的蜻蜓花、雪白的山野黃梔、紅色的胭脂花，全都是香味濃郁的香花，在熱水中沉沉浮浮，弄得一屋子香噴噴的花香。浸潤其中，孫天佑覺得自己此刻就像一塊大甜糕。

香味被熱水一蒸，越發甜膩，直往他的鼻孔裡鑽。

被香味刺激，他打了個噴嚏，捏緊拳頭，翻身踏出木桶，「好小子，又想扣月錢了？」用香花泡澡是小娘子們的愛好，他向來不講究風雅，連大家公子喜歡的熏香都不用，什麼時候用花泡過澡？肯定是阿滿故意作弄他！臭小子，幾天不打，脾氣越來越大了！

阿滿背過身，把水瓢往桶裡一扔，發出哐噹一聲脆響，「蜻蜓花、胭脂花泡澡能解乏，還能驅蚊蟲，是寶珠特意交給我，讓我給少爺使的。不止鮮花，水裡還摻了小半瓶花露，那個貴著呢，少爺可別浪費了。」

孫天佑哦了一聲，怒氣消失得一乾二淨，眼珠一轉，咕咚一聲又翻身跳進木桶，頰邊的酒窩若隱若現：寶珠是三娘的貼身侍婢，寶珠送的就是三娘送的，三娘這是在心疼他呢！

至於用香花泡澡是不是不太符合他平時的生活習慣，他早想不起來了。三娘是為他的身體著想，只要是三娘送的，就是一桶臭泥巴，他也能面不改色地跳下去，更別說眼下為他準備的是一桶能夠消乏的香花湯，他更得好好享受一番才行。

說來這幾天為了應付李大伯、李乙和李子恆的輪番考驗，一直繃著精神，確實有些累，連阿滿都沒看出來，三娘卻發覺了。不僅發覺了，還如此細心體貼，是不是說明三娘嘴上不說，其實一直在關心他的一舉一動？

孫天佑越想越覺得心裡甜絲絲的，疲憊頓時消了個七七八八，還饒有興致地拈起一朵蔫蔫的花瓣，盤算著回去讓人打一對黃梔形狀的耳墜子。

他這頭兀自泡在熱水裡愜意地想像李綺節私底下怎麼關心在意他，阿滿那頭越發替他著急，忍不住拔高聲音：「那些燈籠少說也花了十幾兩銀，還有兩岸的幾千支紅蠟燭，燒的也是錢，您準備啥時候向三小姐開口啊？錯過今天，明天可不是三小姐的正生日！」

孫天佑回過神來，眼神漸漸恢復清明，「讓人撤了吧，燈籠蠟燭和戲班子全都撤了。」

「撤了？」阿滿又驚又嚇，眼珠子差點掉出來，「少爺，您準備了一個多月呢，三小姐什麼都沒見著，就這麼撤了？」

孫天佑點點頭，薄唇邊隱隱有一抹笑意。

他刻意趁著七夕前上門，自然是有備而來。原本為李綺節準備好了一場驚喜，想找個藉口，邀李子恆出門，再帶上李綺節、李昭節和李九冬，屆時不怕找不到機會和李綺節單獨說上幾句話。

等撇開不相干的人，小船蕩漾在起伏的水浪中，除了漆黑的夜空和一望無際的江水，只餘遙遠的星光和遊曳的螢蟲。這時候亮起數百盞花燈，千餘支火燭，華光璀璨，流星瀲灩，小舟徜徉在迷離的燈火當中，該是何等的風光旖旎……

李綺節肯定會喜歡。

再讓戲班子吹奏笙樂，樂聲中的夜色更是美不勝收。

計畫完美無缺，甚至為了不讓長輩們怪罪，他連怎麼正大光明地甩開李子恆幾人都想好了。地點是他親自挑選的，試驗了好幾次，才確定好點燈、放燈的最佳時機。為了防止夜間落雨影響效果，再三詢問有經驗的老農，才確定好日期……萬事俱備，只欠東風。

孫天佑為這一場生日驚喜費了多少心思，沒有人比阿滿更清楚，他不明白，為什麼事到臨頭，孫天佑忽然打起退堂鼓來了？

水中的香氣漸漸浮上來，不止身上的疲累散去，連骨頭都似乎軟了幾分，孫天佑輕笑一聲，倚在木桶邊沿，緩緩閉上眼睛。

懶洋洋的姿態，引得阿滿越發不滿。

孫天佑沒有解釋什麼，到李家拜訪之前，他信心滿滿，覺得自己準備的生辰賀禮絕對能博得佳人一笑。然而，今天在李家內院一整天待下來，吃了巧果，賞了荷花，陪兄妹幾人玩遊戲，他漸漸明白，自己準備一個月的生日驚喜註定派不上用場。

付出的心血得不到一聲讚賞，他何嘗不失落？阿滿旁觀了他為燈會跑前跑後的全過程，所以替他著急。作為正主，他真的一點都不焦躁嗎？

他當然失望、難過，甚至有一絲落寞，但一桶香湯足夠撫慰他的失意。

再多的準備，再大的驚喜，如果李綺節不喜歡，又有什麼用？

孫天佑帶著十成十的信心登門，但是一天下來，看到李綺節和姊妹們說笑，和李子恆鬥嘴，和李大伯撒嬌，他慢慢明白，她想要的，不是什麼浪漫綺麗的燈會，在這個暑氣未消的七夕之夜，她只想和一家人待在一起，安安靜靜地度過離家的最後一個生辰。

既然燈會成了多餘，自然只能撤掉。

反正，他已經看到想要的了。

與兄弟姊妹們說說笑笑時，她神采飛揚；與長輩們閒話家常時，她柔順乖巧；與丫頭們商量內務時，她從容果決。

生父楊縣令懦弱，嫡母金氏不慈，孫天佑自小看淡了親情，不曾從楊家獲得一絲溫暖慰藉。他無法理解李綺節的快樂從何而來，可看到她眉眼間如三月豔陽般絢爛明麗的笑意，他也不知不覺扯開嘴角，傻笑了一整天。

彷彿雲開雨霽，陰霾盡散，天地間只餘那一抹壯麗耀光。

原本的目的是想哄李綺節開心，如今看到她開心愉悅已經足夠了。

何況，她還一反之前的疏遠態度，直接大方地對他表露出關切，更是意外之喜。

孫天佑早就知道，李綺節對誰都是溫溫和和，沒有脾氣，看似爽朗熱情，其實內裡對人防備極深。倒不是說她疑心重，而是她似乎不在意其他人的去留，除了家人能夠得到她的忍讓和關心，其他人對她來說猶如落花流水，和則笑談幾句，不和就抬腳走開，絕不強求。

她是真真正正的淡然遠之，對外面的一切漫不經心，只自自在在活在自己的小天地中。很少有人能夠徹底融入她的小天地，大多數時候，她冷靜灑脫得近乎淡漠無情。

她和楊天保自小一起長大，兩人還是多年的娃娃親。楊天保流連風月，鍾情小黃鸝時，她既沒有傷心抑鬱，也不耽於憤怒，帶著丫頭，果斷乾脆地嚇退楊天保，逼得他主動退親。楊天保當然有錯，但她如此淡然，也說明她對楊天保沒有任何情愫。但凡有一點喜歡，她不可能表現得那麼不在乎。

青梅竹馬的未婚夫婿，竟然始終不曾觸動她的心弦。

那時候孫天佑就明白，李家小表妹和其他人不同，想要娶她過門，必須先一步一步融化她築在周邊的堅冰壁壘。直接撬動李乙是最快最妥貼的法子，可那樣只會惹來她的防備和疏遠，就像楊天保那樣，雖然能取得婚約，卻根本不能走進她的內心。

所以，他把選擇權交到她手中。

從最初的堅決抗拒，到後來的婉言勸說，再到之後的沉默淡然，直到後來的默許接受，李綺節軟化的過程看似順理成章，其實磨難重重，幾乎粉碎掉他的所有信心。他沒有在她面前露出過遲疑或是退讓，總是信心滿滿、精神十足，其實心裡早就沉入谷底，覺得自己根本沒有一點希望。

在情熱如火的時候，一次次被意中人推開，怎能不傷透肺腑？

厚顏如孫天佑，也曾被傷得鮮血淋漓。

可是，一旦突破層層險阻，獲得李綺節的青睞，曾經的傷痛便不值一提。那一刻他欣喜若狂，所有痛苦頃刻間全部消融，熱血重新在他的血管中奔騰。他的未來一片光明，因為他即將擁有自己希冀的幸福。

之後的每一天，他從睡夢中醒來，第一件事就是確定自己不是在做夢。和人說話時，他時不時會突然走神，然後傻笑起來：一想到李綺節即將成為他的妻子，和他共度一生，他的快樂根本抑制不住。他踏出的每一個腳步都輕飄飄的，好像置身雲端之中。人世間的所有賞心樂事，根本不足以和他的幸福做比較，他是全天下最最幸運的那個人。

事實也和他想像的那樣，李綺節不輕易動心，可她真的把誰放在心上，便會拋開所有顧忌，全心全意對他好。

那個人是他，孫天佑。

她何其細心，知道他上門不是單純來蹭飯的。給他送香花解乏，肯定是想暗示他，不論他有什麼計畫，她都不能赴約。

故意不說出口，只以這個舉動來間接暗示，好像有點刻意為難試探他的意思。

孫天佑卻覺得甘之如飴，如果李綺節不是深信他能夠理解她的用意，怎會如此迂迴？別人懂不懂不要緊，李綺節認為，他能夠懂她。

心有靈犀，便是如此。

此前的種種辛苦，與孫天佑得到的東西比起來，完全不值一提。經過一番執著堅持，收穫的果實，遠比他夢境中的還要甘甜一百倍。

現在已經讓他喜不自勝了，等李綺節梳起髮髻成為他的妻子，又會是怎樣的風情呢？

胸口一陣熱流劃過，孫天佑打了個哆嗦——不是冷的，而是出於迫不及待的激動渴求。

熱水早就涼透了，他恍然未覺，仍然靠在桶壁上，笑得見牙不見眼。那張清俊的面孔比平日多了幾分柔和，眉梢眼角俱是藏不住的笑意。

要娶媳婦了不起啊？像變了個人似的，整天只曉得傻笑！

阿滿悄悄翻了個白眼，提起小口圓肚的銅水壺往木桶裡添熱水。晶亮的水線冒著熱氣，嘩啦啦注入香湯中，花瓣像一尾尾游魚，在水中歡快舞動。

隔壁庭院，拜月過後，女眷們笑鬧一陣，分吃祭月的瓜果。

眼看到了二更，月色越發陰冷，寒意一點一點浸上來。漫天飄灑的螢火蟲明明滅滅，恍如一盞盞靜靜燃燒的小燈燭，光暈是暖融融的淡黃，但不減一絲幽寒。

如今仍是晝長夜短，入秋後家中事務繁多，周氏不敢鬧得太過，提溜著仍然興致勃勃的李昭節和李九冬回房，剩下的人自然不敢繼續鬧騰，各自散去。

寶珠去灶房拎來熱水，服侍李綺節淨身洗漱，想起之前給阿滿的香花，不由問道：「三娘給孫少爺送香花是什麼意思？」

她琢磨了一陣，仍然百思不得其解。七夕嘛，鵲橋相會，小娘子們給心上人送禮物，多是荷包、香囊，或者絡子、巧果，哪有給人送泡澡香花的？

當然，那瓶花露是好東西，三娘攏共只得了兩瓶，一下子送出半瓶給孫少爺使，她都有點心疼哩！

「沒什麼意思。」

李綺節倚在床欄邊，手執一柄圓扇輕輕搖著。她不知道孫天佑到底準備了什麼，但看他的小廝幾次欲言又止，就能看出他肯定費了很多心力來為她慶賀生辰，畢竟是心意相通以來她的第一個生日。

之前他偷偷摸摸，找到機會就賣弄一番，恨不得刷爆存在感，現在終於可以正大光明向她表白情意，肯定會更加大膽，不可能白白錯過這個好時機。

可惜她現在沒這個心情，習慣了和家人一起迎接生日，她不想打破這份寧靜。隨著嫁期越來越近，李乙和李子恆嘴上不說，一言一行間都是對她的不捨。

李子恆胸無城府，不捨得就是不捨得，根本不去掩飾，還抬出長兄還沒娶親，妹妹不能嫁人的規矩，想勸李大伯和李乙推遲婚期，結果被周氏訓了一頓。有朝廷選秀這座大山壓在頭頂，小娘子們都是盡早出嫁，少有拖到十七八的。十四五歲嫁人是常態，不必和堂兄弟們一起講次序，而且孫天佑情況特殊，家裡需要有個內眷掌家，婚期自然是宜早不宜遲。

李乙比兒子李子恆彆扭多了，天天為嫁妝奔忙，好像恨不得李綺節早點嫁人，可他看李綺節的目光，簡直可以說得上是沉痛了。

李綺節再遲鈍，也知道李乙只是表面上假裝鎮定罷了，其實心裡指不定有多難受。這時候她要是當著李乙的面和孫天佑眉來眼去，李乙得多扎心啊！

為了安慰李乙和李子恆，她只能讓孫天佑的計畫打水漂了。

讓她感到欣慰的是，不必她暗示，孫天佑很快看出她的心思。不論阿滿怎麼催促，他始終沒有張口向她提出邀請，耐心地陪著她和家人們一起說笑玩樂，彷彿他真的只是無意間到李家借住一兩天。

他能夠如此體貼，有些出乎李綺節的意料。

辜負了他的一番心意，她有些愧疚，思來想去，送什麼好像都不合適，最後乾脆讓寶珠送去解乏的香花香露。沒有什麼特別的意思，單單只是找一個由頭，給他一點安慰罷了。

反正以後要搭夥過一輩子，補償他的機會多著呢。

想到將來，不知為什麼，臉上一陣發燙。

李綺節收回越飄越遠的心緒，把鬆散的頭髮盤起來，繞成一個丸子似的形狀。天氣太熱了，坐著不動也能出一身汗，頭髮隔兩天不洗，就覺得頭皮發癢，可洗得太勤吧，費水費柴不說，李乙那邊要嘮叨，下人們也總碎嘴，說她愛講究。

所以，她基本上是趁著夜裡洗頭，入夜後不用出門，知道她洗頭的人不多。

可她的頭髮又厚又密，洗完之後不好吹乾，夜裡枕著濕髮睡容易鬧頭疼，於是只能在吃完飯後洗，然後在院子裡坐著把頭髮晾乾，才能回房睏覺。

這會兒夜已經深了，再洗頭肯定乾不了，只好用篦子梳通，再把油膩的長髮挽起來，眼不見心不煩。

寶珠用涼水把涼蓆擦洗一遍，等涼蓆乾透的功夫，拿起一把大蒲扇，在房裡走來走去，將角落裡的蚊子撲乾淨。

「孫少爺送的那種驅蚊丸真好用，撒上一點，蚊蟲少多了，味道也好聞。」

李綺節把輕軟的帕子蓋在微微發燙的臉頰上，淡淡一笑，「妳是不是收了他什麼好處，怎麼近來總替他說話？」

「啪嗒」一聲響，寶珠手腕一翻，一蒲扇拍在屏風上，一邊小心地掀開扇子，看有沒有拍中蚊子，一邊回頭朝李綺節咧嘴一笑，「我可沒被孫少爺收買，我說的都是實話。」

她眼珠一轉，滿臉促狹，「三娘，您說說，我哪一句說的不對？」

李綺節笑而不語，懶洋洋地伸了個懶腰，翻身躺在已經晾乾的竹蓆上，「寶珠姊姊說的每個字都對。行啦，早點歇息吧。」

柒之章

美女纏郎素志堅

七夕過後，孫天佑和李乙父子先後離開李家村。

李乙原本打算多留一段時日，但李家新買的宅院需要拆除院牆，重新粉刷裝修，家具、石料要從縣城採買，通過船運送到鄉下，這些事家裡的夥計拿不了主意，必須由他本人親自出面料理。而李子恆急著回球場恢復訓練，也不能多留。

不過，父子倆的行裝包袱雖然早就收拾好了，卻拖拖拉拉著沒動身，直到孫天佑先告辭離開，父子倆才趕著牛車出發，而且明明是前後腳離開，硬是不肯搭坐同一條船。

對此李綺節也很無奈，李子恆性子莽撞就不說了，李乙向來含蓄，用後世的話說，就是悶騷，平時很少有強烈的情緒外露。他這樣近乎幼稚地抗拒孫天佑，實在是有些出乎她的意料之外，然後是感慨和悵惘。不論李乙能不能理解她的言行和思想，這位土生土長的明朝老父親，確實最大限度對她做出了許多讓步和妥協。他的一片拳拳愛女之心，從不摻假。

李乙故意對孫天佑橫眉相對，不是出於對這樁親事的不滿，而是一種無聲的發洩。就像即將遠行的旅人忍不住和家人大吵一架一樣，用爭吵和冷戰來減輕離別的傷感。李綺節快要出閣嫁人，李乙的一腔憤懣鬱氣無處疏解，當然只能盡數撒到女婿身上。

李綺節不想去刺激李乙，思量過後，決定置身事外，假裝不知道。如何處理翁婿之間的關係，還是丟給孫天佑去頭疼吧。

孫天佑似乎早就料到李乙和李子恆的冷淡反應，沒急著到未來岳父和大舅兄跟前賣好，而是老老實實地夾起尾巴，甚少在父子倆跟前晃，連幫忙牽線搭橋，替李家搜尋手藝實在的精巧匠人這種露臉的好事，他都是讓阿滿代勞的。

他深知張弛有度的道理，越臨近年底，反而變得從容淡定起來，不像先前催促婚期時那樣迫不及待。

這一進一退，很快打消了李乙心中的那點不愉快，甚至還因為自己的反覆無常，對未來女婿產生一絲愧疚。人人都說丈母娘看女婿，越看越滿意，李乙一人身兼父母兩個角色，在對女婿橫挑鼻子豎挑眼之後，順帶著也體會了一把丈母娘看女婿的感覺。

孫天佑接下來的目標，只剩下李子恆一人了，至於李大伯和周氏，早就在他各種殷勤周到的嘘寒問暖和接連不斷的豐厚禮物攻勢下繳械投降。而剛剛記入李家族譜，成為李綺節堂哥的李南宣，一心唯讀聖賢書，兩耳不聞窗外事。即使李大伯已經多次暗示等他出孝後，會讓他接觸李家的帳務，他依舊態度游離，從不多管李家家務事。孫天佑試探過他幾次，很快把他拋在腦後，畢竟不是李綺節的親兄弟，不必下太多功夫。

張氏不止一次提醒李南宣：「三郎，你終歸不是李家的人，李家的恩德要報，但是你不能因為李家對你好，就忘記你父親的遺願！將來你一定要認祖歸宗，否則你父親九泉之下，也不能安息！」

李南宣眼眸低垂，濃密的睫毛下是一雙平靜無波的黑眸，「孩兒明白。」

李大伯和周氏答應過張氏，如果李南宣真的能夠考中前三甲，他們絕對不會阻攔他重回父族，所以張氏才會答應讓李南宣認到李大伯名下。

李南宣的生父半生蹉跎，為家族不容，無法和妻兒團聚，仕途上也是渾渾噩噩，沒有什麼建樹。他寒窗十幾載，一頭青絲熬成滿鬢風霜，平生最大的心願，就是有朝一日能夠蟾宮折桂，讓家族長輩對他刮目相看，讓那些曾經取笑他的族人俯首貼耳聽從他的指派。

壯志未酬，身已腐朽，他抑鬱而逝，臨終前仍然放不下執念，要求兒子必須用三甲功名去撬開父族的大門。死死盯著李南宣把誓言重複三遍之後，他才捨得閉眼。

他撒手之後，未亡人張氏痛不欲生，唯有靠他的遺志苟延殘喘。他留給張氏的，除了傷痛和麻木，還有更加執著和瘋狂的執念。

因為這個執念，李南宣埋頭書本，焚膏繼晷，夜以繼日，一刻不敢鬆懈。他寫出的文章得到先生誇讚的次數越來越多，人也一天一天消瘦下去。他不能放鬆，也不敢放鬆，亡父臨走之前的不甘和憤恨始終壓在他的心頭，沉甸甸的，讓他透不過氣，而且哪怕他從不鬆懈，張氏依舊一次次耳提面命，讓他必須銘記生父的遺志。父母的雙重執念，織成羅天大網，將他罩在其中。除非完成父親的遺願，他這一生，都將無法擺脫父母的束縛。

李大伯和周氏不明白張氏為什麼堅持要李南宣考中前三甲，在他們看來，李南宣能考中秀才，成為名正言順的讀書人，就很值得高興了，何必非要強求頭三甲呢？

周氏不是沒勸過張氏，然而張氏整天以淚洗面，形容枯槁，唯一支撐她活下去的理由，就是撫育李南宣，以告慰亡夫的在天之靈，周氏根本勸不動她。

夫妻倆不忍李南宣一輩子被父母的執念拘束，將他過繼到自己膝下，除了確實喜歡他的人品之外，也是出於同情和憐惜。

在夫妻倆看來，科舉考試哪有那麼簡單。三年一次鄉試，舉人大約不過千。三年一次會試，考中者二三百。瑤江縣不是名額充裕的天子腳下北直隸，也不是文風昌盛的文人之鄉江南，歷來人才凋零，自隋唐開創科舉以來，瑤江縣從未出過狀元、榜眼或是探花，甚至能順利入宮參加殿試的士人都屬寥寥。能夠僥倖考中舉人，就能在本地縣誌上留名，足夠族人念叨個幾十年。

李南宣真正開始一心攻讀詩書才多久？沒有名師指導，沒有族人幫襯，想要一飛沖天，簡直是癡人說夢。

假如張氏轉不過彎來，她可能真的會讓李南宣一輩子這麼考下去。好好一個少年兒郎，哪能把一輩子的光陰都蹉跎在一個極有可能永遠無法實現的執念當中？

讀書人靠科舉考試揚名立萬，走上仕途，但科舉考試並不是讀書人的全部。沒看到清高如孟舉人，都曉得開館授徒，掙些銀兩束脩養家糊口嗎？孟雲暉得中秀才之後，也沒有繼續沉醉書本，而是迅速走出家門，和本縣文人結交往來，為將來鋪路。

連李大伯和周氏這樣的老百姓都曉得，讀書人想要更進一步，靠的不全是從書本上領會的學識，他們的生活也不僅僅只是一場場考試。

可看張氏教育李南宣的法子，分明是壓抑李南宣的一切需求，把他培養成一個只知道讀書考試的工具。

張氏這頭聽不進任何勸說，李大伯和周氏只能從李南宣身上想辦法，他們並不想阻止李南宣為父爭光，但也不想看著李南宣踏上他父親的老路。人活著需要一個想頭，但也不能為了一個虛無飄渺的想頭而陷入瘋魔。

李大伯的方法簡單粗暴：先試著讓李南宣接觸李家的家務事。柴米油鹽醬醋茶，生活中的繁瑣小事看似簡單尋常，其實任何一樁都飽含世情學問。李南宣就像一個無欲無求的苦行僧，渾身上下找不到一絲破綻。讓他沾染一些煙火氣，才能打破他身上的禁制。

無奈李南宣性子冷清，又是在寺中長大的，養出一副冰山性情。李大伯使出渾身解數，依然不能從這個嗣子身上找到其他波動情緒，不過李大伯一點都不洩氣，依然樂此不疲地為軟化李南宣而努力著。

至於曾在張氏面前立下的不會阻止李南宣認祖歸宗的許諾，李大伯壓根兒沒放在心上。一來，每屆科舉考試，能夠大浪淘少得中前兩百的，個個都是人中龍鳳，隨便拎一個出來，無不是出口成章、才思敏捷，前三甲哪有這麼好考的？哪怕偏心如李大伯，也沒奢望過李南宣能夠拔得頭籌。

二來，瑤江縣以往的進士老爺們，幾乎都是白髮蒼蒼的老者。假如李南宣果真能考中前三名，怎麼說也得有四十好幾了，那時候他肯定已經兒女成群，連孫子、孫女都能滿地跑了，就算他要認祖歸宗，也不會真的把一大家子全帶走，怎麼也得給自家留下一兩個兒孫吧？

三來，退一萬步說，李南宣果真如張氏如願考中前三，那可是響噹噹的狀元、榜眼和探花。連知縣老爺都得好好奉承的人，日後必定前途無量。到時只要他不忘李家對他的養育之恩，肯提攜李家，足夠李子恆和李綺節受益一輩子。不管他認不認祖歸宗，李家還不是占到好處了？攔著不讓他認祖歸宗，白白得罪一個前途無量的大老爺，豈不是自找死路嗎？

所以，李家人對李南宣考中前三之事不抱任何希望，但李南宣真的考中了，他們也會替李南宣高興，畢竟他的辛苦和投入他們全部看在眼裡。

如果李南宣能夠在讀書之餘，適當放鬆一下自己，李大伯和周氏會更滿意。

於是，在張氏又一次對李南宣施壓過後，眼看著好不容易露了幾回笑臉的李南宣再度回到以前那種麻木枯槁的狀態。周氏忽然突發奇想，要李南宣放下書本，和她一起張羅李綺節的出嫁事宜。

「官人和我年紀大了，能照管你們到幾時呢？你們兄弟姊妹幾個唇齒相依，只有互相扶持、守望相助，才不會被外人欺負。三娘是咱們家頭一個出嫁的，後頭還有四娘和五娘，你雖是男子，不管裡頭的事，也得跟著看看章程，心裡有個大致的譜兒，以後外頭遇到麻煩才不會慌手慌腳。九郎那邊沒有兄弟妯娌，三娘出閣後，只有小夫妻倆過日子，省心是省心，可一旦碰上難事，連個幫手都沒有，到頭來還是要倚仗你和大郎這兩個娘家兄弟。」

周氏一點都不見外，既要把李南宣當兒子養，就不能一味寵著他，更不能把他當成玻璃人一樣捧著，得讓他懂得自己該盡的責任，讓他一點一點融入李家，有了市井生活氣，他才不會被張氏教成一個麻木的泥人。

周氏一席話說完，看李南宣神色如常，臉上並沒有抗拒之色，鬆了口氣，「三娘出門的時候，你和大郎都得去送親，我和你娘說了，她也樂意讓你去呢！」

李大伯和周氏把李南宣視如己出，允許他私下裡繼續為生父服喪，還允諾將來不攔阻他認祖歸宗，張氏心裡十分感激，這件事怎麼說都是他們母子占盡便宜。這份大恩無以為報，張氏雖然固執，也盼著能回報李家的恩德，自然不會阻止李南宣和李子恆等人親近，何況是嫁娶這樣的大事，李南宣作為李家長房之子，當然不能推脫。

等事情定下後，家裡的婆子丫頭奔相走告：「太陽打西邊出來了，三少爺竟然丟下書本，摸起算盤來啦！」

有幾個想得深遠的，偷偷找到正忙著給花慶福寫回信的李綺節，「三娘，大少爺什麼時候回來？太太已經著手讓三少爺幫忙記帳啦，大郎再不回來，家裡還有他的位置嗎？」

李綺節：……

萬萬沒有想到，他們李家也有面臨兄弟相爭的一天。

丫頭們實在是杞人憂天，李大伯和李乙當年分產不分家，早就把兩房的家產田地交割清楚，公帳上的出入也一筆一筆記得明白，每個季度都會交由帳房審計登帳。李子恆和李南宣一個是二房嫡子，一個是長房嗣子，各自能繼承的田地、鋪子界限分明，沒有發生矛盾衝突的可能性。

至於李大伯和李乙的私產和存銀，自然是家中兄弟姊妹平分。李綺節即將出閣，她的那一份已單獨劃出來了，剩下的都是分開記帳的，人人都有，誰也不用去覬覦另外一個人的。

貪心不足，只會招來李大伯夫妻和李乙的厭惡。

不得不說李大伯和李乙深謀遠慮，在各自成家時便未雨綢繆，親兄弟明算帳，儘量讓兩家的帳務分開，讓子孫輩安安心心繼承自家的產業，不至於為了一點錢鈔窩裡鬥。

再者，李南宣清風明月，李子恆大大咧咧，哪一個都不是那種會為一點雞毛蒜皮和自家人起齟齬的心胸狹小之人。李南宣恪守過繼嗣子的本分，不貪心。李子恆一心磨練蹴鞠技藝，更沒有爭權奪利的意思。

說到底，李家只是普通人家罷了，兄弟倆又都未曾娶親，半大少年，正是躊躇滿志、意氣風發的年紀，目光早就投向更遙遠更遠大的志向，並為之付出全部心血，哪有閒情為了家中一畝三分地鬧不和？

不過，等到他們成家立業，各自有了家累，肯定不能像如今這般灑脫俐落。再經旁人一挑唆，難說不會暗生心結。

李綺節寫完最後幾筆，放下兼毫筆，吹乾紙上的墨跡。

人人都有私心，李大伯和李乙是一母同胞的親兄弟，都免不了會起爭執摩擦，李昭節和李九冬形影不離，隔三岔五還不是要打一架？李子恆和李南宣沒有血緣關係，論親疏遠近，終歸是隔了一層。感情是一天天處出來的，堂兄弟倆認真相處的時日不多，想讓他們短時間內親如兄弟、不分你我，有些異想天開。只要他們倆能和和氣氣，共同進退，這就夠了。

以後的事誰也說不準，但有李大伯和周氏看著，李家絕不會有兄弟鬩牆的那一天。

想清楚這點，再聽到丫頭說不止周氏，李大伯也開始讓李南宣接觸鋪子上的帳本，李綺節一點都不驚訝，李南宣早晚要接管大房的家業，李大伯和周氏對他推心置腹，直接把大半產業的銀錢往來透露給他知道，說不定也存了試探他的意思。

李大伯和周氏做了決定，李綺節身為晚輩不會多嘴，但自家的事還得由她拿主意。

李子恆不願接手家中的生意，任憑李乙如何嚴厲喝斥，或是苦口婆心地勸說，他始終不肯鬆口，「家裡的鋪子我一天都沒管過，交到我手上，兩眼一抹黑，說不定沒個三兩年就敗光了。讓我做個賣力氣的夥計還成，管帳的事我實在做不來。」

他一指李綺節，「沒有金剛鑽，不敢攬瓷器活。阿爺，您把鋪子上的事交給三娘張羅不就成了？她幫伯娘管家，裡裡外外的大小事務，樣樣都處理得妥妥貼貼，那幾家酒坊她不是管得挺好的嗎？剩下的店鋪也讓三娘一肩挑了吧，終歸是自家人，便宜都是咱們的。」

李乙只是一個勁兒地嘆氣，沒有說什麼。

李綺節明白，李乙再疼她，也不會把家業交到她手上，能分給她一半的家產，已經是他能做到的極限，他心裡仍舊盼著李子恆能夠子承父業。

可李子恆確實不是管家的那塊料，而且他現在忙得腳不沾地，以後可能會更忙，李家的幾間鋪子絆不住他的腳步。

花慶福在武昌府蟄伏大半年，費盡心思，終於搭上楚王府的門路。球場那邊萬事皆備，只欠東風。花慶福的來信上說，下個月就能把楚王世子一行人請到球場觀看第一場正式的蹴鞠比賽。李綺節鋪排了好幾年的計畫，到如今才慢慢收網，開始收穫果實。

從建設球場開始，她一直等著這一天，原本可以一蹴而就，但她耐住性子，始終按著原定的步驟慢慢溫水煮青蛙，因為她想要的不只是單純重新讓蹴鞠成為瑤江縣的新式娛樂，而是從上而下，將蹴鞠比賽逐步推廣至全國各地。

此時蹴鞠比賽早已經在上流社會銷聲匿跡，軍隊中的士兵不得以蹴鞠為戲，否則會被砍掉手足，蹴鞠藝人只能在戲院酒樓或是青樓楚館中找到發揮長處的機會，民間百姓喜愛蹴鞠又能如何？如果不能讓權貴階級對蹴鞠改觀，它就永遠上不了檯面。別的不說，只要官府明令禁止蹴鞠嬉戲，球場就無法再進一步。

民間的流行審美始終帶著時代的烙印，從底層民眾的共同審美逐漸影響到上層社會，可能要花費十幾年，甚至幾十年、一百年的時間，但從上層社會自上而下改變民間的審美，往往只需要一兩年。

唯有先從掌握權柄的皇族貴戚們下手，才能一勞永逸，迅速打開局面。

球場迎來建立以來真正的首次開張，之前的小打小鬧全是在為這一天積攢經驗。李子恆已經擺脫學徒身分，成為球隊的正式一員，不說那些蹴鞠藝人們不願放他這個好苗子離開，李綺節也不想貿然打亂自己籌謀已久的計畫。

所以，李乙想讓兒子接班的想法，終究不可能實現。

也許她可以託花慶福想辦法，向李乙推薦一個可靠的掌櫃？李子恆委實不願意接管家中幾間小鋪子，想讓李乙徹底放棄還需要時日，目前只能先用這種拖延的方法穩住他。

花慶福辦事很俐落，李綺節的信送去武昌府沒幾天，他很快找到幾個合適的人選，二話不說，當即讓他們立刻打包行李鋪蓋，到瑤江縣領差事，順便送來一封親筆回信。

李綺節看過他的信後沉默良久，叫寶珠端來火盆，把信箋一把火燒了。

寶珠神色惴惴，「花相公那頭出什麼事了？」

紙張在幽藍的火焰中化為灰燼。

李綺節笑著搖了搖頭，花慶福的回信沒有什麼特別的地方，不過是問她能不能出席球場半個月後的開賽儀式，他好為她保留一間二層包廂。楚王世子一行人是微服出行，暗地裡的人手已經安排好了，不會刻意限制老百姓出入，屆時場中必定熱鬧非凡。

花慶福知道她一向喜歡熱鬧，肯定不想錯過一場難得的盛會。

可惜今時不同往日，以前她能帶著丫頭、伴當大大方方在外邊行走，是因為年紀還小，長輩們不忍苛責，才會睜一隻眼閉一隻眼。現在她即將出閣嫁人，雖然還沒及笄，但在別人眼裡已算是個大人了，不能再拿年少輕狂當擋箭牌，必須為自己的一言一行負責。別說李乙了，就連向來開明的李大伯，只怕都不會樂意看她再到外面去拋頭露面。

何況，孫天佑如果知道了，又會怎麼想呢？

即使他不在意，萬一她在球場上被認識的人看見了，事情傳出去，兩家名聲都不好聽。她從來不把別人的眼光和看法放在心上，任憑別人怎麼譏諷，依然我行我素、自自在在過日子，但也得注意分寸。之前她的種種特立獨行，落得一個沒心沒肺的名聲，縣裡人平時提起她，大多數是笑著嘆息，可如果尺度沒把握好，沒心沒肺變成沒臉沒皮，那就難辦了。

因此，她只能謝過花慶福的好意，和以前一樣，仍舊躲在花慶福身後，深藏功與名。

寶珠不知李綺節在想什麼，但直覺她不大痛快，眼珠一轉，輕快道：「楊家來人了。」

她故意眨了眨眼睛，想逗李綺節發笑。

李綺節放下心事，臉上揚起笑容，「不年不節的，他們來做什麼？」

寶珠悄悄鬆口氣，笑嘻嘻道：「來給咱們家送紅雞蛋。」

周氏在正堂應酬楊家派來報喜的丫頭。楊慶娥生了個大胖小子，她的夫家闔家歡喜，高大姐亦是樂得合不攏嘴。女兒一進門就為女婿延續煙火，纏綿病榻多年，眼看就要撒手人寰的老太爺看到曾孫出生，心裡一高興，竟然不藥自癒，容光煥發，看起來還能多活好幾年，更是喜上加喜。現在縣裡人都說楊慶娥旺夫旺家，高大姐當然高興。

不止楊慶娥的夫家要為大孫子辦一個盛大的滿月酒，楊家這邊也要擺酒請客，高大姐親自下帖子，邀請李大伯和周氏赴宴。

李綺節到正堂的時候，楊家的丫頭已經走了。

周氏把楊家的帖子遞給她看，「瞧瞧妳表嬸，越發像大戶人家啦！」

丫頭們忍俊不禁，高大姐不識字，周氏也不識字，兩家平時來往，從沒有遞帖子一說，周氏這不是在誇高大姐，而是諷刺高大姐故意裝文雅。

孫天佑和金氏勢如水火，但和楊慶娥、楊天保姊弟倆還算親近，不知道高大姐會不會給他送請帖。李綺節隨手把帖子撂在一邊，「咱們家是不是得預備兩份賀禮？」

一份楊家的，一份楊慶娥夫家的，兩邊都是七拐八拐的親戚。

「嗯，妳看著辦吧。」周氏眉頭輕皺，「要我說，楊家再高興也得收斂點。到底是外孫，現在男方家的人還沒定下辦酒的日子，他們家已經搶著下帖子了，讓男方家怎麼想？慶娥的臉往哪兒擱？」

楊慶娥和楊天保的婚事都是娃娃親，一個定了遠親，一個定了李綺節。後來楊縣令發跡了，楊家人覺得自家高人一等，高大姐既看不上李綺節，也看不上楊慶娥的未婚夫婿。在她看來，楊慶娥不僅是下嫁，還是委屈地下嫁，因此楊家人對岳家的態度有些輕慢。如今楊慶娥為夫家生下長孫，還讓老太爺病癒，高大姐自覺女兒是岳家的大功臣，抖得越厲害了。

「三娘，妳要記住，嫁人以後，可不能由著自己的性子來。男人都好面子，不管妳心裡怎麼想，至少不能在外人跟前落九郎的臉面。」周氏冷笑一聲，「慶娥是個好的，可她偏偏攤上這麼一個冒冒失失的老娘，還有一個糊塗兄弟，以後遲早要受連累！」

李綺節聽出周氏話裡有話，心裡一動，暫且沒有多問。

寶釵取來往年的禮單給兩人過目，滿月酒的賀禮說來說去不過那麼幾樣東西，紅糖、雞蛋、布匹、糯米，加上半邊豬肉、幾串大鮮魚，一擔擔用籮筐盛了，蓋上紅布頭，酒席當天送去楊家就成。

李綺節想了想，幾乎全是補養的吃食，似乎少了些什麼，便讓丫頭添上幾樣針線禮物。

周氏笑道：「我倒忘了，是得加上。以前你們年紀小，家裡送出去的禮都是按著老規矩來辦，只管送些實惠的東西，淨是些米啊肉啊的，直接送寶鈔的也有。現在的規矩和我們那時候不一樣，以後妳自己當家，看看別人家是怎麼做的，照著她們的新規矩來，免得失禮。」

說到李綺節日後當家的事，屋裡的丫頭神色各異，忍不住斜眼去看她的表情。

李綺節似乎沒有察覺到丫頭們的側目關注，臉色平靜，迎著周氏略帶促狹的目光，淡然笑道：「我曉得。」

眼睛眨巴眨巴，一臉無辜。周氏原本想逗一逗她，哪想到等了半天，根本沒等來大侄女露出害羞或是難為情的樣子，反而自己被侄女看得不自在起來了，只得輕咳一聲，岔開了話題，「今年收的鐵蓮子比往年少幾百斤，價格肯定要漲不少……」

夜裡，趁著李昭節和李九冬在庭院前捉螢火蟲，李綺節找曹氏打聽，「楊天保那邊又生出什麼事端了？」

周氏喜歡八卦，但不會無的放矢，她暗示楊天保以後會拖累慶娥表姊，肯定事出有因。

曹氏愣了一下，猶豫著不知該不該說，不過俗話說吃人嘴短，拿人手軟，她以前從李綺節這裡領了不少賞錢，還真不敢隱瞞，「五少爺酒後無德，和縣裡幾個浪蕩公子打架鬧事，砸了一家貨棧，讓人告到衙門去了。」

李綺節瞠目結舌，就楊天保那綿軟性子，竟然也會和人打架鬥毆，還鬧到縣衙去？

堂堂一個讀書人，被貨棧老闆告到衙門去，能有什麼好名聲？

難怪前一陣子孟娘子和孟十二回鄉避暑時，一反常態地待在家裡不出門，要在以往，孟娘子恨不得天天顯擺他們孟家得了一個好女婿。

「這幾棵樹得盡快剪枝，往上長的枝椏都剪掉，不然年年柿子掛那麼高，全餵鳥了。」

寶釵答應一聲，「長工裡有幾個會剪枝的老師傅，趕明兒我讓他們進來剪。」

李綺節點點頭，寶珠拿著濕帕子上前，幫她擦淨雙手，「今年摘的柿子裝了五籮筐，都要留著送人嗎？」

新院子有幾棵柿子樹，年頭不高，只有雙手合握粗細，卻果實累累，油潤的葉片底下，起碼藏了幾百上千顆半青不紅的柿果，壓得樹梢累沉，枝頭一直垂到院牆底下。可惜柿子還沒紅透，先引來一群飛賊，尤其是稻穀收割過後，鳥雀沒糧可吃，天天成群結隊來新院子光顧幾顆柿子樹。短短半個月，眼看就糟蹋了一小半。

新院子是李家買的，幾棵柿子樹自然也是李家的私產，李綺節可不想眼睜睜看著自家的柿子全給鳥雀偷吃了，於是趁著今天日頭好，領著丫頭和婆子一起摘柿子。半生不熟的摘下來也不要緊，把柿子埋進裝稻穀堆裡，悶上十天半個月就熟透了，吃起來味道絕對不差，只是稍微有點澀味而已。

李綺節道：「把品相好的，熟得差不多的分出來，一半自己吃，一半留出來送人，剩下的送到穀倉去。」

寶釵皺眉，「有一半是摔破皮的，放兩天就得爛掉。」

柿子樹太小，木梯子架到樹幹上，人踩在上面，只能摘到低矮處的柿子。再高一點地方的果子，基本是用竹竿一個個打下來的，掉到地面時免不了會刮蹭，而蹭破皮的柿子悶不熟，只能看著它爛掉。

李綺節一揮手，「曬乾了做成柿餅不就得了？」

秋日晴天多，正是曬柿餅的好時節。

寶釵躊躇了一下，「以前咱們家沒曬過柿餅，都是從南邊買的，不曉得能不能成。要是落雨的話，還是會爛掉。」她看一眼籮筐裡的柿子，半青不熟的，吃不能吃，放又不能放，「總不能拿去餵豬吧？」

李綺節拍掉落在衣襟前的柿子葉，「先曬著吧，能不能成看天氣，真落雨也沒辦法。」

寶釵看她拿定主意要曬柿餅，不再多說，下去安排婆子張羅。反正蹭破皮的柿子放著也只能爛掉，三小姐想怎麼處理都不過分，容不得她一個丫頭多嘴。

寶珠蹲下身在籮筐裡扒拉一陣，挑出紅得最好的一顆，擦乾淨捧到李綺節跟前，「三娘，以後妳就住這間院子嗎？」

新宅院和李宅已經打通了，李綺節讓人把李乙、李子恆父子倆留在老宅的行李鋪蓋全抬到新院子這邊，自己也準備搬過來，老宅那邊的院子留著由周氏分派。

李綺節把柿子托在掌心裡，不急著吃，慢慢揉捏著，「嗯，咱們是二房嘛，總不能讓大伯他們搬吧？」

寶珠四處打量一圈，每一個角落都不放過，最後雙手一插腰，「這邊屋子窄了點，不過景致比那邊的好。」

李綺節漫不經心地應了一聲，寶珠說的景致，無非是院子裡的幾棵樹幾叢花，以及開窗之後能看到的一條淺溪。

「說到宅子的布置……」寶珠咧嘴一笑，「孫府的景致才是真的好，假山、亭子、水池什麼都有，還修了兩個園子呢！隨便一個院子，都比咱們家敞亮闊氣！」

李綺節搖頭失笑，寶珠該不會是收了孫天佑什麼好處吧？最近總聽她見縫插針地誇孫天佑，她的耳朵都快聽出繭子來了。

「我那天在園子裡逛的時候，差點迷路呢！」寶珠見李綺節不應聲，只當她是害羞，眉飛色舞道：「一條走廊從這頭到那頭，開了好幾扇月洞門，每一扇都通向一個園子……」

正說得興致勃勃，忽然眉心一皺，看向牆角，厲聲道：「誰在那兒探頭探腦的？」

丫頭們嚇了一跳，連忙退開幾步，讓出她所指的方向。

原來是個梳辮子的大丫頭，濃眉大眼，穿一身藍布襖褲，躲在牆角的花叢後，鬼鬼祟祟的，不知偷聽了多久。

被寶珠一瞪，她臉上露出一絲怯色，走出花叢，「三小姐。」

李綺節眉峰微蹙，打發走丫頭們，只留寶珠在身邊，「十八姨讓妳來的？」

結香四下裡張望一陣，幾步走到李綺節跟前，壓低聲音道：「我沒偷聽三小姐妳們講話，是少爺讓我來的。」

李綺節和寶珠對望一眼：李南宣？

「三哥要妳來做什麼？」

結香一跺腳，「哎，我們少爺碰上麻煩啦！」

等結香說出李南宣遇到的難事，李綺節不由愕然：她知道李南宣容貌俊秀，引得鄉里的小娘子們春心萌動，李家門外幾乎天天有人守著，只要李南宣一露面，小娘子們立馬蜂擁而至，趕都趕不走，但她沒有想到，連張桂花那麼一個隨時隨地往外冒涼氣的冰美人都對李南宣芳心暗許，而且還顧不上矜持和規矩，主動向李南宣示好。示好還不止，甚至可以說是死纏爛打了。

「她給三哥送來兩箱金子？」

果然是美人，送禮都這麼豪爽！

結香點點頭，聲音裡夾雜著幾絲憤恨，「七夕乞巧那天，張小姐的丫頭買通咱們家的小丫頭，把幾個荷包送到少爺的書房。少爺一句話都沒說，讓我當著小丫頭的面把荷包扔了，沒想到張小姐隔天又送來兩箱金子。」

寶珠聽得咋舌，「她送金子給三少爺幹什麼？」

結香冷哼一聲，「說是資助少爺讀書，誰信啊？好好的小姐不當，沒事兒送金子給別人，把我們當猴子耍呢！少爺要是真收了她送的東西，跳進黃河都洗不清了！」

聽她的語氣，彷彿李南宣是一朵可憐兮兮的嬌花，而張桂花則是想借金子攻勢占嬌花便宜的惡霸。

李綺節差點笑出聲，但看結香氣勢洶洶的模樣，實在不好意思當著她的面笑，「這事十八姨曉得嗎？」

「夫人不曉得，少爺不讓我說。」結香抬起頭，飛快地輕掃李綺節一眼，「不瞞三小姐，張小姐送東西給我們少爺也不是一次兩次了。以前她把自己貼身戴的簪子送給少爺，少爺不敢自己作主，讓夫人幫忙把簪子還回去，誰知夫人一直沒還。」

李綺節皺起眉頭，她怎麼覺得結香的眼神有些怪異？

「後來少爺讓我把簪子還回去，還讓我帶了句話給張小姐，當時張小姐聽完那句話，沒說什麼，少爺以為她不會再送東西了，沒想到張小姐不送簪子，改送金子，分明是想纏著我們少爺不撒手！」

結香越說越激動，一張圓臉漲得通紅，說到最後，從牙縫裡輕斥道：「不要臉！」

這麼說來，張桂花顯然不止迷戀李南宣的相貌，而是認準了非君不嫁，才會一而再再而三地往李宅遞送信物。

張老太爺是張氏的族兄，說起來，張桂花應該是李南宣的表妹。如果不是張老太爺橫加阻撓，張家大少爺、張大少奶奶說不定很樂意與李南宣結交。

李南宣斷然拒絕張桂花的情意，張氏卻態度曖昧——如果不是另有目的，她不會無緣無故留下張桂花的簪子。

而張桂花鍥而不捨地向李南宣示好，說不定有張氏在背後的推波助瀾。

「三哥是不是想讓我替他把金子還回去？」

結香猛點頭，「少爺說，這事不能鬧大，鬧大了不好收場，只能把金子悄悄還回去，可夫人那邊肯定不答應，告訴太太也不好，只能來求三小姐您了。」

夫人是張氏，太太是周氏。李南宣雖然不勝其煩，到底還是心軟了，如果把事情鬧到長輩跟前，可能會損傷張桂花的名聲。

李綺節輕嘆一口氣，她大大咧咧慣了，對情愛之事遲鈍得很，根本不會調解少年兒女之間的情感糾紛，可李南宣身分不便，除了求她幫忙，還真沒別的法子。

看來，她只能硬著頭皮走一趟了。

事不宜遲，拖久了不知道張家那邊會不會朝李南宣發難。

她兩手一拍，對結香道：「把金子送到我房裡。」

「嗯！」結香使勁兒點頭，「多謝三小姐，我這就去拿箱子！」

李綺節輕呼出一口氣，回頭朝寶珠眨眨眼，「揀好的柿子裝一簍，我去瞧瞧張嫂子。」

李綺節忽然登門拜訪，張大少奶奶雖然竭力想裝作若無其事的樣子，但誰都看得出來她心裡的錯愕震驚。光是吃茶的時候，她已經把李綺節從頭到腳打量好幾遍了，目光中始終帶著毫不掩飾的疑慮和審視，並且還有意和李綺節保持距離，因為她懷疑李綺節腦子出毛病，才會上門找自己閒話家常。

不鹹不淡交談幾句，柿子吃過了，雞蛋茶品過了，張家一群蘿蔔頭也都見過了。

唯有張桂花沒有現身，是不是心虛了，所以才故意避而不見？

兩箱金子可不輕，雖然那可能算不上是箱子，而是兩個小巧的首飾盒，但寶珠和結香都是姑娘家，身嬌體弱，揣一盒金子在懷裡站老半天，很費力的。

張大少奶奶得意洋洋地吹噓自家孩子的功課有多好，多討先生喜歡，一句話顛來倒去，能說個三五遍。

李綺節堆著一臉笑，耐住性子陪笑半天，終於瞅準一個機會，放下茶杯，直接道：「聽伯娘說張家姊姊的梅花繡得特別好，我早就想找張姊姊請教了，張姊姊今天不在家？」

張桂花可是出了名的宅女，一年能出兩三次門就不錯了，肯定是在家的。

想到這裡，李綺節有些納悶：張桂花從不出門，李南宣也不是愛到處跑的人，她怎麼就看上李南宣了？

張大少奶奶臉上的笑容淡了幾分，「桂花啊？她在房裡打絡子呢！她從小就孤僻，每天悶在房裡不肯輕易見人。我總勸她，小姑娘家，總要出門和人交際的，總不能一輩子不見外人吧？我可是一片好心為桂花著想，他們倒好，背地裡編排我，說我排擠小姑子！」

李綺節眉毛微挑，張大少奶奶這話說得怨氣十足啊！

隨即想到周氏常說張老太爺把張桂花當成眼珠子一樣疼愛，張桂花房裡的擺設美輪美奐，每一樣都價值不菲，而張大少奶奶作為媳婦，從來沒得過一張笑臉，每天忙裡忙外，還總被張老太爺嫌棄，月錢則少得可憐……

兩廂一對比，張大少奶奶對張桂花的感情，可以用五個字來概括：羨慕嫉妒恨。

正堂裡不止她們幾個，張家的下人、婆子都離得不遠，李綺節不好接張大少奶奶的話，更不可能附和，只能捂著嘴巴輕笑幾聲，敷衍過去。

好在張大少奶奶沒有化身怨婦接著訴苦，只是抱怨了兩句，等心裡舒坦了，叫來一個梳丫髻的小丫頭，「小姐在不在屋裡？」

這話問得多餘，小丫頭卻煞有介事地搖頭，「不曉得在不在大官人那邊，我去看看。」

丫頭很快折返回來，「小姐在屋裡。」

張大少奶奶悄悄鬆口氣。

等丫頭領著李綺節往內院走時，她才漸漸回過味來：張家內院不是由張大少奶奶說了算的，張大少奶奶讓小丫頭跑腿，是在試探張桂花的意思，如果張桂花不想見客人，小丫頭應該早就找個藉口打發她了。

去張府的時候，李綺節做好了張桂花以淚洗面、哭哭啼啼的準備，沒想到寶珠和結香亮出兩個黑漆箱子時，她竟然一臉平靜，彷彿早就料到會是這麼個結果，眼皮輕輕往上一撩，淡淡地瞥她一眼，「勞煩妳了。」

看她的樣子，顯然不願多談。

李綺節搜腸刮肚，準備的那一肚子安慰勸誡的話，全沒了用武之地。

張桂花站起身，把箱子摟進懷裡，雙手緊緊握拳，神情鬱鬱。

李綺節不想刺激到這位冰美人，送還金子後，立刻提出告辭。

張家的丫頭是個明白人，悄悄一扯她的衣袖，「我們小姐愛鑽牛角尖，誰都勸不住，請三小姐多擔待。」

就算勸不住，你們也不能縱容她一次次送信物給李南宣啊！先是送簪子，然後是送荷包，現在連金子都送了，再不看緊點，以後還不定會送什麼呢！

而且，還是私相授受。

李綺節回頭看一眼張桂花，她仍舊一動也不動地盯著兩個鈿螺箱子，像是要用眼神把箱蓋鑽出一個洞來，丫頭們圍在一旁，好聲好氣地勸解她。

張大少奶奶以為李綺節在張桂花那裡受了委屈，親自把她送出門，憐惜地拍了拍她的手，「三娘啊，別往心裡去，以後得閒了，再來陪我說說話呀！」

李綺節怕張大少奶奶看出苗頭，故意哭喪著臉離開。

等出了張府，結香哼哼道：「我覺得張小姐不會那麼容易善罷甘休的，她以後肯定還會纏著我們家少爺！」

李綺節跟著點頭：大哭大鬧不算什麼，張桂花不鬧才更可怕。越是看著沉靜的人，越發不會輕易動搖，一旦下定決心，八匹馬都拉不回。李南宣想讓張桂花死心，怕是難呵！

看來，美男子不是那麼好當的。

不知道張桂花是李南宣的有緣之人，還是一朵爛桃花。

正低頭想著心事呢，前方拐角的地方似乎有個人影，李綺節悚然一驚，霍然煞住腳步，趔趄了一下，才險險站穩。

前面的人伸手扶住她的胳膊，耳邊傳來熟悉的低笑聲，「想什麼呢？這麼入神？」

彷彿轟隆隆炸過一串響雷，李綺節臉上一陣燒熱，想後退兩步，那人卻如影隨形，立刻跟著往前。她掙脫不開，只能任對方扶著，無奈道：「你怎麼在這裡？」

孫天佑勾起嘴角，「大伯娘說妳出門訪友去了，我在這兒等著，好截人啊！」

寶珠瞪大眼睛，目光落在孫天佑的右手上，示意他鬆手。

孫天佑渾然不覺，頂著寶珠和結香的瞪視，大大方方道：「世伯讓我來接妳進城。」

李綺節一驚，「家裡出事了？」

「別急，是喜事。」孫天佑鬆開手，「我和世伯他們說好了，事不宜遲，這就走吧。」

阿滿趕著馬車迎過來，他旁邊坐著一個小廝，竟是前幾天跟著李子恆進城去的進寶。

李綺節正想開口詢問，那頭寶珠已經替她問出口了：「是不是大郎出事了？」

進寶撓撓後腦杓，文縐縐道：「天機不可洩漏！」

寶珠一巴掌拍在進寶的腦殼上，「說！出什麼事了？不說接著打！」

進寶噘起嘴巴，扭過頭，不吱聲了。

孫天佑看了眼天色，走到李綺節身後，微微俯身，含笑道：「怎麼，妳怕我？」

兩人挨得很近，他說話的時候，熱氣直往李綺節脖子裡鑽。

李綺節忍不住打了個激靈，剛剛散去熱度的臉頰重又浮起一陣殷紅，忍不住蹙起眉頭，轉身看向孫天佑。

後者攤手，「我沒扯謊，大伯娘都同意了。」

李綺節杏眼微眯，盯著孫天佑看了許久。

孫天佑任她盯著看，儘量舒展身體，讓自己看起來更加從容，一雙狐狸眼輕輕上挑。

李綺節滿腹狐疑，不知道孫天佑這回又在打什麼主意，目光滑過對方頰邊若隱若現的酒窩，鬼使神差地，竟然不想拒絕，像剛吃完一大碗酒釀，沒有醉，渾身上下卻輕飄飄的。

算了，看看他到底在搗鼓什麼！

「走吧。」

結香目瞪口呆地看著李綺節登上馬車，半天沒回過神來，「三小姐怎麼跟人走了？」

回到家中，傻愣愣站了一刻鐘，才終於找回自己的神智。

她找到寶釵，小心翼翼道：「剛剛孫少爺是不是來了？」

寶釵道：「對啊，太太讓他去接三小姐了。」

結香暗暗舒口氣，還好，孫少爺說的都是真話，不是在撒謊哄人，不知道大官人那邊出什麼事了？聽孫少爺說，是喜信？莫不是大少爺要娶媳婦了？

一個丫頭急匆匆跑來，看到結香，眼睛一亮，「結香，張姑奶奶到處找妳呢！」

結香臉色一變，「找我做什麼？」

「不曉得。」小丫頭跑了一個大圈，累得直喘氣，「妳剛剛上哪兒去了？旮旯角落全找遍了，就是找不著妳！」

李綺節打著串門的藉口去張家還金子，沒人知道結香也跟著去了。

結香沒有回答小丫頭的話，繞過前院，拐到小院子裡，迎面一股清苦的藥香。

跟著張氏久了，她早已經習慣這種刺鼻的藥味，但今天的藥味明顯和平時的有些不同，她忍不住皺起眉頭，「夫人夜裡又咳嗽了？」

前些時候她跟去李宅照顧李南宣的起居，周氏另外撥了個手腳麻利的小丫頭伺候張氏。

小丫頭蹲在爐子前扇風，「咳了大半夜，早上大夫來看過，添了幾味藥。」說著，頭往裡間一轉，擠眉弄眼，「結香姊姊，妳進去的時候小心點，少爺在裡頭和夫人說話，我好像聽見夫人哭了。」

結香一個頭兩個大，躡手躡腳走進裡間，聽到張氏在喝斥李南宣：「你在質問我嗎？」

李南宣跪在地上，一言不發。

結香看李南宣直接跪在地上，心疼得不得了，搬來蒲團，「夫人有什麼話要交代少爺，慢慢說就是，動不動就跪，膝蓋不要了？」

張氏哼了一聲，沒說話，眼睛卻不由自主掃了一眼李南宣的膝蓋。

結香不等母子倆開口，不由分說，強行把李南宣架起來，攙扶到蒲團上坐著，正想去篩茶，衣袖忽然被輕輕扯了一下。

是李南宣。

結香輕聲道：「東西還回去了。」

李南宣微微頷首。

張氏忽然拔高聲音：「什麼東西？三郎，你瞞著我做什麼了？」

李南宣淡然道：「沒什麼，我讓結香把表妹送來的東西原樣還回去。」

「還回去？」張氏咳嗽幾聲，咬牙道：「我兒糊塗！你表妹秀外慧中，容貌出挑，對你死心塌地，跟我很合得來，我之前替你作主接下她的髮釵，你還不明白娘的意思嗎？」

李南宣目光淡然，「我對娘發過誓，一日不能實現父親的遺願，就不會娶親生子。表妹蕙質蘭心，不該因為我而耽誤終身幸福。」

「你是不是怕你堂舅舅不同意？」張氏沉聲道：「你放心，等你日後出息了，你堂舅舅肯定不會再阻撓你表妹和你的婚事。」

李南宣始終平靜無波的臉上隱隱浮現一絲不耐煩，「娘，我無意和表妹結親，不止表妹，以後不論是哪家閨秀都和我無關。您只管將養身子，不必為我的婚事操心。」

張氏臉上一白，「難道你真的打算一輩子不娶親嗎？我之前拒絕李家的提議，是因為李家的親事不妥，娘可沒打算讓你一輩子不成親啊！」

「不娶又如何？」李南宣抬起頭，幽黑的眸子裡看不出什麼強烈的情緒，彷彿他只是隨口說了一句氣話。

但張氏知道，兒子說的不是玩笑話！

「你想讓你父親這一脈斷子絕孫？」

「世間事，哪能事事如意順心？」李南宣轉頭看向窗外，秋風襲來，只剩下枯瘦的樹幹，「娘，以後不要輕易對表妹許下什麼約定，我會盡力去完成父親的遺志，其他的，誰也做不了我的主。」

他起身離開，淡褐色衣袍滑過蒲團，留下一道瘦削蒼涼的背影。

張氏淚流滿面，「結香，三郎他是不是恨我？」

您到現在才看出來？

結香冷笑一聲，眼角餘光掃過張氏那張慘白的臉，心裡一酸，把差點說出口的話重新吞回肚子裡，「夫人，您別東想西想的，少爺是您血脈相連的親生兒子，好端端的，怎麼會恨您呢？您啊，就是愛操心。」

張氏沉默良久，眼睛裡冒出星星點點亮光，「桂花是真心愛幕他，我是為他好啊！」

「張小姐再好，又關少爺什麼事？」結香撇了撇嘴，「少爺一心讀書，暫時不想成家，您別多事了。」

張氏躺回枕上，唉聲嘆氣，不知道有沒有把她的話聽進去。

小丫頭進來道：「張家小姐來了。」

結香臉色一沉，金子已經送回去了，張桂花怎麼又來了？不會是看少爺那邊不動心，又故技重施，把金子專送給夫人？

張桂花是空手來的。

結香臉色好看了一點，不過依舊板著臉，尤其是當張桂花進門後，她昂起下巴，冷哼一聲，絲毫不掩飾自己的鄙夷。

張桂花知道她看不起自己，腳步沒有停頓，直接從她身邊走過。

一個丫頭罷了，她根本不在乎。

小丫頭和張家丫頭都留在外面，沒跟進來。

結香看一眼張氏，張氏示意她出去。

結香皺起眉頭，一甩辮子，走出房門。

「桂花……」張氏挨著床欄，「苦了妳呀！」

張桂花走到病榻前，依然是一張冷冰冰的臉，「姑姑，表哥是不是有意中人了？」

張氏錯愕不已，「這話是誰說的？」

「那就是沒有了？」

張氏苦笑道：「三郎自小在寺廟里長大，從沒見過外人，哪裡來的意中人？」

張桂花默然片刻，「既然如此，表哥為什麼對我退避三舍？他是不是討厭我？」

「不，這和妳無關。」張氏鼻子一酸，淚如雨下，「是我造的孽……」

憶起早逝的亡夫，再想到註定孤苦半生的兒子，一時悲從中來，癒合的瘡口重新皮開肉綻，麻木的心再度碎裂成一瓣瓣，徹底淹沒在撕心裂肺的痛楚中。

張桂花坐在腳踏上，聽張氏講述她當年怎麼和李郎相遇，怎麼突破重重阻撓和李郎成為夫妻，又怎麼被家人強行拆散，在庵堂中度過十幾年光陰……

她靜靜聽著，目光從淒然逐漸轉為黯淡。

直到天邊聚起層層疊疊的璀璨雲霞，張氏才把當年的種種全部講完，末了，她長嘆了一聲，「是我們家沒這個福氣，不能把妳迎進門。」

她存著親上加親的奢望，所以暗中留下張桂花送的簪子，但李南宣的話打破她的幻想：張老太爺當年和她斷絕關係時，那般果斷乾脆，現在涉及到他幼女的終身歸宿，更不會輕易改變態度。張桂花對兒子情有獨鍾又能如何？終究改變不了什麼。

稍有不慎，只會落得一個比她和李郎更加淒慘的結局。

張桂花擦掉臉頰邊的淚水，「姑姑，我恨妳！」

恨妳不能給表哥一個清白的出身，在他和我之間劃下一道天塹。恨妳之前給了我希望，現在又親手粉碎我的希望。

丟下這句話後，她頭也不回地走了。

在渡口下船之後，一行人重新登上馬車。孫天佑騎著一頭毛驢，跟在馬車旁邊。

寶珠掀開車簾，「這條路不是進城的方向啊？」

馬車不止沒有走進城的大路，還拐了個彎，離城門的方向越來越遠。

李綺節朝孫天佑看去。

孫天佑甩了個空鞭，笑而不語。一雙黑白分明的眸子，像是在冰川裡洗過似的，清冽乾淨，情深似海。

任誰浸潤在這種目光中，都不可能無動於衷。

李綺節若有所覺，臉上的熱意再度沸騰起來，手心一陣陣發燙，胸腔中跳動的節奏驟然加快，馬蹄聲、寶珠和進寶、阿滿說話的聲音、風吹過枝頭的颯颯聲，以及鞭子落在車轅上的脆響，全部彙聚在一處，成為一種模糊不清的嗡鳴。

此刻，唯有自己的心跳聲清晰無比，一聲比一勝猛烈，一聲比一聲激蕩，她甚至覺得自己的心臟隨時會從喉嚨裡蹦出來。

等馬車順著土路轉過一座座小山包，眼前豁然開朗，遠遠便能看見一座矗立在北面的球場和周圍鱗次櫛比的木質建築。

隔得老遠，依然能看出坊市間比肩接踵，人潮洶湧。

孫天佑收起玩笑之色，目光像帶了鉤子，牢牢鎖在李綺節身上，「這些是按著妳的設想一步步籌建完善的，為什麼不來親眼見證它的輝煌？」

李綺節久久無言。

「我知道妳想來。」孫天佑翻身跳下毛驢，走到馬車旁，「我說過，只要妳開開心心的，我就別無所求。在我面前，妳不用隱忍什麼。」

不等李綺節開口，他忽然咧開嘴巴，一下子變得嬉皮笑臉，「妳什麼都跟花慶福說，對我卻吞吞吐吐的。難道在妳心裡，我還不如那個合夥人花慶福嗎？妳可別忘了，咱們倆年底就要拜堂成親的，我才是妳的夫君！」

李綺節不想笑，嘴角卻不由自主掀起一個微小的弧度。

孫天佑伸手，掌心蓋在她擱在車窗邊緣的手上，輕輕握緊，「三娘，妳想去哪兒，想看什麼，我都會帶妳去！」

李綺節沒有抽回手，「一點都不介意？」

孫天佑搖頭，「不介意！」

「成親以後也是一樣的？」

孫天佑一臉理所當然，「那當然了！」

轟隆陣陣，球場的方向接連不斷傳來震耳欲聾的吼聲，彷彿地動山搖，老馬和毛驢有些受驚，阿滿和進寶連忙掏出草料，安撫幾匹老夥計。

寶珠很會看眼色，不知道溜到哪裡去了。

李綺節望著遠處擁擠的人流，「球賽已經開始了。」

她的態度中不知不覺透出一點親暱來，孫天佑心裡有些發癢，得寸進尺，牢牢攥著她的纖纖十指，不肯鬆手。相識以來，頭一次能夠摸到她的手，也算是一親芳澤了。他心裡美得冒泡兒，「不礙事，我讓花慶福留著包廂，咱們可以從後樓的廊道過去。」

「不用了，在這裡看也是一樣的。」

「在這裡能看到什麼？」孫天佑撩起袍子，跳到馬車外邊，掀開車簾，「裡面已經打點好了，待會兒妳披上斗篷，跟我一塊兒進去，沒人會注意到咱們。」

李綺節很想坐在球場裡看完第一場正式的蹴鞠比賽，很想看看大哥他們訓練半年的成果怎麼樣，很想問問現場的觀眾們對改革過後的蹴鞠花樣有什麼看法，很想與花慶福商討接下來的計畫……沒來之前，她想做很多事，但礙於身分，什麼都不能做。

孫天佑看出她的心事，為她準備這一場驚喜，她忽然覺得，看不看已經不重要了。

「以後如果我想做什麼壞事，你也得給我打頭陣！」

孫天佑展眉淺笑，「好，說定了！」

他笑起來時，俊朗的五官越發深邃，頰邊的酒窩像摻了蜜糖，甜絲絲的。

李綺節抿嘴一笑，忍不住伸手戳了戳那個淺淺的酒窩。她可以對天發誓，這個動作完全是下意識的，不帶任何暗示。

然而，孫天佑已經傻了。

李綺節卻開始後悔這個略顯輕浮的舉動。

孫天佑發現李綺節對自己的酒窩很感興趣，笑得越發燦爛，接下來的時間裡，他臉上始終掛著甜膩的笑容，隨時隨地亮出酒窩，在李綺節面前晃來晃去，彷彿在說：來啊，想戳就戳，隨便戳啊！

李綺節想對他翻白眼。

孫天佑說家裡有喜事還真不是騙人的：有人再度給李乙說媒。

李綺節頓了一下，「阿爺答應了嗎？」

孫天佑搖搖頭。

李乙意志堅定，重複了一遍自己當年立下的誓言，客客氣氣把媒婆送走。

正因為李乙態度堅定，直接拒絕媒婆，孫天佑才敢把這事說給李綺節聽，他直覺李綺節和李子恆都不希望家裡忽然多出一個繼母。

「還是周桃姑？」

年前周大丫大病一場，周家請醫用藥，幾乎把周桃姑積攢多年的積蓄花光。周家的熟水攤子生意不紅不火，勉強夠母女幾人度日，周桃姑挑挑揀揀多年，一直沒再相中其他人。

到底是這麼些年的街坊鄰居，周大丫生病的時候，李綺節抽空去看過一回，當時周桃姑對她的態度不冷不熱。她看得出來，周桃姑還因為當年的事耿耿於懷。

孫天佑偷偷瞅一眼李綺節，「唔，是賣熟水的周寡婦。」

李綺節垂眸不語。

孫天佑懊惱不已，早知道李綺節會不高興，他就不多嘴了！

天際飄來一團黑雲，一群身姿矯健的大雁從山林上空飛過，遷徙隊伍寂靜無聲，唯有秋風颳過林木的蕭瑟聲響。

寶珠大著膽子道：「三娘，咱們還進城嗎？」

李綺節埋著頭躊躇半天，仍然理不清思緒，嘆口氣，「不，咱們回李家村。」

球場裡爆出一陣又一陣震耳欲聾的喧譁聲，幾乎能震碎賽場上所有人的耳膜，不過大家已經習慣了。

皮球滴溜溜打了個轉，落進球網裡。

場邊的老者吹響比賽結束的哨聲。

「我們贏了！」

隊友們飛奔至李子恆跟前，歡呼著擁抱他。每一場比賽贏球的那方都能拿一筆豐厚的賞金，所有人全力以赴，為的就是能打敗對方，獲取更多的獎金。可真的置身賽場，感受到觀眾們的熱情，聽著四面八方傳來的叫吼聲，獎金的吸引力似乎沒那麼大了，每個人都熱血沸騰，一心只想進更多的球。

贏球的一隊回到換衣間，嬉笑打鬧，笑語連連。輸球的那一方坐在牆角的長凳上，沉默著看他們慶祝勝利。

花慶福找到李子恆，「大郎，你們趕緊換身乾淨衣裳，跟我去見一位貴人。」

「花大叔，我們要去見誰啊？」

李子恆換下濕透的衫褲，頭髮重新梳攏抿整齊，還往身上抹了點花露——這是李綺節給他的，聞起來香噴噴的，可以用來泡澡解乏，擦一點在身上，涼涼的，還能消除汗味。

其他人就沒他那麼講究了，套上乾淨衣裳，抬腳就走。

「是個官老爺，待會兒他問什麼，你們就答什麼。他不開口，你們也別多話。」

李子恆轉頭瞥一眼跟在後面的隊友，壓低聲音，「不能提三娘吧？」

花慶福點點頭，「能不提就不提。」

看到李子恆臉上似有憂色，他笑了笑，「沒事，只有咱們幾個曉得三娘是背後主事的人，其他人都不知情。」

比賽之後，人群像潮水一般湧出大門，許多人神情激動，一邊往外走，一邊大聲討論著什麼。場裡重又恢復寂靜冷清，只有一夥人留在場中沒走。

金長史環顧四周，默默打量著造型有些怪異的球臺和圍成圓拱形的一排排座椅。幾個小童提著竹籃，散落在席位間，一層層清掃地面。

球門前響起一串整齊的掌聲，「世子爺威武！」

球網前，一個身著雞冠紫圓領大襟熟羅長袍服，滿鬢風霜的男子撫掌哈哈大笑，「不知我上場的話，能進幾個球？」

「世子爺腳法穩健，必能大殺四方，十個八個都算少的！」

男子笑得越發開懷。

李子恆不認得楚王世子，但隊中有人曾進楚王府獻藝，為楚王表演蹴鞠白打，認得統管王府內外事務的金長史。看到昔日那個高高在上的金長史帶著滿臉討好的笑容，奉承那個衣飾不凡、面相慈和的男人，他不由倒吸一口氣，「什麼官老爺，這分明是王爺世子啊！」

老百姓們只曉得楚王樂善好施，喜歡結交才華出眾的文人書生，而藝人們雖然屬於下九流，但能夠常常進出藩王府，對藩王府裡頭的事情知道的多些。楚王已是耄耋之年，醉心詩書，深居簡出，很少在眾人面前露面。王府現今基本上由楚王世子做主，楚王世子十幾歲時就被冊封為世子，一轉眼四五十年過去，這位性情活潑，在民間頗有賢明的世子，也快到知命天年了。

李子恆面色不變，「世子？就是咱們這兒最大的官老爺？」

花慶福早就跟他說過，要想把新式蹴鞠比賽推廣到整個湖廣大地，必須先從楚王府那邊著手。為了搭上王府裡的管事，花慶福前前後後花費三千兩銀子，沒想到竟然真的把世子本人請來了。老師傅則是認出楚王世子，雙腿開始打顫。

李子恆神經大條，滿不在乎地拍拍他的肩膀，「又不是萬歲爺爺來了，怕什麼？」

全天下人都曉得老朱家的祖宗是貧苦出身，甚至還出過要飯的叫花子，老朱家從不避諱這一點，加上娶進宮的皇后、嬪妃都是從民間遴選，老朱家和其他朝代的皇室氣質迥異，跟民間老百姓的距離更近。從明初到明末，老朱家的後宮紛爭和權位更迭始終帶著幾分家常人情味，讓人覺得匪夷所思，又理所當然。

老百姓們畏懼皇權，但膽子大起來時也敢和朝廷叫板。民間各種譏諷老朱家的筆記小說層出不窮，屢禁不止，老朱家還不是束手無策？

而且，王爺聽起來很嚇人，可和老百姓們離得太遠了。各地藩王雖然是一方權貴，但不能結交大臣，不能領兵，終身不能離開封地，權力有限。除了北地幾個手握兵權的王爺敢對紫禁城裡的那位陽奉陰違，時不時跳出來蹦躂幾下，其他藩王大多數老老實實過日子，楚王一脈的子孫個個低調，安安生生享受榮華富貴，少有惡名。

據說王府裡的老王妃家裡原本窮得叮噹響，因在選秀中脫穎而出，被冊封為王妃，娘家才買得起牛。王府的世子、公子們是老王妃親自教養長大的，深知民間疾苦，行事和一般權宦人家的紈絝不一樣。

楚王府這位世子爺更是出了名的平易近人，早年他常常領著奴僕在市井遊樂，一言一行都與普通老百姓一樣，沒有什麼特別的地方，有不認識的浪蕩子冒犯他，他只是一笑而過。

花慶福搖搖頭，不知道該慶幸李子恆臨危不懼，還是為這個傻大膽苦笑，「世子爺輕車簡行，不想暴露身分，你們把他當成一個尋常富商就行，別拘泥。」

他想了想，特意叮囑一句：「如果世子爺要和你們比球技，你們曉得該怎麼做吧？」

所有人都乖乖點頭，連李子恆都明白，想討好貴人就得讓貴人高興，不論比什麼，都得讓貴人贏。不止要放水讓貴人贏，還要放得天衣無縫，自然而然，讓貴人看不出一絲破綻，作戲要作得像模像樣才行。

世子果然提出想和李子恆他們切磋球技。

眾人互望一眼，確定好雙方人選，擺開架勢，金長史搶過哨子，親自吹響開賽的哨音。

世子快六十歲了，身子骨仍然硬朗，把長袍塞在腰帶裡，在半場裡跑來跑去，眾人控制著節奏，儘量把皮球送到他腳下。

「噗」一聲，皮球衝破守門員的五指關，灌入球網。

眾人連忙齊聲叫好。

李子恆直喘粗氣，陪世子踢球，比他們平時訓練累多了。

世子畢竟年紀大了，跑完半圈球場，腳步明顯變得沉緩起來，跟隨的侍者生怕他傷著，想叫停比賽，又怕惹他不高興，跟在球場旁跑來跑去，不知該怎麼辦。

唯有金長史從容不迫，越眾而出，走到世子跟前，很有眼色地送上擦汗的手巾。

其他人順勢上前恭維奉承，李子恆他們默默退到一邊。

世子還沒過癮，不過他素來隨性，不想逞強，甩甩胳膊，走向場邊，問道：「這個玩法新鮮，誰想出來的？」

世子平時很喜愛玩蹴鞠，傳統的蹴鞠講究技法花樣，注重形式，好看是好看，玩起來卻有些單調乏味。不像他今天觀看的比賽，簡單直接，但酣暢淋漓，激情澎湃。整場比賽的期間，他一直目不轉睛，看得如癡如醉。

金長史看向花慶福，花慶福笑答道：「船工們平時閒著無事，偶然學來的玩法。」

金長史面露詫異之色，世子明顯是要獎賞修建球場的人，這可是千金難得的大好機會。能在世子跟前露臉，等於多了一座穩固的靠山，以後的好處多著，花慶福居然輕易放過？

花慶福把頭埋得低低的。

如果讓人曉得球場真正的主人是李綺節，別人會怎麼議論且不說，金長史多半會頭一個變臉，要麼覺得李綺節別有用心，要麼因為看不起李綺節的女子身分而怒火中燒。這些年別人都以為他的生意越做越大，其實他只是在替李綺節跑腿。交遊越廣闊，認識的人越多，他越來越能明白李綺節為什麼有那麼多顧慮。商會裡的人都是人精，心眼算計層出不窮，如果他們發現李綺節的存在，早就一窩蜂撲上來喝血吃肉了。王府是座好靠山，可牽涉的人事也更敏感更複雜，暫時不能讓金長史看出李綺節和他的關係。

侍者們簇擁著世子走遠，幾個面白無鬚的內侍留下分發賞賜。

離開球場前，世子忽然咦了一聲，指著路邊一間酒肆，「那牌子上寫的雪泡酒是什麼酒？怎麼從來沒聽說過？」

酒肆不大，只賣酒水，不供茶飯。店裡窄窄一小塊巴掌地方，除了幾列盛放酒罈的木架子，再就是一座木板圍起來的簡陋櫃檯，夥計站在櫃檯後為人打酒。客人非常多，他手腳並用，打酒、收錢、扯皮，在咫尺櫃檯間轉來轉去，忙得像陀螺一般。

幌子下有兩溜排得很長的隊伍，一直排到街尾，前頭的人裝滿酒壺，心滿意足離開，後面立刻有人跟上，眼看天色將晚，隊伍仍然還是那麼長。

店前懸有一塊木牌，上面零零總總寫了十幾樣的酒名，桂花酒、茉莉酒、玫瑰酒、菊花酒、葡萄酒、黃酒、金華酒、燒豆酒都很常見，唯有雪泡酒和一杯倒，世子聞所未聞。

有侍者掏出一把碎銀子前去買酒，排隊的老百姓看他們衣著不一般，又個個凶神惡煞似的，不敢得罪，紛紛避讓。也有不原意讓的，在一旁對他們指指點點。

世子皺眉，「今天是出來玩的，讓他們老實一點。」

金長史連聲答應，「世子爺，這酒肆的酒俱是李家酒坊所出，那花相公就是李家酒坊的掌櫃，他早就備了兩罈好酒孝敬您，就擱在王府庫房裡呢。這外邊店裡賣的，肯定比不上送到王府的好。」

雪泡酒和一杯倒金長史都品嘗過，味道確實獨特。雪泡酒酒液金黃，泡沫雪膩，入口微苦，喝下肚之後才能品出酣暢爽快。一杯倒是烈酒，看似清冽純淨，其實後勁十足，聞起來像一種南邊上貢的花露，香氣十分濃郁。本來是叫火炮酒，因為酒性實在太烈，普通人喝完一杯就醉得不省人事，名聲漸漸傳開，於是縣裡的人都管它叫一杯倒，火炮酒這個名字倒是沒人提起了。

金長史很喜歡喝雪泡酒，暑夏時冰過的雪泡酒滋味最好，他幾乎每天飲一壺，而且他收了花慶福的好處，拿人錢財，替人辦事，所以他才會賣力向世子推薦這兩種酒。

他說的是實情，送到王府的兩罈酒是上品。當初李綺節光是把釀酒的材料找齊全，就費了不少功夫，為了減少成本，她把自己名下的田地全部開墾出來種莓草和麥苗。李家酒坊的老師傅性情頑固，認為她是異想天開、糟蹋糧食，寧願捲鋪蓋走人，也不願意為她釀新酒。只有劃到她陪嫁中的那家酒坊肯聽她指派，這才能順利釀出雪泡酒和一杯倒。

「哦？」世子興致盎然，「回去讓人送一壺到我房裡。」

捌之章

老父續弦圓缺憾

從孟家門口經過的時候，李綺節恍惚聽見一陣嬰兒啼哭聲。

「前幾天孟七娘帶楊小郎回家來省親。」進寶見李綺節面露疑惑之色，開口為她解惑。

「楊小郎？」寶珠眼前一亮，壓低聲音，「就是黃鸝鳥生的那個？」

李綺節提起小黃鸝時，總是以黃鸝鳥來稱呼她，久而久之，寶珠也跟著叫起黃鸝鳥。

「可不是！」進寶推開院門，「昨天孟家丫頭抱著他在巷尾遛彎，我過去瞧了一眼，長得虎頭虎腦的，可招人疼，就像和楊五少爺一個模子裡刻出來似的！」

寶珠皺眉，暗暗橫進寶一眼：沒事兒提楊五郎做什麼？

進寶撇撇嘴巴，不甘示弱地反瞪回去：都是陳年往事了，為啥不能提？

門房以為家中來客，揣著袖子上前，看到進門的是李綺節，吃了一驚，「三娘回來了！」

「阿爺呢？」

「官人在房裡吃飯。」門房一拍腦袋，「三娘還沒吃吧？家裡沒開伙，只有買的筍肉饅頭和煎花饅頭，我再去外頭買點糕餅點心？」

「不勞您操心，我去灶房煮一鍋雞絲麵就成了。」寶珠提著簍子，徑直走進灶房，進寶跟過去幫忙。

李乙獨坐在正廳的案桌前用飯，桌上只有一碟桂花腐乳、一碟油鹽花生米、一碗綠豆稀飯，及一盤拳頭大的饅頭。他筷子上夾著一個吃了半邊的饅頭，吃一口稀飯，咬一口饅頭，吃得慢條斯理，不慌不忙。

李綺節站在門邊，靜靜地看了半晌，不知為什麼，鼻尖忽然一酸，差點掉下淚來。倒不是傷心，而是一時感慨。她馬上就要出閣嫁人，李子恆也到成家立業的年紀了，李乙孤身一人留在家中，連個能一起說話的人都沒有。他們這樣的人家，從來沒有食不言、寢不語的規矩，一家人圍坐在桌邊吃飯時，一般是最熱鬧的時候，你一句我一句，說說笑笑，吃飯也吃得格外香些。

「阿爺。」她輕輕喊了一聲。

李乙抬起頭，「三娘？」

他既驚又喜，筷子上的饅頭差點掉進碗裡，「回來怎麼也不先讓人打聲招呼？」一邊說，一邊站起身，「沒吃飯吧？我去西街那頭買點菜，家裡什麼都沒有。」

「寶珠在忙活呢！」

李綺節細細端詳李乙，不知不覺間，這位沉默嚴肅的父親已鬢染霜白。

她的未來還很漫長，而李乙已經快到遲暮年月。能與他攜手做伴、相濡以沫的人，終究不會是兒女。

寶珠手腳麻利，很快整治出一頓像模像樣的晚飯。吃過飯，李綺節陪著李乙說了會兒家常話，直到更夫敲過一更鼓，才各自回房洗漱歇下。

從箱籠裡翻找出來的被褥乾淨整潔，有股淡淡的樟腦味，可能是多日不曾曝曬的緣故，接觸到衾枕的皮膚能感覺到明顯的潮氣。躺在衾被中，像坐在一條隨波蕩漾的小船上，四周水氣瀰漫。李綺節本該返回李家村的，中途突然折返，來不及取鋪蓋行李，李乙不知道她會回來，沒來得及晾曬被褥，只能讓她先將就一夜。畢竟是男人，平時想不到這些。

她心裡揣著煩心事，輾轉反側，始終不能入夢，迷迷糊糊間，瞥見窗前一抹清冽月色，隔著繡滿蟲草鳥獸的蚊帳，越顯幽寂。

翌日淩晨，隔壁院子傳來一聲接一聲高亢的啼鳴。

天邊些微發亮時，李綺節揉著眼睛，起床梳洗。

日頭還沒爬起來，房裡幽暗，寶珠點亮油燈，為李綺節挽髮。

李綺節打開妝盒，取出雲髻，「吃過飯，陪我去周桃姑家走一趟。」

寶珠愣了一下，眼裡閃過詫異之色。李綺節嫌雲髻累贅，平時從不戴它，今天要戴雲髻出門，肯定是出去商談大事。

而且，還是去周桃姑家。

莫非……三娘要上門找周寡婦說理？

寶珠心思一動，手上動作不停，仔細固定好李綺節頭上的雲髻，在兩鬢別上數支髮釵，髻旁簪一枝銀鍍金方勝形石榴紋髮簪，碎髮抿得嚴嚴實實的，用一朵絨花掩住，然後為李綺節描了雙比平時凌厲兩分的分梢眉——去別人家，得擺出氣勢來！

周桃姑掀開鍋蓋，往沸騰的開水裡倒入調好的麵疙瘩，等疙瘩凝固成形，她拿起鍋鏟，小心翼翼地翻攪麵湯。

門外忽然響起一陣清越的鈴聲，她連忙側耳細聽。

水車從門口經過，賣水的老漢慢吞吞地吆喝：「水來嘍……水來嘍……」

接著是各家各戶的開門聲，巷子裡沒有水井，大家吃的水都是靠走街串巷的老漢運送。

周桃姑放下鍋鏟，雙手在罩衣上擦了擦，轉身從羅櫃的罐子裡摸出幾枚大錢，「二丫，讓賣水的進來，把咱們家的水缸裝滿。」

周二丫乖巧地答應一聲，接過銅錢，出門買水。

疙瘩湯煮好了，盛了幾大碗，放在四方桌上晾涼。

等到爐膛裡的火都熄滅了，周二丫還沒回來。

賣水的人已經走了，二丫頭怎麼沒進來？

周桃姑脫下罩衣，出門尋二女兒，嘴裡罵罵咧咧道：「懶骨頭，就曉得偷懶！」

「娘，我沒躲、躲懶。」周二丫迎上前，怯怯地道。

周桃姑雙眉倒豎，兩手往腰間一插，「妳——快去篩茶！」

原本是要罵人的，但看到跟在周二丫身後進門的人，她的語調忽然打了幾個轉，愣了半天，才猛然醒過神，怒色霎時消失得無影無蹤，忙連聲催促周二丫，「不要雞蛋茶，拿我房裡的好茶葉。」

周二丫被母親神情扭曲的臉嚇了一跳，飛奔進屋去篩茶。

李綺節長年待在鄉下，周桃姑已許久沒見過她了。多日不見，她出落得越發嬌豔秀麗，頭梳小垂髻，簪環滿頭，挽著翠花雲髻，身穿月白色琵琶袖交領雲羅夾襖、黑底藍花百褶棉裙，蓮裙綽約，身姿輕盈。

一雙圓圓的杏眼，顧盼間姿態靈動，英氣勃勃。

昔日那個跟在父親身後蹣跚學步的小女孩，已經長成明眸皓齒、端莊溫婉的大姑娘了。

周桃姑心裡有些不是滋味。當年她男人早早沒了，但好歹給家裡留了一筆錢鈔，容她們母女三人度日。那時候她還算年輕貌美，加上積蓄頗豐，縣裡不知有多少人求娶她，她一個都看不上。千挑萬選後，才選中老實厚道的李乙。她行事爽利，一拿定主意，立刻費鈔託媒婆去李家說親。原以為不過費費嘴皮子就能湊成一樁好姻緣，結果卻沒能如願。

李乙拒絕媒婆時很客氣，說自己無心再娶，但周桃姑知道，原因就出在李綺節身上。早不病，晚不病，偏偏媒婆一上門她就病了。等李乙回絕親事，她又好了，裡頭肯定有貓膩。

周桃姑認為李乙肯定不會打一輩子光棍，不然媒婆第一次上門時，他怎麼沒一口拒絕？如果不是李綺節故意搗亂，李家早就把她迎進家門了。

斗轉星移，眨眼間經年過去，周桃姑漸漸明白，自己對李綺節的憤恨不過是遷怒罷了。不管李綺節是有意裝病還是剛巧病得不是時候，李乙才是那個決定要不要續娶的人。

她心裡很明白，可臉面還是掛不住。周桃姑每次看到李綺節，無不是冷臉相對，陰陽怪氣。明知對方只是個孩子，她還是忍不住。慢慢的都成習慣了，哪一次看到李綺節時她沒擺出冷臉，就覺得心裡不對勁兒。

今天李綺節上門來，她卻堆著滿臉笑容，亮出一口雪白牙齒，打起了全部精神，忙前忙後，端茶倒點心，比平日殷勤百倍。

周大丫和周二丫看著忙得像陀螺一樣的母親，面面相覷。

李綺節眉毛輕輕一挑，周桃姑的姿態放得越低，她越覺得古怪。

寶珠也一臉愕然，防備地盯著周家一對姊妹花，想從她們臉上找到周桃姑反常的原因。

周桃姑不是沒看到李綺節主僕的不自在，她也想冷靜下來，把李綺節當成街坊招待，但她以前總是給對方冷臉看，一下子實在轉不過彎來，不知該怎麼和對方相處，只能儘量把自己最熱情的一面展示給對方看——她想討好李綺節，最好能打動對方。

幾年前，李乙不願意娶周桃姑，她生氣歸生氣，卻絕不會沒臉沒皮纏著李家不放。然而今時不同往日，為了給大丫請大夫，家中的積蓄已經花得差不多了，兩個女兒已經到了出閣的年紀，湊不出一份像樣的嫁妝，哪家願意上門說親？

熟水攤子的生意大不如前，眼看著每個月的盈利越來越少，周桃姑暗暗發急，夜裡在枕頭上翻來翻去，怎麼都睡不著，天還沒亮又得爬起來忙活。才不過幾個月，她足足瘦了二十多斤，街坊鄰居嘴上不說，背地裡都說她一下子像老了十多歲。

娘家兄弟勸周桃姑再找個男人嫁了。縣裡和鄉下不一樣，鄉下的寡婦再嫁，全家都會被人吐口沫。縣裡的寡婦再披紅綢嫁人，人家頂多說幾句閒話，不會一直追著寡婦罵。

周桃姑婆家的人管不了她，她願意找個老實肯幹的男人一起過日子，可願意娶個寡婦當老婆的，不是窮鰥夫就是無賴漢，活脫脫就是一個大火坑，她寧願賣熟水供養兩個女兒，也不會隨隨便便往坑裡跳。

偏偏她娘家嫂子有個表兄弟剛好死了房裡人，急著再找個婦人持家。娘家嫂子一拍手，直接求到她跟前，話說得很好聽：「可見是你們有緣分！我表兄弟家裡有田有地，十幾間大屋子、兩間雜貨鋪，日子很過得去。他家就只有兩個兒子，父子三人，清清靜靜，等妳嫁過去了立馬當家，誰都不能給妳氣受。他生得體面高大，年紀正相合，同妳再般配不過了。」

娘家人全都來勸周桃姑，周桃姑打聽到對方家中富裕，而且願意為她的兩個女兒添妝，心裡有七八分願意，連再嫁的大衣裳都做好了。誰知請媒人吃酒那天，她娘家嬸嬸暗中和她說，她娘家嫂子沒安好心，明著替她說親，其實想把她兩個女兒給那表兄弟家當童養媳。

給人當童養媳的，過得還不如富人家的傭人鬆快，每天起早貪黑，幹最多的活，吃最少的飯，吃不好睡不好，任打任罵，吃盡苦頭，日子就像泡在苦水裡一樣。

何況那家的兩個兒子比周大丫和周二丫足足小了五六歲。

周桃姑可不是任人捏扁搓圓的人，算計她就算了，誰敢打她女兒的主意就是她的仇人。聽完娘家嬸嬸的話，她二話不說，走進灶房，摸了把蒲刀，衝到兄弟房裡，見人就砍，逢人就劈，把娘家嫂子嚇得屁滾尿流，跪在地上向她討饒。

和娘家鬧掰之後，周桃姑的日子越發難過了。娘家嫂子在她手裡吃了虧，氣不過，乾脆撕破臉皮，把她急著嫁人的事宣揚出去，害得她顏面盡失，招人恥笑。

被人譏笑也就罷了，她操持熟水攤子這麼多年，和整日閉門不出的婦人不一樣，早就練就一身銅皮鐵骨，根本不怕別人的閒言碎語。前頭男人的兄弟當面罵她沒廉恥，她還能笑著給小叔子盛一碗熟水讓他潤潤喉嚨呢！

周桃姑不怕丟臉，她怕的是那些在市井間流竄的痞子閒漢。那些喜歡欺軟怕硬的閒漢看她家沒男人，常常用言語撩撥她，全靠她性子剛硬，才沒讓那些閒漢討到什麼好處，但她急著嫁人的事情傳出去以後，那些閒漢越發沒臉沒皮，三無不時在她家門前流連徘徊，有時候竟然還出口調戲周大丫和周二丫。

有一次家裡的門沒關嚴實，兩個嬉皮笑臉的浪蕩兒仗著沒人管，直接闖進周家，把周桃姑嚇得不輕，好在李乙剛巧從巷子裡經過，大吼一聲，把兩個浪蕩兒嚇走了。

周桃姑此刻就像一隻掉進漩渦裡的野貓，生命危在旦夕，誰肯拉她一把，她恨不得巴著對方，一輩子都不放手。

如果是別人就算了，偏偏正好是她曾經相中的李乙。

她壯起膽子，再次請人上門說親，李乙和上次一樣，依然沒點頭。

周桃姑不想死心，一旦死心，她和兩個女兒就真的沒有活路可走了。

所以，李綺節上門來，她恨不得把對方當成菩薩一樣頂在頭上供起來。她知道，李乙很看重一雙兒女，如果李綺節能幫她說幾句好話，李乙說不定會改口。

周家是做熟水生意的，酷暑炎日，或者寒冬臘月時，她們家的生意最好。周桃姑熬的香飲子味道不錯，比別人家的濃郁，茶也泡得好，茶湯碧綠晶瑩，一看便知是用了好茶葉。

李綺節嚥下一口溫熱的茶水，苦澀的味道從舌尖蔓延，繼而泛起一絲甘甜。

她笑了笑，「阿姑別忙活了，都是自己人，咱們自自在在說會兒話。」

周桃姑搓著雙手，陪笑道：「家裡沒什麼好東西招待妳，讓妳見笑了。」

說完這句，她才聽清李綺節說了什麼，愣了片刻後，看到李綺節臉上的笑容始終沒有淡去，她眼裡閃過一絲不可置信。

李綺節朝她輕輕點頭。

周桃姑張大嘴巴，神情霎時激動萬分。

從周家出來，寶珠小聲道：「三娘，妳剛剛和周寡婦說的話，是什麼意思？」

李綺節讓周桃姑去尋一個信得過的親戚，周桃姑喜孜孜應下，像撿了什麼大便宜似的。

「咱們家又要有喜事了。」

李綺節朝周家院子投去一瞥，喃喃道。

昨天夜裡，她直接向李乙問起周桃姑的事，李乙面色有些發窘，不肯多談。她費了不少口舌，終於讓李乙相信，她已經長大成人，可以接受家裡的任何改變，不會因為李乙再娶而心生不滿，這才聽到李乙的心裡話。

李乙年紀大了，情情愛愛和他扯不上關係，但兒女漸漸長大，終有一日會各自成家，留下他獨自一人。白天無人陪伴，夜裡孤枕難眠，偶爾想起故去的亡妻，更覺孤寂，如果能夠續娶一個貼心溫柔的填房，李乙還是願意的。

不過，他再三強調，他只是想找個人作伴罷了，對周桃姑沒有什麼特別的想法。

李綺節和李乙深談一場，心中有數，落花有意，流水未必無情。

兩家當了多年的鄰居，算得上知根知底，周桃姑精明爽利，手腳勤快，雖然愛動心眼，但本性並不壞。李乙性子軟和，對誰都客客氣氣的，有時候難免在外邊受氣。兩人正好可以互補。

與其託媒婆找一個不知底細的人當李家主婦，不如把早就對李乙有意的周桃姑娶進門，至少她是真的看中李乙的為人。

而且，周桃姑那邊明顯是有求於李家，想借助他們求個庇護。如果能如願嫁給李乙，她肯定會盡心盡力照顧他，絕不敢動歪心思。

再者，李子恆已經這麼大了，周桃姑沒有兒子，暫時不會故意和李子恆別苗頭。不管以後她會不會再給李乙開枝散葉，都動搖不了李子恆在家中的地位。

最後一點，周大丫和周二丫能不能嫁出去，嫁得好不好，要看李家願意為她們出多少嫁妝，而家裡的銀錢往來都由李綺節說了算，周桃姑想讓女兒們體體面面地嫁出去，就得老老實實過日子。

李大伯和周氏進城和李乙商量娶親的事，夫妻倆你一句我一句，說得熱火朝天的。

李乙一直紅著臉，不怎麼開口，李大伯問他什麼，他一概不答，低頭專心吃茶。

李綺節畢竟是要嫁出去的，周氏不擔心她，就怕李子恆會不高興。

李子恆滿不在乎地道：「我時常不在家，阿爺吃飯時連個陪著說話的人都沒有，瞧著怪冷清的。以後嬸子進門，我在外頭就放心多啦！」

周桃姑也姓周，當然，她的周和周氏亡夫的周不沾邊，李子恆和李綺節商量好了，以後管周桃姑叫嬸子。

鰥夫再娶，寡婦再嫁，不用多講究，換好帖子，尋個黃道吉日抬進家門就成。周桃姑怕夜長夢多，巴不得立刻收拾行李鋪蓋搬到李家。李大伯和周氏問過李乙的意思，最後定下下旬辦喜酒。周氏存了一點私心，李綺節年底就要嫁人，先把周桃姑迎進門，到時候別人看到新嫁娘父母雙全，才不會多舌多嘴。

李家挑了個好日子，請周桃姑的娘家人上門吃酒。

酒菜肉飯齊備，宴請周桃姑的娘家兄弟，李大伯和楊表叔在一旁作陪。

待外邊吃得差不多了，李綺節對周桃姑道：「嬸子以後和我就是一家人，一家人說話不必拐彎抹角。我和嬸子說句心裡話，我們家呢，雖說不是大戶人家，但衣食不缺，日後肯定不會虧待嬸子和兩位姊姊。」

周桃姑面色一喜，她倒不怕李綺節是哄著她玩的，因為明眼人都看得出來，李家大郎從不管事，家裡都是李三娘做主。

李綺節接著道：「俗話說，空口無憑，誰也不能保證以後會如何。不如趁著今天親戚們都在，大家把話攤開了說，立下一個明明白白的章程，白紙黑字寫好，以後誰有疑問，把立好的契書拿出來一看，再難辦的事情，只管按著約定好的章程來。既省事，又公平，免得大家為了一點子雞毛蒜皮起齟齬，傷了親戚間的情分。」

周桃姑猶豫了片刻，一時拿不準李綺節的意思。

李綺節粲然一笑，眉眼彎彎，「我回去找印章，嬸子待會兒和家裡人商量一下，今天咱們就把事情定下來。」

周桃姑娘家兄弟幾個吃完酒，個個吃得臉上紅紅的，過來找她說話。

周桃姑把李綺節的話一字一句原話轉述給娘家人聽。

她的娘家兄弟們面面相覷了一會兒，其中一個方下巴的漢子皺眉道：「什麼意思？這是要分家嗎？」

「姊姊還沒進門，他們家就鬧分家，這不是明擺著防著咱們嗎？」

「太不把咱們當人看了！」

兄弟幾個鬧成一團。

周桃姑卻高興地道：「分家好！分家我才放心呢！」

她之前得罪過李綺節，生怕對方會給自己小鞋穿，這些時日很有些戰戰兢兢。雖說繼母不必怕一個即將外嫁的繼女，但她一無所有嫁到李家，還帶著兩個拖油瓶，腰桿根本直不起來，而且女兒的終身大事還得靠對方搭把手，她巴結李綺節和李子恆還還不及，哪敢妄想李家的家產？早點分家，她心裡也自在些。

方下巴漢子卻不同意，「不行！這個時候分家，妳肯定會受委屈，要分也得等親事成了以後再分。」

其他人點頭附和。

兄弟中的一個冷哼，「之前幫著說合了多少人，姊姊一個都看不上，非要嫁這個李乙，李家有什麼好？笑裡藏刀的，人還沒進門，就先鬧著分家，沒見過這麼不講情面的人家，姊姊還幫著他們說好話。要我看，姊姊還不如嫁給老三他家的表兄弟，至少人家捨得出彩禮。」

老三家的，就是周氏那個想把周大丫和周二丫騙去做童養媳的娘家嫂子。

周桃姑面色驟變，冷笑一聲，環顧一圈，把娘家兄弟們個個看得面色通紅，手足無措。

她臉上似笑非笑，「說來說去，原來就是為了多收幾份彩禮。我說嫂子怎麼敢打我家兩個丫頭的主意，原來你們也知情，難怪她底氣那麼足。」

眾人支支吾吾，不敢答她的話。

周桃姑心頭陡然騰起一陣怒火，燒得滿心滿肺撕裂一般痛苦，她猛然一個轉身，想去灶房翻蒲刀。兄弟幾個深知她的脾氣，嚇得一顫。

周桃姑的目光落在兄弟們臉上，因為恨透了幾個嫂子，她今天只讓兄弟們過來吃酒，沒有請嫂子們。沒想到嫂子刻薄，最無情的，卻是她的幾個親兄弟。

小時候相濡以沫，全靠她一把屎一把尿拉扯大的兄弟……

心灰意冷，不過如此。

她閉上眼睛，把憤恨和失望藏在心底，「李家的錢鈔是他們家掙的，和我不相干，他們想怎麼分就怎麼分。今天請你們來，不過是做個見證罷了。等我進門，以李官人的為人，絕對少不了我們母女三人的那份，到時候各家管各家的，他家大郎和三娘也不能插手。」

周桃姑明白李綺節的顧慮，對方無非是想趁李乙續娶之前，把李子恆該得的那份劃分出來，寫到李子恆名下。公帳私帳分開了算，以後不管她能不能再為李乙生兒育女，都不會影響到李子恆。同樣的，不管李乙願意為周大丫和周二丫出多少嫁妝，兄妹倆也不會多嘴。

親兄弟，明算帳。先把家產分好，以後才不會因為一點家業鬧得家宅不寧。

周桃姑有種直覺，如果她的幾個娘家兄弟敢把分家的事情攪和了，她們母女很可能什麼都得不到，反之，如果她老老實實的，不去打李子恆那份家產的主意，李綺節說不定會願意多分她一些錢鈔。

不管幾個兄弟青青白白的臉色，她一拍案桌，冷聲道：「先前周家的彩禮，我一分沒動，全留給你們幾個娶媳婦。如今我男人沒了，我帶著兩個女兒熬了這麼些年，實在過不下去，你們倒好，嘴上說得好聽，大丫生病的時候，一個個只會哄我，一個子兒不肯出！現在還想把我再賣一次，好打彩禮的主意，我告訴你們，休想！」

「李家的彩禮，就是我兩個女兒的嫁妝！」

一錘定音。

兄弟幾個的小心思被說破，一個個面紅耳赤。

最小的兄弟不肯服氣，甕聲甕氣道：「分家可是大事，哪輪得上一個女兒家指手畫腳？他們家那個叫三娘的，不好好待在家裡孝順長輩，多什麼事兒？嫁出去的女兒，潑出去的水，她馬上要出嫁的人了，怎麼好意思管娘家的事？就算李家要分家，也不該聽她的！」

周桃姑嗤笑，「李家的帳務全是三娘過手，她心軟一點，我就能多分一點東西，大丫和二丫的將來就看她了，連我都得看她的臉色過日子，要你多什麼話？」

周桃姑的兄弟們再不甘心，終歸底氣不足。聽說李家請縣太爺的兄弟來主持分家儀式，幾人心裡有鬼，難免心虛，更不敢多事。

因為分家涉及李綺節，李乙特意把孫天佑叫來旁聽。

李綺節的嫁妝早就分開另算，她幾乎分得李家二房一半的家業。這次分家，主要是把李子恆的那一份算清楚。因為李子恆是長子，理應分得大半家產，所以李家的幾間鋪子幾乎全部歸他，年底的收益九成給李子恆攢著，一成歸公用支出。至於酒坊和布鋪，早就劃給李綺節了，不算在內。現銀、存銀和家具、值錢的金銀分為三份，李子恆得大頭，李綺節分一份，剩下的歸李乙自己，這一份將來留給周桃姑。宅院、地契全留給長子李子恆，田地、池塘、山地，除開李綺節的，剩下七成留給李子恆，三成歸公用。

鋪子上的收成單獨劃出六百兩，給周大丫和周二丫兩人留著當陪嫁銀。

周桃姑的娘家人插嘴道：「如果以後我家妹子給你們家添了個兒子，他不是什麼都撈不著了？這不公平！」

李大伯撩起眼皮看對方一眼，低笑一聲，捋著鬍鬚道：「如今把大郎分出去，以後二弟掙的銀兩全部留給弟妹，我還覺得大郎虧了呢！」

這可是意外之喜——現在分家好像沒占到什麼便宜，但聽李家人的意思，一旦分家，以後李家的所有東西，兄妹兩人都不要，那李家豈不就是周桃姑的了？

娘家兄弟們頓時喜上盈腮，樂得合不攏嘴。

李綺節沒有錯過周桃姑兄弟們眼中閃過的貪婪之色，這時候她不得不慶幸，幸好她經營的生意全部掛在花慶福名下，李乙壓根兒不知道她私下裡攢的銀兩早已經堆滿庫房，李家大房、二房的產業累加起來，還不如她那間舊坊一個月的收益。先前她藏藏掖掖不肯說，是不知道怎麼和李乙解釋，如今李乙即將續娶，她就更不必開口了，免得事情暴露，一窩蜂人湊上來占便宜。

李子恆對分家的事不怎麼上心，一直是無可無不可的態度，在契書上簽過字，他臉上沒多少喜色，反而擺出苦瓜臉，「三娘，鋪子上的生意我一竅不通，怎麼管帳啊？」

李綺節還以為李子恆因為分家而不高興呢，聞言心口一鬆，「大哥不用擔心，回頭我幫你挑幾個老成的掌櫃看鋪子。」

李子恆巴不得當甩手掌櫃，「不如妳全都幫我管了吧，等我以後娶個精明的媳婦進門，再讓她去操心。」

李綺節早在預備分家前就做了完全準備，含笑道：「嗯，我等著嫂子進門。」

送走娘家兄弟，周桃姑找到李綺節，向她賠不是，「三娘，我那幾個兄弟都是拎不清的，灌點黃湯就張嘴說胡話，妳別往心裡去。」

李綺節淡淡一笑，「我堅持要趕在阿爺和嬸子成親之前分家，嬸子不會嫌我多事吧？」

周桃姑連忙搖頭，嘆口氣，「老實跟妳說，今天把帳目算清楚了，我也鬆了口氣。」

不談其他，光是那六百兩銀子陪嫁銀子，足夠讓她驚喜了，更別提李乙的私產，兄妹倆竟然一分不要，全讓給她這個後母。有了田地和李乙這些年攢的私房，以後不管能不能給李乙添丁，後半輩子都不用發愁。

而且，成親以後，李子恆名義上是她的繼子，每年的孝敬肯定少不了，又是一筆進項。

「嬸子，我姓李，以後嫁了人，我依舊是李家的女兒。」李綺節意味深長地盯著周桃姑看了半晌，慢慢移開眼神，「日後如果您有什麼煩難之處，只管來找我，多個人多個主意，我把兩位姊姊當自家人一樣看待。」

被她的明澈靈動的雙眸掃過，周桃姑竟然覺得脊背有點發涼，心下一顫，說不出話來，等李綺節遠遠走開，她才恍然回神：娘家兄弟們的抱怨，怎麼會傳到李綺節的耳朵裡？

她剛剛那幾句話是警告，還是示好？

孫天佑把楊表叔送出門，正準備轉身回去，眼角忽然瞥見一個熟悉的身影。

他嘴角微微一勾，「喲，秀才老爺今天怎麼沒穿那身白衣裳啊？」

孟雲暉掃了他一眼，臉上未起波瀾。他懷裡抱著一個胖乎乎的奶娃娃，奶娃娃咿咿呀呀鬧著要下地，手腳直撲騰。很快把他那件細布長袍揉得像醃菜一樣，皺巴巴的。

孫天佑還想接著看孟雲暉的笑話，身後傳來一陣細碎的腳步聲。

是李綺節。

他慌忙轉身，堵在門前，同時示意阿滿關上院門。

李綺節抬起頭，眉眼含笑，「表叔走了？」

看到她的笑容，孫天佑心裡豁然開朗，「嗯。」

李綺節眨眨眼睛，露出幾分俏皮神態：「表叔拉著你的手不放，和你說什麼呢？」

孫天佑臉色一僵。

還能說什麼，無非是勸他不要和楊縣令鬧得太僵，有時間的話回家看看，最好到嫡母金氏跟前賠個罪，祈求對方原諒他的衝動莽撞，然後重新改回楊姓。

他離開楊家的時候，走得瀟灑快意，怎麼可能再回去受氣？

李綺節飛快瞥孫天佑一眼，「我一力為阿爺張羅續娶的事，你意外嗎？」

孫天佑搖搖頭，「妳那天半路折返，我就知道妳已經拿定主意要勸妳父親續娶。」

當時是有些意外的，但仔細想想又覺得很正常。

「不錯，那時候我就想好了。」李綺節低頭，手裡揪著一塊雪青色軟帕，「不管是我，還是大哥，兒女始終是兒女，沒法替代夫妻，阿爺終究需要有個人陪伴。」

她從來未曾對自己說過這種心裡話，孫天佑一時有些詫異，心底剛剛浮上兩點喜意，又忽然微微一沉。

李綺節分明不是在向他傾訴心事。

「妳也想勸我回楊家？」

他臉上的笑容像潮水般褪去，狹長雙眼裡泛著冰冷的幽光。誰都可以給楊家人當說客，唯有她不行。不管他是對是錯，是任性還是固執，她都應該和他站在一邊。

李綺節暗暗翻個白眼，沒好氣地瞪孫天佑一眼，「你覺得呢？」

楊家的家事就像一團亂麻，怎麼理都理不清，尤其是金氏這對母女，一個瘋癲，一個跋扈，儼然是一對大殺器。想安安生生過日子，離她們越遠越好。她既要嫁孫天佑，以後夫妻同甘共苦，孫天佑離開楊家，徹底和金氏母女劃清關係，才能過上清靜日子，她高興還來不及呢，又不是吃飽了撐的，幹麼要勸孫天佑回楊家？

而且，如果孫天佑沒和楊家劃清界限，她當初也不會點頭答應親事。

孫天佑知道自己誤會了，摸摸鼻尖，眼裡重新浮出幾點笑意。

不等他開口賠不是，李綺節板起臉，「我確實想勸你幾句。」

孫天佑的笑容再度僵硬在臉上。

李綺節依舊板著臉孔，表情是嚴肅的，但眼裡卻滿是促狹之色，眼珠子骨碌碌轉個圈。別人做這個動作是狡猾，她來做，卻只有天真狡黠。

面對這張臉，孫天佑無論如何都硬不起心腸，雙手一攤，「好吧，妳想勸我什麼？」

李綺節看著他的眼睛，「你以後真的一輩子都不見表叔嗎？」

那雙烏黑的眸子瞬間凝滯，他愣了片刻，臉上的神情說不清是悵然，還是堅定，「至少現在我不想見他。」

「我明白了。」李綺節點點頭，她知道孫天佑沒有撒謊，「阿爺和我說，表叔想找我們家討杯水酒吃。」

話裡的意思，是希望能夠以親戚的身分，參加她和孫天佑的婚禮。

李乙不知該怎麼應對，只能把楊縣令的話如實告訴李綺節。

孫天佑默然不語，嘴角輕抿，酒窩顯得比平日深刻，然而這一次酒窩裡盛的不是笑意，而是愁苦。想來想去，心裡酸甜苦辣，不知到底是什麼滋味。

末了，他唯有苦笑，「三娘，妳做主吧。」

「既然你不想見他，那我們家的水酒便不給他吃了。」李綺節神色輕鬆，很快就拿定了主意，「桐、桐章……」

她皺眉想了半天，才想起孫天佑的字，「我今天為阿爺和大哥做的這些，不及他們往日對我的十分之一。你不必自責，我和周桃姑，你和金氏，完全不一樣。我想通了，不代表你也得想通，哪怕你一輩子不原諒金氏，也不要緊。」

逼人當聖母比盲目聖母還可惡。

早在李家和周桃姑娘家人商量分家細節時，她就看出孫天佑心事沉沉，讓寶珠找阿滿打聽了一下，果然如此。楊表叔拿她和李子恆當例子，勸孫天佑敞開心扉，接納金氏，孫天佑拒絕了，楊表叔當時的表情很難看，孫天佑的臉色也沒好到哪裡去。

不知是因為被看出心事而驚愕，還是因為想起楊表叔的話而鬱憤，孫天佑喉頭發緊，竟然說不出話來。

李綺節還想再安慰孫天佑幾句，恍惚聽見李乙和李大伯說話的聲音，臉上有些發熱，拔腳就走，「不管你做什麼決定，只要你開心就好。」

這一句話，徹底撫慰孫天佑躁動的思緒。他心臟怦怦直跳，一股熱流從胸膛緩緩滑過，繼而溢滿五臟六腑。

如果不是怕人看見，他差點就伸手把她擁入懷裡了。

像灌了蜂蜜一樣，心裡甜絲絲的，從李家告辭出來，再次看到抱著奶娃娃的孟雲暉時，他居然覺得對方看起來挺順眼的。

孟雲暉目送孫天佑離開，懷裡的楊福生在他胳膊間使勁蹬腿。不會開口說話的奶娃娃，折騰起人來就像他親舅舅一樣，蠻橫直接。

他臉色一沉，手指微微使力，在楊福生的腿上掐出一道淺淺的指痕。

楊福生歪著腦袋撲騰了幾下，放聲大哭。

丫頭端著一碗香噴噴的米糊糊出來，「少爺，我來吧，您回房歇會兒。」

孟雲暉抱著楊福生不放手，「沒事兒，我再抱一會兒，回去他又得鬧了。」

小奶娃一鬧，孟娘子就生氣，孟娘子生氣，遭殃的是他。

那道指痕很淺，他飛快捲起衣袖，擋在襁褓前。丫頭光顧著餵楊福生吃米糊糊，什麼都沒發現，只是覺得小少爺今天好像哭得格外可憐。

人逢喜事精神爽，李乙和周桃姑一個得娶嬌娘，一個終身有靠，以後不再是孤家寡人，陡然間像年輕了好幾歲。不過夫妻倆相處起來還有些尷尬彆扭，尤其是李乙，從早到晚都紅著一張臉，特別是當著李子恆和李綺節面前時，更是手足無措，一句話顛三倒四，一副好像犯了大錯，作賊心虛的模樣。

周桃姑倒是比李乙灑脫得多，該吃吃，該睡睡，和李子恆、李綺節說話時態度大方，滿面帶笑，一點都不忸怩。在她心裡，只要自家過得好，外人的看法根本不重要。她每日依舊天沒亮起床熬煮糖水，繼續張羅熟水攤子的生意。

她帶著兩個女兒嫁進李家，心中始終覺得底氣不足，李家願意為周大丫和周二丫置辦嫁妝，她感激之餘，又覺得心有不安，想趁著身子還硬朗，多攢些銀錢，就算賺不了幾個錢，至少能幫著貼補家用。

葫蘆巷家家戶戶都是和李、周相處多年的鄰居街坊，人都不壞，但愛嚼舌碎嘴，李、周兩家一個娶，一個嫁，雖然不至於鬧得沸沸揚揚，可在巷子裡也是一樁大新聞。李乙在兒女跟前放不開，面對街坊們的打趣和探問，更是支支吾吾，不知該怎麼應對。周桃姑性子潑辣，也對旁人的閒言碎語煩不勝煩。

李綺節怕鬧出是非來，和李大伯商量過後，決定搬出葫蘆巷。一來，家裡添了人口，已經住不下了，周大丫和周二丫年紀不小，總不能讓她倆和李綺節擠一間房。二來，李乙和周桃姑也需要重新換一個環境，夫妻倆才好安心培養感情。

宅院可以慢慢找，但葫蘆巷是一天都住不得了。決定搬家之後，李家人立刻打點行李包袱，夥計們趕著牛車驢馬，把家具和堆成小山包的行李全部運送回李家村。

李綺節帶著周大丫、周二丫回李宅，李乙則和周桃姑暫時搬去鎮上賃的一間院子住。這是李綺節堅持的，夫妻蜜月嘛，最好不要有外人在一旁打擾。李乙臉皮薄，想讓他徹底放下架子，和周桃姑認真相處，必須先把不相干的人全打發走才行。雖是單純求個老來伴的半路夫妻，感情問題也不能馬虎。

搬家的那天，周桃姑讓周大丫和周二丫改了名姓。因為不好和李綺節、李昭節論排行，她做主讓周大丫叫李大姐，周二丫叫李二姐。

李綺節不得不慶幸李大伯有個附庸風雅的臭毛病，不然她和昭節、九冬現在的名字很可能也是大姐、二姐之流。

李大姐和李二姐初到李宅時都很拘謹，把身為拖油瓶的謹慎卑微貫徹得一絲不苟。每天早早起床，梳洗過後，乖乖坐在廊下等李綺節起床，然後一起到周氏跟前陪著說笑，等吃過飯，再陪李昭節和李九冬盪鞦韆，玩翻花繩，或是和丫頭們一起做針線，夜裡遲遲不睡，直到李綺節房裡的油燈熄了，姊妹倆才抖開鋪被睏覺。

的人。葫蘆巷後面臨著街市，那邊有一條巷道，開了十多家食肆，都是專賣臘鴨滷味的。除了鴨肉、鴨信、鴨肝，連鴨腸、鴨心、鴨骨也賣。鹵好的鴨子色澤深紅，香味濃郁，皮薄酥脆，鹹中帶甜。李家酒坊的雪泡酒賣得最好，縣裡的人在他家打了酒，都會拐到滷味店去買幾樣下酒菜。有些人嫌麻煩，買酒的時候，常常讓酒坊的夥計幫忙跑腿。一來二去的，夥計們私下裡總嘀咕，李綺節偶爾聽見，乾脆盤了家臨近酒坊的鋪子，專賣各種滷味。客人們這頭買了酒，那邊滷味也包好了，方便了顧客，肥了她的腰包，一舉兩得。

丫頭轉眼從灶房回來，手裡端著一盤切得紙片薄的鹵鴨片，瓷盤邊沿盛幾只蘸碟。李昭節和李九冬坐在窗下丟沙包玩，看到鹵鴨片，頓時眼睛一亮。

李昭節拍手喜孜孜道：「鹵鴨最宜佐酒，倒一盅辣酒來吃！」

李家釀酒，自家人也愛吃酒。

李九冬搖頭，「不要吃酒，我要吃酸湯。」

丫頭苦著臉對李昭節道：「四娘，上回妳說只喝一盅，結果吃了滿滿一壺，醉得直嚷嚷胡話，第二天連學也沒去上，想是都忘了？」

李昭節撇撇嘴，改口道：「桂花酒也使得，酸酸甜甜的，吃一斗我都吃不醉。」

曹氏見李昭節聽勸，臉上含笑，這才讓丫頭去倒桂花酒和李九冬要的酸湯來。

丫頭托著黑漆小茶盤，送來一壺桂花酒，道：「外頭隔壁的張家小姐著人來家裡，問四娘在不在家。」

李昭節一塊鴨肉噙在齒間，「咦」了一聲，急急忙忙把鴨肉吞下肚，道：「就說我閒著，這就去找張姊姊學畫畫。」說著，又邀李九冬，「妹妹一塊去，妳還記得張姊姊不？高高的，瘦瘦的，比三姊姊生得還周正靈醒。」

曹氏聽到這話，眉頭微皺。

李九冬從小和李昭節形影不離，姊妹倆從沒分開過，但兩人年歲越大，性格差異也越明顯，李昭節愛熱鬧，李九冬愛清靜，姊姊愛玩，妹妹喜歡待在房裡看書繡花，不再像以前一樣密不可分，李昭節前幾次就是單獨出去的。

李九冬看一眼盤子裡的鴨肉，不怎麼想出門，李昭節又開口催促了幾句，她才戀戀不捨地放下筷子。

到了張家，進了屋子，丫頭端來一盤子點心，跟螺獅一般，底下渾圓，上頭尖尖，一樣雪白，一樣膩紅，精緻玲瓏，一盤攏共只有十二枚。

張桂花笑向二人道：「家裡才雇了個南邊來的廚娘，她做的好湯水，還會揀滴酥鮑螺。酥油不經放，一會兒就化了，只有冬日裡才能揀，虧得她手腳快，才揀得一盒。這玩意兒得即做即吃，妳們嘗嘗。」

滴酥鮑螺就是酥油鮑螺，也不算很難揀，但原料不易得，要將牛羊奶不停攪拌，使奶油和奶、水分離，舀出奶油，在涼水中揉捏，挑出柔潤成形的酥油——這才是預備好了最初的原料。再加蔗糖、蜂蜜攪拌，待凝固後，扭旋成一枚枚或扁或圓，形似螺紋的小點心。滴酥鮑螺在南方較為常見，富貴人家總有一兩個會揀鮑螺的丫頭。蘇州府的帶骨鮑螺尤為盛名，文人特意為其撰文，稱帶骨鮑螺是天下至味。

北方以奶油製成酥山，京城多冰窖，夏季時宴席上必有一道酥山。南方則愛精緻小巧，多帶骨鮑螺、酥油鮑螺。瑤江縣不南不北，常吃的是鮑螺。

花娘子會揀鮑螺，李家其實也有丫頭會揀，不過沒有花娘子揀得好，也及不上張家的這麼精緻，而且周氏節儉，只有張大少奶奶登門時才會讓人揀上一兩盒。

李昭節近來隨張桂花學畫，彼此熟稔，也不客氣，先拈了一枚吃。滴酥鮑螺入口即融，香甜滿口，不由讚道：「好吃！」

李昭節不愛甜口，噙了一枚，化在齒間，心裡還在想著那盤沒吃完的鹵鴨。

李昭節推了她一把，道：「妳見過張姊姊的畫沒有？待會兒讓妳開開眼界。」

張桂花矜持一笑，慢悠悠吃了幾枚滴酥鮑螺，方故作疑惑模樣，「妳家來客了？」

李昭節點點頭，「張姊姊聽說了？我二叔娶了個新嬸子，新嬸子又帶來兩個新姊姊。」

張桂花臉上笑容不變，「哦？她們多大年紀？」

「和我三姊姊差不多大吧。」李昭節繼續吃鮑螺。

「她們為人怎麼樣？」

李昭節見張桂花似乎對李大姐和李二姐很感興趣，低頭想了想，「張姊姊是不是想邀她們來做客？我看不必，她們倆不識字呢！每天只會說些針線活兒和市井粗話，我都懶得理會她們，何況張姊姊妳呢？」

張桂花聽說李大姐和李二姐都不識字，心頭一鬆。

李子恆回家，不止帶回幾隻鹵鴨子，還背了一簍舊衣裳，平時不小心蹭破磨壞的。

李綺節看著李子恆一件件往外掏衣裳，笑道：「球場那邊不是有會縫補的老師傅？」

李子恆笑咪咪道：「還是寶珠的手藝好。」

寶珠喜笑顏開，一把摟走所有衣裳，「那當然，外邊那些人哪及得上自家人用心？」

丫頭送來午飯，主食是綠豆稀飯、兩樣涼拌蒸菜，及一籠雜色煎花饅頭和千層蒸餅。饅頭是梅菜素餡兒的，千層蒸餅裡揉了桂花蜜、花生仁，撒了一層紅綠玫瑰絲。

李綺節喝了稀飯，吃了幾個拌了油炸的雜色煎花饅頭，千層蒸餅她不肯吃，豆腐腦、桂花酒釀湯圓、米酒糟她都能吃上兩三碗，但蒸餅、糖糕、豆沙卷卻是一兩塊就飽了。

她忙裡忙外，沒時間講究飯食，吃得比往日簡單些。

李子恆正好腸胃不適，也想吃稀飯，這時丫頭過來傳話，讓他去隔壁院子陪李大伯和周氏一塊吃飯。

買了隔壁的院子後，大房和二房分開住，李大伯和周氏仍然住原先的房子，李子恆兄妹倆搬到這邊新院子住，李大姐和李二姐也住在這邊。

李子恆陪李大伯吃完飯，仍舊回這邊院子，李綺節正領著丫頭們在樹底下摘桃子。

早春時節，還沒到吃筍的時候，桃花悄悄吐蕊，枝頭滿簇，燦若雲錦，粉黛紅顏，風情千萬。等到暑熱天氣，落英早已化為春泥，桃樹被曬得蔫蔫的，細長尖葉子挑在細枝上，枝頭掛了累累的青白果子，壓得樹幹彎了腰，抬手便能夠到。

初秋時分，桃子才漸漸染上幾絲胭脂色。本地的桃子成熟後也只有小娘子的半個拳頭大小，果肉薄脆，酸得倒牙，沒人愛吃。

李綺節偏偏就愛吃酸桃，越脆越硬，她越喜歡。

丫頭摘了幾個快成熟的桃子，放在籃子裡，桃肉已經綻開些許，稍微用力一捏，中間的桃核便鬆動脫落。

李子恆從枝頭摘下一個紅得最爛熟的，咬一口，臉上立即皺成一團，「太酸了，難為妳怎麼吃得下去！」

李綺節笑了笑，不等丫頭送桃子來，先走過去，從竹籃裡揀起一個吃。剛拿到手裡，哎喲叫了一聲，連忙放下：桃子外面有一層白色絨毛，浸在水裡輕輕一搓便乾淨了。這層絨毛很礙事，桃子如果不事先洗過就直接吃，手上、嘴上沾了絨毛，會發紅發癢的。

小丫頭慣幹粗活自然不怕，李子恆銅皮鐵骨更不會怕，李綺節卻是身嬌肉貴，才碰了那層絨毛便覺手指癢得厲害，連忙用手去抓，結果越抓越癢，連脖子、頭髮都癢起來了。

寶珠哭笑不得，命人去抬熱水來，把李綺節按在浸了曬乾的金銀花瓣和凌霄花瓣的熱湯裡好好搓洗一頓。又替她拆了髮髻，洗了個頭。

沐浴過後，她抹了一層薄薄的香脂，換了一身水紅紗衣、杏黃紗褲，散著長髮，懷裡摟著一個湘竹枕，伏在窗前的美人榻上。

寶珠搬了張繡墩，坐在美人榻旁，抓起李綺節肩上的一束長髮，把毛刷在兌了桂花油的熱水裡蘸了一下，從髮根到髮尾，輕輕擦在每一根髮絲上。

李綺節才剛泡了熱湯，正自昏昏欲睡，嫌寶珠弄得忒慢，「快些擦好抿起來吧，這會兒睏著了，夜裡就不想睡了。」

寶珠答應一聲，加快速度。

李子恆有事要和李綺節說，坐在外邊院子裡，一邊看丫頭們摘桃子，一邊等果子吃。

丫頭送來一盤六月雪，拌上嫣紅的西瓜瓤，再淋上一層厚厚的醬色桂花蜜，盛在纏枝蓮花紋的碟子裡。

李子恆最愛甜食，登時露出一臉笑容。正好看到李綺節散著一頭半乾的長髮出來，揮揮手，讓丫頭先放一碟在她跟前。

「剛才沒酸倒牙吧？吃點甜的。」

李綺節悄悄打了個哈欠，聞到碟子裡散發出來的香甜味道，來了點精神，拿匙便吃，心裡還惦記著樹上的桃子，「桃子洗乾淨了沒？」

寶珠一邊在李綺節的頭髮抹桂花油，一邊勸道：「快些忘了桃子吧。您上一回吃了幾個桃子，把牙齒都吃酸了，一天三餐都只能喝粥吃豆腐，三娘忘了？」

李綺節有些悻悻然，吃完一碟六月雪，晃晃腦袋，「這六月雪不像是咱們家做的。」

李子恆隨口接道：「託人在外頭買的，也不曉得是哪一家。」

李綺節道：「鎮上齊娘子家的六月雪做得最好。」

寶珠插嘴道：「她家隔壁的油炸果和炸麻花炸得好吃。」

正說些吃食點心，丫頭提進來一簍新鮮的覆盆子和山果子，「前頭來客了。」

滿滿一簍鮮紅、橘黃的覆盆子，像一粒粒珊瑚珠攢成的珠串似的，鮮亮可愛，山果子的顏色更深，紫紅、紫黑，個頭也更大。

「喲，這玩意兒哪兒來的？」李子恆招手，「給四娘、五娘和大姐、二姐送了沒？」

丫頭道：「送了，人人都有。」

李子恆點頭，對李綺節道：「真是奇了，院子裡的桃子都熟爛了，外頭還有覆盆子？」

這時節白日天氣雖然依舊有些燥熱，早晚卻漸漸幽涼，丫頭們早就換上夾襖。

寶珠朝李綺節擠擠眼睛，「莫不是孫家送來的？孫少爺總能搗鼓到稀罕東西。」

李綺節不知道寶珠怎麼如此篤定，愣了一下，這才想起上次孫家確實送過覆盆子和桑葚之類的夏果子來。

算算離定婚期只有幾個月了，李乙已經明確告知過孫天佑，年底之前不許他再登門，他當時答應得好好的，又尋藉口上門來了？

丫頭搖了搖頭，笑道：「外頭早沒覆盆子了，聽說這一簍是五娘子在山坳裡摘得的。」

寶珠有些失望，「原來是五娘子送來的。」說完，便將簍子接過去，先洗一碗送進來。

覆盆子酸甜適口，汁水豐沛，最經不得水洗，碰水容易爛。

李綺節回房換衣裳，寶珠跟進來幫她梳頭。剛戴上絨花，寶釵從外頭走進來，說道：「太太讓三娘去正堂。」

劉婆子挽著袖子，去灶間下了一鍋雞絲麵條，麵湯裡臥了六個荷包蛋，撒了一層切得細細的芫荽，大碗盛了端上來。五娘子稀里嘩啦，一連吃了三大碗。末了，還捧著碗，把湯汁都喝得乾乾淨淨的。

孟小妹坐在桌邊，低頭吃麵。她母親吃完三大碗，她一碗仍舊沒有吃完，筷子戳破碗底的荷包蛋，嫩嘟嘟的蛋黃凝而未凝，雞絲裹了蛋液，摻在綿軟的麵條裡面，小口小口抿在齒間，輕輕咬斷，一點聲音都不發出。她的頭雖埋著，背脊卻挺得筆直，端端正正坐在小方凳上，唯恐李家的丫頭恥笑她粗俗。

李綺節出來跟五娘子問好，一眼瞥見孟小妹，笑著去拉她的手，「妹妹今年幾歲？」

周氏在一旁笑道：「哪裡是妹妹，妳要喊她姊姊。」

李綺節不由錯愕：生得如此瘦弱單薄的孟小妹，竟然比她年長一歲！

五娘子也笑了，說孟小妹確實比她大一歲。

李綺節連忙改了稱呼，臉上的詫異卻沒來得及收回去。在她看來，眼前這個面有菜色、頭髮乾枯的小娘子，哪像是自己的姊姊，明明像比自己要小三歲。

想想又覺得沒什麼可奇怪的，鄉下人家的小娘子，五六歲起就能幫著父母做些家務，七八歲便跟著下地鋤苗、插秧、抱穀、餵豬、放牛，樣樣都能張羅。到十一、二歲時，便可以算得上是大半個勞動力。孟小妹從記事起就會幹農活，整日跟隨父母在田間山頭勞作，風吹日曬的，自然生得單薄。

孟家的所有體面，全都給了孟雲暉。

五娘子打了個飽嗝，抹了抹嘴巴，憨笑道：「讓嫂子見笑了，一大早走了幾十里山路，就吃了一個餅子，正餓得慌呢！」

孟五叔和五娘子包了幾座山頭種果樹，如今一家人住在深山裡，出入得走幾十里山路。

周氏笑罵道：「和我客氣什麼？」

一邊說笑，趁便讓寶釵去收拾屋子，要留五娘子在家住。

五娘子差點跳起來，「不住不住！這就要回家去，快別收拾屋子！」

李綺節回過神來，收回在孟小妹身上流連的目光，幫著周氏留客：「嬸子好不容易來這一趟，就算急著家去，也該吃了中飯再走。」

幾碗雞絲麵只是飽腹而已，算不得正經中飯。

五娘子表情微微一滯，隨即搓了搓手掌，道：「我也不瞞著嫂子，這回進城來是為了去縣衙取辦好的文書。一大早進城去，坐渡船過江，費了不少功夫才拿到。家裡男人等著，這會兒再不走怕要走夜路。山裡冷清，荒無人煙，身上又沒帶火把，路邊也沒個投宿的地兒。」

周氏看五娘子神色有異，怕耽誤她的正經事，只得吩咐丫頭預備好扛餓的油餅乾糧，送五娘子母女出門。

丫頭早把東西收拾好了，糯米、赤豆、果子，一袋一袋紮得嚴嚴實實的堆在麻袋裡。五娘子是挑著擔子來的，等她走的時候，李家的丫頭再度把那兩個擔子裝滿。裡面另有兩個小口袋，裝的是舊衣裳和一些常用的藥丸。

五娘子挑起扁擔，孟小妹怕母親勞累，從擔子裡搶過兩個大口袋背在肩上。

周氏看著孝順的孟小妹，想起自己小時候，對她不由又憐又愛，忍不住摸摸她的腦袋瓜子，「好孩子，路上當心啊！」

孟小妹聽到周氏誇讚她的時候，一張小臉羞得通紅，連耳朵尖都像染了一層淡粉，目光忍不住朝李綺節飛去。在她眼裡，李綺節頭梳雙螺髻，髮簪淺色絨花，腕上套一只絞絲玉鐲子，穿著對襟夾襖、丁香色百褶裙，綠鬢朱顏，水眸如杏，像畫卷上嫻靜婉約的仕女，這正是她嚮往卻永遠實現不了的奢願。

離開李家後，她遠遠看一眼青磚瓦房的孟家，眼眸低低一垂，神色黯然。

送走五娘子母女，李綺節問周氏：「昭節和九冬呢？」

按理家裡來客，曹氏該帶姊妹倆出來見見五娘子。李大姐和李二姐還有些怕生，又沒見過五娘子，也就罷了，李昭節和李九冬卻是常常見五娘子的。

周氏笑道：「去張家了。」

李綺節愣了一下，心頭浮起古怪的荒誕感：李昭節和李九冬去張家做什麼？

看周氏笑盈盈的，不好直接問，回房和寶珠說起，寶珠手裡飛針走線，脆聲道：「三娘不曉得？四娘認了張小姐做老師，跟她學畫畫呢！」

李綺節心裡的古怪感越發強烈，「什麼時候的事？」

「有好些天了。太太特意讓進寶進城買了好多顏料、畫筆什麼的給四娘。」寶珠皺著眉頭想了想，「還有什麼絹什麼紙的，好多講究，花了好幾兩銀子才買齊全！」

李子恆伸長腦袋，哈了一聲，舌頭泛著淡淡的紫色，順口問道：「教人學畫畫？張家小娘的畫畫得很好嗎？」

寶珠瞥一眼李綺節，沒搭理一個人霸占一盤甜點的李子恆，壓低聲音道：「我聽曹嬸子說了，張小姐和四娘很投契，四娘每回去張家，兩人都有說有笑，可親熱了。」

高冷如雪的張桂花，與愛使小性子的李昭節有說有笑？

李綺節想翻白眼：這畫風太不對吧？

看來，張桂花還沒對李南宣死心啊！

她搖搖頭，暫且放下這事，轉而和李子恆商量起球場的正事。

李子恆往嘴裡塞一把覆盆子，含含糊糊道：「花相公說縣衙那頭已經打點好了。」說完，從懷裡摸出一封信，「剛才還想跟妳說呢，花相公讓我親手交給妳。」

李綺節接過信，匆匆流覽一遍，才開始一句句細看，臉上慢慢浮起一絲笑意：還好，一切都有條不紊，至少兩三年之內，她可以放手讓花慶福他們去張羅操辦球賽的事。

不過……想起金家最近的種種舉動，她心底剛浮上來的喜色逐漸被憂愁取代。

（未完待續）

漾小說 188

明朝小官人（中）

國家圖書館出版品預行編目資料

明朝小官人/ 羅青梅著. -- 初版. -- 臺北市 :
晴空, 城邦文化出版 : 家庭傳媒城邦分公司發行,
2018.02
冊； 公分. --（漾小說 ; 188）
ISBN 978-986-95528-4-4（中冊：平裝）

857.7　　106023892

原著書名：《明朝小官人》，由北京晉江原創網絡科技有限公司授權出版。

作者　羅青梅
封面繪圖　畫措
責任編輯　施雅棠
國際版權　吳玲瑋　蔡傳宜
行銷　艾青荷　蘇莞婷　黃家瑜
業務　李再星　杻幸君　陳美燕
編輯總監　劉麗真
總經理　陳逸瑛
發行人　涂玉雲
出版　晴空
城邦文化事業股份有限公司
104台北市中山區民生東路二段141號5樓
電話：（886）2-2500-7696　傳真：（886）2-2500-1967
發行　英屬蓋曼群島商家庭傳媒股份有限公司城邦分公司
104台北市中山區民生東路二段141號2樓
客服服務專線：（886）2-25007718；25007719
24小時傳真專線：（886）2-25001990；25001991
服務時間：週一至週五上午09:00~12:00；下午13:00~17:00
劃撥帳號：19863813；戶名：書虫股份有限公司
讀者服務信箱：service@readingclub.com.tw
晴空部落格　http://blog.yam.com/readsky
香港發行所　城邦（香港）出版集團有限公司
香港灣仔駱克道193號東超商業中心1樓
電話：852-25086231　傳真：852-25789337
E-mail：hkcite@biznetvigator.com
馬新發行所　城邦（馬新）出版集團【Cite (M) Sdn Bhd】
41, Jalan Radin Anum, Bandar Baru Sri Petaling,
57000 Kuala Lumpur, Malaysia.
電話：(603) 9057-8822　傳真：(603) 9057-6622
Email：cite@cite.com.my
美術設計　洸譜創意設計股份有限公司
印刷　沐春行銷創意有限公司
初版一刷　2018年02月01日
定價　250元
ISBN　978-986-95528-4-4